ZHONGGUO XIAOSHUO
100 QIANG

中国小说100强（1978—2022）

空的窗

陈 染 著

北京联合出版公司
Beijing United Publishing Co.,Ltd.

图书在版编目（CIP）数据

空的窗 / 陈染著. -- 北京 : 北京联合出版公司,
2023.9
（中国小说100强）
ISBN 978-7-5596-7086-1

Ⅰ.①空… Ⅱ.①陈… Ⅲ.①长篇小说－中国－当代
Ⅳ.①I247.5

中国国家版本馆CIP数据核字(2023)第117932号

空的窗

作　　者：	陈　染
出 品 人：	赵红仕
出版监制：	张晓冬　范晓潮
责任编辑：	龚　将
特约编辑：	和庚方　刘沐雨
封面设计：	武　一

北京联合出版公司出版
（北京市西城区德外大街83号楼9层　100088）
北京兴星伟业印刷有限公司印刷　新华书店经销
字数180千字　650毫米×920毫米　1/16　19.5印张
2023年9月第1版　2023年9月第1次印刷
ISBN 978-7-5596-7086-1
定价：58.00元

版权所有，侵权必究
未经书面许可，不得以任何方式转载、复制、翻印本书部分或全部内容。
本书若有质量问题，请与本公司图书销售中心联系调换。
电话：010-65868687

中国小说100强（1978—2022）丛书

编委会

丛书总策划

张　明　著名出版人
张　英　资深媒体人

编委主任

吴义勤　中国作协副主席
　　　　中国小说学会会长

编　委

吴义勤　中国作协副主席、中国小说学会会长
宗仁发　《作家》杂志主编
谢有顺　中山大学教授、中国小说学会副会长
顾建平　《小说选刊》副主编
张　英　资深媒体人
文　欢　作家、出版人

总　序

"中国小说100强"（1978—2022）是资深出版人张明先生和腾讯读书知名记者张英先生共同策划发起的一套大型文学丛书。他们邀请我和宗仁发、谢有顺、顾建平、文欢一起组成编委会，并特邀徐晨亮参与，经过认真研讨和多轮投票最终评定了100人的入选小说家目录。由于编委们大多都是长期在中国文学现场与中国文学一路同行的一线编辑、出版家、评论家和文学记者，可以说都是最专业的文学读者，因此，本套书对专业性的追求是理所当然的，编委们的个人趣味、审美爱好虽有不同，但对作家和文学本身的尊重、对小说艺术的尊重、对文学史和阅读史的尊重，决定了丛书编选的原则、方向和基本逻辑。

从文学史的角度来说，1978年以后开启的新时期文学是中国当代文学的黄金时代，不仅涌现了一批至今享誉世界的优秀作家，而且创造了许多脍炙人口的文学经典，并某种程度上改写了20世纪中国文学史的版图。而在中国新时期文学的经典家族中，小说和小说家无疑是艺术成就最高、影响力最大的部分。"中国小说100强"（1978—2022）就是试图将这个时期的具有经典性的小说家和中国小说的经典之作完整、系统地筛选和呈现出来，并以此构成对新时期文学史的某种回顾与重读、观察与评判。呈现在读者面前的这套丛书是对1978—2022年间中国当代小说发展历程的一次全面、系统的整体性回顾与检阅，是中国当代文学经典化的重要成果，从特定的角度集中展示了中国新时期文学在小说创作方面的巨大成就。需要说明的是，与1978—2022年新时期文学繁荣兴盛的局面相比，100位作家和100本书还远远不能涵盖中国当代小说的全貌，很多堪称经典的小说也许因为各种原因并未能进入。莫言、苏童、余华等作家本来都在编委投票评定的名单里，但因为他们已与某些出版社签下了专有出版合同，不允许其他出版社另出小说集，因而只能因不可抗原因而割爱，遗珠之憾实难避免，而且文学的审美本身也是多元的，我们的判断、评价、选择也许与有些读者的认知和判断是冲突的，但我们绝无把自己的标准强加于别人的意思。我们呈现的只是我们观察中国这个时期当代小说的一个角度、一种标准，我们坚持文学性、学术性、专业性、民间性，注重作家个体的生活体验、叙事能力和艺术功力，我们突破代际局限，老、中、青小说家都平等对待，王蒙、冯骥才、梁晓声、铁凝、阿来等名家名作蔚为大观，徐则臣、阿乙、弋舟、鲁敏、林森等新人新作也是目不暇接，我们特别关注文学的新生力量，尤其是近10年作品多次获国家大奖、市场人气爆棚的新生代小说家，我们禀持包容、开放、多元的审美立场，无论是专注用现实题材传达个人迥异驳杂人生经验、用心用情书写和表现时代精神的现实主义作家，还是执着于艺术探索和个体风格的实验性作家，在丛书里都是一视同仁。我们坚信我们是忠实于自己的艺术理想、艺术原则和艺术良心的，但我们并不认为自己的角度和标准是唯一的，我们期待并尊重各种各样的观察角度和文学判断。

当然，编选和出版"中国小说100强"（1978—2022）这套大型丛书，除了上述对文学史、小说史成就的整体呈现这一追求之外，我们还有更深远、更宏大的学术目标，那就是全力推进中国当代文学"经典化"的历程和"全民阅读·书香中国"建设。

从 1949 年发端的中国当代文学已经有了 70 多年的发展历程，但对这 70 多年文学的评价一直存在巨大的分歧，"极端的否定"与"极端的肯定"常常让我们看不到当代文学的真相。有人认为中国当代文学达到了前所未有的高度和水平。王蒙先生在法兰克福书展上就说：中国当代文学现在是有史以来最繁荣的时期。余秋雨、刘再复甚至认为中国当代文学的成就远远超过了现代文学。也有人极端否定中国当代文学，认为中国当代文学都是垃圾。他们认为现代文学要远远超过当代文学，中国当代文学连与现代文学比较的资格都没有。比如说，相对于鲁（迅）、郭（沫若）、茅（盾）、巴（金）、老（舍）、曹（禺）这样大师级的人物，中国当代作家都是渺小的侏儒，根本不能相提并论，两者比较就是对大师的亵渎。应该说，与对中国当代文学的肯定之声相比，对当代文学的否定和轻视显然更成气候、更为普遍也更有市场。尽管否定者各自的角度和出发点不同，但中国当代作家、作品与中外文学大师、文学经典之间不可比拟的巨大距离却是唱衰中国当代文学者的主要论据。这种判断通常沿着两个逻辑展开：一是对中外文学大师精神价值、道德价值和人格价值的夸大与拔高，对文学大师的不证自明的宗教化、神性化的崇拜。二是对文学经典的神秘化、神圣化、绝对化、空洞化的理解与阐释。在此，我们看到了一个非常有趣的悖论：当谈论经典作家和文学大师时我们总是仰视而崇拜，他们的局限我们要么视而不见要么宽容原谅，但当我们谈论身边作家和身边作品时，我们总是专注于其弱点和局限，反而对其优点视而不见。问题还不在于这种姿态本身的厚此薄彼与伦理偏见，而是这种姿态背后所蕴含的"当代虚无主义"。这种"虚无主义"的最大后果就是对当代作家作品"经典化"的阻滞，对当代文学经典化历程的阻隔与拖延。一方面，我们视当下作家作品为"无物",拒绝对其进行"经典化"的工作,另一方面又以早就完全"经典化"了的大师和经典来作为贬低当下泥沙俱下的文学现实的依据。这种不在同一个层面上的比较,不仅毫无意义,而且只能使得文学评价上的不公正以及各种偏激的怪论愈演愈烈。

其实,说中国当代文学如何不堪或如何优秀都没有说服力。关键是要进行"经典化"的工作,只有"经典化"的工作完成了才有可能比较客观地对当代的作家作品形成文学史的判断。对当代的"经典化"不是对过往经典、大师的否定,也不是对当代文学唱赞歌,而是要建立一个既立足文学史又与时俱进并与当代文学发展同步的认识评价体系和筛选体系。当然,我们也要承认,"经典化"问题是一个非常复杂的问题,并不是凭热情和冲动一下子就能完成的,但我们至少应该完成认识论上的"转变"并真正启动这样一个"过程"。

现在媒体上流行一些对于中国当代文学经典化冷嘲热讽的稀奇古怪的言论,其核心一是否定中国当代文学有经典、有大师,其二是否定批评界、学术界有关"经典化"的主张,认为在一个无经典的时代,"经典"是怎么"化"也"化"不出来的,"经典化"是一个实实在在的"伪命题"。其实,对于文学,每个人有不同的判断、不同的理解这很正常,每一种观点也都值得尊重。但是,在"经典"和"经典化"这个问题上,我却不能不说,上述观点存在对"经典"和"经典化"的双重误解,因而具有严重的误导性和危害性。

首先,就"经典"而言,否定中国当代文学早就不是什么新鲜事,对当代文学的虚无主义态度在很多人那里早已根深蒂固。我不想争论这背后的是与非,也不想分析这种观点背后的社会基础与人性基础。我只想指出,这种观点单从学理层面上看就已陷入了三个巨大误区:

第一个误区,是对经典的神圣化和神秘化的误区。很多人把经典想象为一个绝对的、神圣的、遥远的文学存在,觉得文学经典就是一个绝对的、乌托邦化的、十全十美的、所有人都喜欢的东西。这其实是为了阻隔当代文学和"经典"这个词发生关系。因为经典既然是绝对的、神圣的、乌托邦的、十全十美的，那我们今天哪一部作品会有这样的特性呢？如果回顾一下人类文学史，有这样特性的作品好像也没有。事实上，没有一部作品可以十全十美，也没有一部作品能让所有人喜欢。在这个问题上，我们应该明确的是，"经典"不是十全十美、无可挑剔的代名词，在人类文学史上似乎并不存在毫无缺点并能被任何人所认同的"经典"。因此，对每一个时代来说，"经典"并不是指那些高不可攀的神圣的、神秘的存在，只不过是那些比较优秀、能被比较多的人喜爱的作品而已。从这个意义上说，当今中国文坛谈论"经典"时那种神圣化、莫测高深的乌托邦姿态，不过是遮蔽和否定当代文学的一种不自觉的方式，他们假定了一种遥远、神秘、绝对、完美的"经典形象"，并以对此一本正经的信仰、崇拜和无限拔高，建立了一整套关于中国当代文学的伦理话语体系与道德话语体系，从而充满正义感地宣判着中国当代文学的死刑。

第二个误区，是经典会自动呈现的误区。很多人会说，是金子总是会发光的。但对文学来说，文学经典的产生有着特殊性，即，它不是一个"标签"，它一定是在阅读的意义上才会产生意义和价值的，也只有在阅读的意义上才能够实现价值，没有被阅读的作品没有被发现的作品就没有价值，就不会发光。而且经典的价值本身也不是固定不变的。如果一个作品的价值一开始就是固定不变的，那这个作品的价值就一定是有限的。经典一定会在不同的时代面对不同的读者呈现出完全不同的价值。这也是所谓文学永恒性的来源。也就是说，文学的永恒性不是指它的某一个意义、某一个价值的永恒，而是指它具有意义、价值的永恒再生性，它可以不断地延伸价值，可以不断地被创造、不断地被发现，这才是经典价值的根本。所以说，经典不但不会自动呈现，而且一定要在读者的阅读或者阐释、评价中才会呈现其价值。

第三个误区，是经典命名权的误区。很多人把经典的命名视为一种特殊权力。这有两个层面的问题：一，是现代人还是后代人具有命名权；二，是权威还是普通人具有命名权。说一个时代的作品是经典，是当代人说了算还是后代人说了算？从理论上来说当然是后代人说了算。我们宁愿把一切交给时间。但是，时间本身是不可信的，它不是客观的，是意识形态化的。某种意义上，时间确会消除文学的很多污染包括意识形态的污染，时间会让我们更清楚地看清模糊的、被掩盖的真相，但是时间同时也会使文学的现场感和鲜活性受到磨损与侵蚀，甚至时间本身也难逃意识形态的污染。此外，如果把一切交给时间，还有一个前提，那就是对后代的读者要有足够的信任，要相信他们能够完成对我们这个时代文学的经典化使命。但我们对后代的读者，其实是没有信心的。我们今天已经陷入了严重的阅读危机，我们怎么能寄希望后代人有更大的阅读热情呢？幻想后代的人用考古的方式对我们这个时代的文学进行经典命名，这现实吗？我不相信后人对我们身处时代"考古"式的阐释会比我们亲历的"经验"更可靠，也不相信，后人对我们身处时代文学的理解会比我们亲历者更准确。我觉得，一部被后代命名为"经典"的作品，在它所处的时代也一定会是被认可为"经典"的作品，我不相信，在当代默默无闻的作品在后代会被"考古"挖掘为"经典"。也许有人会举张爱玲、钱钟书、沈从文的例子，但我要说的是，他们的文学价值早在他们生活的时代就已被认可了，只不过很长时间由于意识形态的原因我们的文学史不谈及他们罢了。此外，在经典命名的问题上，我们还要回答的是当代作家究竟为谁写作的问题。当代作家是为同代人写作还是为后代人写作？幻想同代人不阅读、不接受的作品后代人会接受，这本身就是非常乌托邦的。更何况，当代作家所表现的经验以及对世界的认识，是当代人更能理解还是后代人更能理解？当然是当代人更能理解当代作家所表达的生活和经验，更能够产生共鸣。因此，从这个角度来说，当代人对一个时代经典的命名显然比后代人更重要。第二个层面,就是普通人、普通读者和权威的关系。理论上,我们都相信文学权威对一个时代文学经典命名的重要性,权威当然更有价值。但我们又不能够迷信文学权威。如果把一个时代文学经典的命名权仅仅交给几个权威,那也是非常危险的。这个危险表现在什么地方呢?就是几个人的错误会放大为整个时代的错误,几个人的偏见会放大为整个时代的偏见。我们有很多这样的文学史教训。在这个问题上,我们既要相信权威又不能迷信权威,我们要追求文学经典评价的民主化、民主性。对一个时代文学的判断应该是全体阅读者共同参与的民主化的过程,各种文学声音都应该能够有效地发出。这个时代的文学阅读,最理想的状态应该是一种互补性的阅读。为什么叫"互补性的阅读"?因为一个批评家再敬业,再劳动模范,一个人也读不过来所有的作品。举个例子:现在我们一年有5000部以上的长篇小说,一个批评家如果很敬业,每天在家读二十四小时,他能读多少部?一天读一部,一年也只能读三百部。但他一个人读不完,不等于我们整个时代的读者都读不完。这就需要互补性阅读。所有的读者互补性地读完所有作品。在所有作品都被阅读过的情况下,所有的声音都能发出来的情况下,各种声音的碰撞、妥协、对话,就会形成对这个时代文学比较客观、科学的判断。因此,文学的经典不是由某一个"权威"命名的,而是由一个时代所有的阅读者共同命名的,可以说,每一个阅读者都是一个命名者,他都有对经典进行命名的使命、责任和"权力"。而作为一个文学研究者或一个文学出版者,参与当代文学的进程,参与当代文学经典的筛选、淘洗和确立过程,更是一种义不容辞的责任和使命。说到底,"经典"是主观的,"经典"的确立是一个持续不断的"过程","经典"的价值是逐步呈现的,对于一部经典作品来说,它的当代认可、当代评价是不可或缺的。尽管这种认可和评价也许有偏颇,但是没有这种认可和评价,它就无法从浩如烟海的文本世界中突围而出,它就会永久地被埋没。从这个意义上说,在当代任何一部能够被阅读、谈论的文本都是幸运的，这是它变成"经典"的必要洗礼和必然路径。

总之，我们所提倡的"经典化"不是要简单地呈现一种结果，不是要简单地对一个时代的文学作品排座次，不是要武断地指出某部作品是"经典"，某部作品不是"经典"，不是要颁发一个"谁是经典"的荣誉证书，而是要进入一个发现文学价值、感受文学价值、呈现文学价值的过程。所谓"经典化"的"化"实际上就是文学价值影响人的精神生活的过程，就是通过文学阅读发现和呈现文学价值的过程。可以说，文学的经典化过程，既是一个历史化的过程，更是一个当代化的过程。文学的经典化时时刻刻都在进行着，它需要当代人的积极参与和实践。因此，哪怕你是一个对当代文学的虚无主义者，你可以不承认当代文学有经典，但只要你承认有文学，你还需要和相信文学，还承认当代文学对人的精神生活具有影响力，你就不应该否定当代文学经典化的重要性。没有这个"经典化"，当代文学就不会进入和影响当代人的生活，就失去了存在的意义。每一个人，哪怕你是权威，你也不能以自己的好恶剥夺他人阅读文学和享受文学的权利。

从这个意义上说，当代文学的经典化当然是一个真命题而不是一个伪命题。在一个资讯泛滥的时代，给读者以经典的指引是文学界、出版界共同的责任，而这也是我们编辑出版这套书的意义所在。

最后，感谢张明和张英先生为本套书付出的辛劳，感谢北京立丰天文化传播有限公司、北京金圣典文化有限公司的资金支持，感谢全体编委和北京联合出版公司各位编辑，感谢所有对本套丛书的出版给予大力支持的作家和他们的家人。

是为序。

吴义勤

2022年冬于北京

目 录
Contents

空的窗____1

嘴唇里的阳光____17

离异的人____36

梦　回____51

残　痕____67

碎　音____86

与往事干杯____101

沙漏街的卜语____173

破　开____217

时间不逝，圆圈不圆____248

空的窗

孤独的人最常光顾的地方是邮局。老人是在两年前的黄昏时分得出这一结论的。无论你相信抑或不相信,他都对自己的发现表现出坚定不移的信念。

两年前的一个沉闷而阴郁的下午,绵绵的雨雾终于在唑唑啦啦纠缠了七天七夜之后打住,太阳灼热的光线像一把寒光凛凛的匕首,从太阳应该消失的西天角斜逼出来,横亘在鼠街的中央地带,这时已是迟暮时分。老人正站在街边观望着什么,他发现自己有一半脸颊亮在阳光里,另一半脸颊埋在阴影里,于是,他把自己的脸完全拉进街角的一级高台阶上面的阴影里边去。

这举动与他的心境有关。比如,有一天夜晚,我送两个朋友去车站,一个男一个女,这男人和女人本身并无故事,他们都是我的好朋友,一个天南一个地北,在来我家做客之前并不相识。我要说的是在我送别他们的时候,那场景所给予我的对人生的一点小感悟。

那女人外观艳丽且凄凉,黑黑的长发披散着被夜风抚弄得时起时落,飘飘扬扬,像一面柔软的黑色缎旗,眼睛大大地洞张着,里边盛满忧郁,在黑夜中闪闪烁烁,楚楚动人。作为女人,我对拥有这种眼睛和神韵的同类,会从心灵里某个深深的部位产生一种疼痛感,这个格调总与我自己的生活经历相投合。她刚刚离了婚,从遥远的北方城市逃到我生活的这个城市。当时,夜色已经很浓稠,车站正好有一盏路灯突兀地亮着,在四际茫茫的黑暗中,这灯光给人以突然的暴露感。我们三个人在站牌下站定后我所看到的第一个动作就是那女人向后退了一步,把自己的脸躲进身后一条电线杆的瘦长的阴影里。随即,我发现我自己也闪了一下身,躲开那令人暴露的灯光,和她并排而立,脚下踏着那条横卧在鼠街车站的电线杆的影子,我们俩从头到脚被电线杆的影子保护起来。

我们的对面,在光秃秃四处无藏的光亮里,那男人(我当时在自己心里把他塑造得完美无缺,我热恋着我自己想象而成的男人,而这男人其实与他关系不大)乐呵呵迎视而站,眼睛安然地裸露在光芒之下。他是从一个边远的南方小城过五关斩六将杀进我生活的这个文化氛围很浓的城市里工作的,并且很快又将离开我到一个遥远的国度去学习,因此,他心中充满信心和希望,并不因离开我而觉失去什么。我的这个对于人生的一点小感悟就是在此时产生的:倘若你在任何一种光芒里——比如日光、阳光、灯光——看到两个或三个或四个人聚在一起,他们每个人对于光芒的或迎视或背立的选择,绝不只是一种偶然为之的空间位置,那绝对与心境有关,似乎是很随意的站立位置,但那却是一种必然的结局。

两年来,种种回忆使我一直在思索黑暗与光亮这个既相悖又贯通的生命问题。这个问题与我下面的故事有关。

那一天，在阴雨初晴的黄昏时分，老人被忽然绽开的阳光逼到鼠街东侧的高台阶上边的阴影里边去。高台阶的上边正好是一家小邮局。七天七夜的绵雨过后，邮局里显得格外繁忙。孤独的老人，忽然发现在死寂的生活中有一块角落与全世界相连，人们在这里与远在太平洋那一边的亲人爱友清晰地说着话。一个女孩在走出电话间时，神采飞扬地说，她刚刚听到了纽约清晨清扫街道的洒水车的声音。老人心中莫名地激动起来，这里还是疲倦的黄昏，而太平洋的那一边已是阳光初照的清晨了，哦，世界有这样大！老人兴味十足地在邮局里观看起来。有人风风火火排队寄发邮政快件，有人慢吞吞把信封投进四平八稳的信箱，还有人四处借着钢笔或圆珠笔，以便填写电报内容。有个面色苍白得好像没有温度的年轻女人，握着电话筒，光流泪出不了声。这个女人给他留下很深的印象。几天后，他在另外一个地方又见到了这个年轻女人。

老人连续好多天在邮局里进进出出四处张望。有一天，他正在被这个繁忙的孤独世界所感动，想着自己的这一生似乎没有收到过什么人的信，并考虑着给什么人写封信的时候，忽然他听到一个很年轻的声音从身边掠过："有病，有病，肯定这人有病。"老人的目光追随着那声音，那声音是一位身穿墨绿色邮电部门工作服的小伙子发出的，他走到柜台里，和一位穿同样服装的姑娘指指点点。老人凑过去，看到他们正嘲笑地议论一封信的信封。老人戴起老花镜，看到那信封上写：北京八宝山老山骨灰堂第五区第一百零五号收。老人的心像被什么东西攥了一下，他立刻想起两天前在老伴儿去世后的她的第一个生辰日。那一天，他熄灭了房间里所有的电灯，燃起三支蜡烛，在昏黄的烛光下，他笨手笨脚包了五十九个一寸大小的饺子。老伴儿去世正好五十九岁。然后，他把这五十九个小饺子抛撒在鼠街西头的一条通往远处的污水河里。河水像一口庞大的铁锅里的沸水，跌宕跳跃，小饺子落到河水里犹若水耗子一般上下蹿起，最后被河水跳着舞带走了。可是，忽然，老人望着那远去的河水哭泣起来，说饺子忘记煮了，还是生的。

那一天，正是晚饭前，太阳的余晖把河水涂染成让人心疼的血红，我正好站在河边，便走上去安慰老人说："阴间的吃法与我们阳间的吃法不同，饺子煮熟再吃是我们阳间的吃法，若按阳间的吃法把煮熟的饺子抛撒河中，你的老伴儿肯定在阴间无法收到。"老人抬起头望望我，似乎得到安慰。他说他好像见过我，在邮局里，我举着话筒光流泪不出声。然后他就走了。我就是在那一天认识的老人。那时，我还可以像正常人一样走路交谈，像正常人一样看到光明或逃开光明。

还是先把我放在一边，继续说老人的故事。我与这个故事的关系，到最后你便可以发现。

那一天，老人回到家，给老伴儿写封信的欲望撞击着他，他在房间里走过来走过去，坐不下去站不起来，最后终于没有写。没有写的原因很简单，他要诉说的太多太多，以至无法落笔，无法开头和结尾，只好选择沉默。正像我们太亲太近的人，你无法描写他一样。你能够诉说或描写的对象，必须具备一个条件，那就是与你的距离，没有距离，也就无法存在诉说和描写。

老人把神思拉回到邮局里，望望眼前那封投寄"北京八宝山老山骨灰堂第五区第一百零五号收"的信出了声。

"年轻人，我要找你们邮局的局长。"他说。

那个穿邮局制服的青年抬起头，看看老人庄严的面孔。拥有这种面孔的人肯定是有非见局长不可的事，是糊弄不走拒绝不了的。青年人朝着一个什么方向都不是的空中一指：那儿。老人楼上楼下左边右边花了十七八分钟时间,在第七与第八之间没有房号的房间里的第七十八号茶杯前终于找到邮局局长,在这个不大的邮局里。老人气喘吁吁掏出自己的证件,自我介绍说他是鼠街中心小学的退休教师,退休的时候正好老伴儿又去世了,他活着没有了希望,没有人再需要他,他希望局长能给他一份工作,他不要钱只是义务劳动。

局长先是漫不经心地听着,后来他被老人眼角里混浊的水花以及他那种为别人所掌握的悬而未定的希望感所造成的抽搐的嘴角所感动,"那么你能做什么呢?"

老人立刻来了精神,说:"我可以投送那些无法送达的死信。"

局长很是痛快,"好了,就这样吧,每月我们发给你四十元就算补助费。"

"谢谢,谢谢!"老人一下子充实起来,轻盈起来,光亮起来。步伐铿铿然,螺旋下楼。手里攥着第一封将要去送的死信。

这是两年前一个很晴朗的午日所发生的事。就在那天,忽然之间,老人那无所依恃于世界又无人需要于他的孤独感,在那个午日的矮矮的两层楼梯的旋转中消失殆尽。

生命又回到老人的躯体上,他觉得自己又活得充实而有意义起来,像他当年在鼠街中心小学与孩子们在一起时一样,尽管"b、p、m""人与入字的不同",他讲了四十二年之久,但他从没有重复感,每一次讲都如第一次。就像一个爱着一个女人的男人看见太阳每天都是新的一样,就像热爱生命的老赫尔曼·黑塞认为我们的生命永远是出生后的第一天一样。

可是,又在忽然之间,黑暗降临了。就是现在。老人正坐在两年前他在第七与第八之间没有房号的房间里的第七十八号茶杯前找到的邮局局长面前。

"你应该在家里休息,人应该服老,腿脚怎么也是不如年轻时候。"局长表情沉痛,咬着牙说出了这几句话,他知道这个决定对老人意味着什么。

老人把头低埋在两腿上,腰骨弯塌下来,一动不动,像一只风干了的人形标本。一行混浊的老泪在他那被皱纹纵横切割的脸颊上左右徘徊,绵延而下,终于掉在老人肥肥的裤脚上。

半个月前,老人在邮局门外的高台阶上摔了一跤,右膝擦破了皮肉,浓暗的血滴顺着小腿爬到脚面上。换在年轻人身上,这点伤本不算什么,可是老人的右膝却一日日鼓胀起来,髌骨浮肿起来。医生说是软组织损伤所造成的积液,需卧床十天。

"请你能理解我们,我们必须对你负责任。"邮局局长接着说。他看了看老人,从抽屉里取出一个口袋,"两年来你为我们工作,我们非常感激!这是给你的一点心意。"

老人头也没抬,生命的意义都没有了,心意还算什么呢。

局长重重叹了一声,又从抽屉里取出一样东西,"这是最后一封死信。"

老人抬了头,看了看那牛皮纸信封上写的字:

北京鼠街每天太阳初升时分开窗眺望的女人收

他的眼睛亮了一下,随即又淹没在盛满绝望的眼眶里。

这时候,我并没有无端消失。这两年中,在老人从送达死信的重任中重新找回生命的意义的时候,有一天,我失去了我生命中最为珍贵的。那是一个普通得令人无法回忆出任何天气特征的下午,我等待了很久很久的一个人忽然站在我面前,这久别而去的人(就是那位被我想象加工而成的令我迷恋的男人）终于从一个遥远的国度回到我身边，我激动又委屈地流着泪，一句话也说不出来。他轻轻抚摸着我瘦削的肩，脸颊埋在我的长发和肩胛骨里蹭来蹭去，像是从未离开过我、也从未遗忘过我一样。我便把脊背像猫一样弓起来，低低呻吟一声。我知道他永远不会完全属于我一个人，正像我的精神不能完全属于他一样。无论世人承认抑或不承认，我们无法做到一生只爱一个男人或女人，而那些爱的确是真诚的，只要能够称作爱。这是事实。性关系并不是爱的全部关系。即使这样，我仍然为他奉献了巨大代价。就在这天，他的到来，使那潜藏在我身体里的旷日持久的障碍，终于彻底形成了。我失去了同得到的一样珍贵的东西。这世界总是很公平。后边你将会知道这一切。

还是先把我放下，继续讲老人的故事。

老人那天蹒跚地走出邮局不大的大门，手里攥着那封死信。他心里郁郁地盘算起来，最后一封死信！果真到了最后的时刻吗？他想起曾经在一份报纸上看到的一幅漫画，画面上一个活得非常带劲的男人说："我有太多需要活下去的理由，要付房子的贷款，车子的贷款，录像机的贷款……"当时，老人立刻就把这个问题摆在自己面前让自己回答："我有太多需要活下去的理由，我每天或每两天就会得到一封死信，然后要设法把它送到稀奇古怪的死信的主人手里；有一天也许我自己也会得到一封什么人寄来的死信。"老人觉得无论去送达陌生人的死信，还是等待一封寄给自己的未知的死信，都是活下去的伟大理由。而现在，这个理由终于到达了存在的边缘，送完这封死信，理由就不复存在了。

最后的时刻到了。最后的时刻果真到了。

老人打开家门，闷了一天的房子有一股霉味，墙壁由于连日阴雨而浮了一层绿茸茸的东西。在他进屋的一瞬间，啪啦一声重重的脆响溅在地上，一堆细细碎碎的白玻璃在响声里摊在地上。老人迟缓地把目光落在那堆碎玻璃上时，是在事情已经发生半分钟之后。老伴儿的遗像埋没在碎玻璃里挣扎着朝他微笑，长长的奇怪的笑容从刚才那一声爆破声里扭曲地绽出，在多种角度的碎玻璃的折光里变了形。墙壁的潮湿使挂着镜框的贴钩连着一层白白的灰皮一同脱落下来。老人弯下身，受伤的右膝发出铁器生锈一般吱吱的叫声，他抚去那笑容上闪闪烁烁的白玻璃，但是，那长长的穿越了两年多岁月的微笑终于在破碎声中折断。他把划破的老伴儿遗像拾起来，平放在床上，不知所措。

他在房间里转了几圈，然后便开始像往常那样找东西。找什么他自己并不清楚，反正他找了起来。两年来，老人的家什凌乱不堪，找什么什么准找不到，而不找什么什么准在那儿等着人去拿。所以老人已经习惯了当想找什么时就不想找到什么的思维方式，那样一来，不想找到什么什么兴许反倒自己跳出来。可是，这会儿老人脑子里却一片空白，不知道自己要找什么，但还是顽强地找起来。他先是在堆放铁钉、改锥、瓶盖起子一类小东西的抽屉里翻到一根麻绳，他犹豫着打了个死结，套了床翅上试试，结果一拉，那绳子就断了。老人失望地把它丢在一边，又去找。他走到卫生间，卫生间里有点昏暗，他看看悬在墙角半空的角柜，角柜上堆满雪花膏、梳子、刷子之类的小用品，老伴儿活着的时候，那些小用品曾经非常有活气儿，晶亮着绚丽着呼唤主人。现在，它们覆盖在一层灰蒙蒙的尘埃之下黯然失色。他打开一瓶雪花膏，那膏状物已经干枯发黄，他嗅了嗅，隐约还有一丝香味。一种想把这个干枯发黄的东西吃下去的欲望占领了他，他犹豫着，想着自己到底在做什么。忽然，一件小东西撞入他的眼帘，那是一块薄薄的刮胡子的刀片。他恐惧地颤抖起来，一个场面随之而生：

淋淋鲜血在刀片的细微的切割声里从动脉血管中喷射出来,房顶、墙壁一时间爆满血花,如注的血浆像紫罗兰猛然绽开一般挂满雪白的房间。老人又想起几年前曾在报刊上看到的一段描述:"刀片划破眼球,流出紫色的浆汁,舌尖上品尝汽油的味道……"他当时想,这残忍的刺激性的故事准是一个情感脆弱而又带有一点自虐心理的女人想象的,她在生活中准是无力自卫才转头在故事里施放残忍与恐怖。从那时开始,他就害怕刀片,每每总是把它埋在什么东西下边,使刀片后面的故事不至于裸露出来。现在,他的神经再也承受不住这小小的薄薄的满身鬼气的小东西所带给他的想象了,他把它颤抖地丢进马桶,哗一下就把它冲走了。老人又回到卧房里,定定神,然后给自己冲了一杯淡茶,安静下来。

"不找了,不找了。"他对自己说。

这时,就在他放着茶杯的茶几上放着一小瓶东西,那东西忽然光芒四射起来,老人的眼睛一下子被它抓住了。这是一小瓶阿普唑仑片(甲基三唑安定片),他牢牢地把它攥在手里。

老人恐惧着悬了半天的心莫名其妙地踏实起来。他终于完成了一项重大的使命——选择。心理上的平衡,使他安安稳稳睡了一大觉。

第二天老人醒来的时候,天已大亮,玫瑰色的阳光已在他的床上绵延,轻柔地波动。他急忙爬起来,抓起桌上那封牛皮纸的死信就出了屋。鼠街上人来人往全像急匆匆上班赶路,一脸的不情愿,男女老幼都把自行车骑得像杂技演员似的。这真是一个奇特的国度,全中国都会演杂技。老人神色紧张地想着,躲着身前身后鱼儿一般蹿动跳跃的自行车,心里发着慌。这时,他想起自己出门前忘记了吃药。几年来,老人每天三次每次三片地服用复方丹参片,这是一种活血化瘀、理气止疼的用于胸中憋闷的中药。老人并没有心脏病,他只是听说此药有益于健康和长寿。他每每总是感谢政府给予他的公费医疗。总是想，尽管不能吃上很好的补品食物，但总能吃上不错的补药，若是在美国，连补药也吃不上。他的手在裤兜里搜寻起房门钥匙，准备返回去吃药。这才发现，出来时连房门也忘记锁了，老人重重地叹了一声"老了老了"。他并不怕有人进他的屋，老伴儿生病时，她没有公费医疗，他把家里值钱的东西全拿出去卖光了。现在，即使有小偷光临，也不会对他的叮当响的家感兴趣。若正好是一个性情温良的小偷，说不定还会同情地在他的茶几上留下几元钱。老人担心的是猫、耗子还有毒蜘蛛这类东西。老伴儿死于莫名其妙的肠胃病，死前精神也错乱，拉着老人的手一个劲儿叫着"大兄弟大兄弟"；长一声短一声地对着隔壁邻居小张他爹叫着"李大哥李大哥"，直叫得连老人自己也对着小张他爹喊起李大哥李大哥来，弄得小张他爹张大哥惊愕不已。后来，老人想，兴许就是因为吃了野猫、耗子、毒蜘蛛这类小东西啃噬过的食物。所以，老伴儿去世后他养成一种洁癖，食物、茶杯等等凡入口的东西都用干净的布罩上。昨天，老人喝茶的杯子忘在茶几上，没有罩。他被自己这一连串的忘记，搞得懊丧起来。他的手仍在兜里搜寻。无意间，一样东西触摸到他的手指，他感到一股寒冷从指尖传递到全身，兜里装的那小瓶阿普唑仑片。于是，老人又为自己刚才居然产生懊丧情绪而懊丧起来，为自己的惜命态度而惭愧起来。

"你这个自相矛盾的老家伙，不是已经选择了吗？"他在心里说。

他坚毅地向前走去。手里提着的那封死信，很重，像是全人类覆灭之前写给上帝的最后一封信。他从鼠街西头的那条污水河开始，沿着街道向东走去。他仰着头，留心查看着每一扇窗子。活了大半辈子，他生平还是第一次感悟到那些千奇百怪的窗子比过往行人的脸孔更富于表情，更富于故事，它们生动地向你敞开着心扉，各种色彩情调的窗帘，或是晨风里徐徐漫出，像是要伸出手抚摸你的脸孔；或是羞答答半掩面、欲言又止地曼声而歌。老人仰着头，一路向东走下去。他盼望着看到哪个窗子前面有一个开窗眺望的女人，他把那封信交给她，也就完成了最后一桩心事。他一直走到鼠街东头，也没看到一张女人的脸在窗前眺望。于是，他想，今天已经过了"太阳初升时分"了。

接下来的几天，老人都早早地就来到鼠街，从太阳刚一跳出地平线开始，他沿鼠街一路向东走去，太阳像新生儿，把嫩嫩的肉红色洒在刚刚被行人踏醒而显得冷清凄凉的街道上。他仰头张望每一扇窗口，想象着有一个女人正在等待他手里的信，他想象她很美丽，年轻而有生命力，她的眼睛像梦幻一样迷蒙闪烁，嘴巴微微张着，呼吸着太阳初升时分的阳光。有一天，一个年轻的男人从她的窗前走过，他感到她的目光比太阳的照耀更令他心情激荡。后来他就到远方去了，也许他是一个海员，面对着茫茫大海，一片灰蓝色压迫着他的眼睛，他想起了她。他写了一封信给她，但他不知道她的门牌号码和姓名。老人这样想着。他为自己一生的最后一件有意义的事情是为着这样一个女人而做，感到欣慰，感到辉煌。

终于有一天，奇迹发生了。

当晨光把第一抹红晕撒在鼠街西头的时候，污水河旁边的一幢四层小楼的窗口站立着一个女人。也许她每天这时都站在那儿，只是他没有看见。她站着好像在眺望被阳光涂染成金黄色的尘埃旋转着上升，又像在静心倾听污水河慢吞吞掀出的一两声悠长而古怪的歌声，神情专注、恬淡。老人先看到的是她飘扬的黑发，确切地说，他先是以为那是一扇柔软的黑绸窗帘在晨风里荡漾徐拂；要不是那团黑色中央的过于苍白的脸所形成的反差，老人无法相信那团燃烧的晴空里的黑颜色是一个女人的长发。他定了定神。那是一张与他的想象迥然相异的苍白得好像没有温度的脸,那面孔他觉得好像在哪儿见过。她的眼睛大而干枯,目光缥缈而且没有光泽。她全身的生命似乎只流动在飞舞的长发里。这样的面孔很难使老人想到幸福这个词,那是一种茫然而无力自卫的神情。老人向女人挥挥手,又喂喂了几声,但那女人在四层楼的窗口只是专注地眺望远方。

老人判断了一下房间的方位就上了楼。房门并没有锁,他一敲,那房门就闪开了一道缝。

老人说:"我可以进来吗?我找一个人。"

那女人转过身来,神态安详、宁和。她穿着一条月白色长裙,窗口的风使那柔软的长裙在她的过于瘦削的肢体上鼓荡翻飞,使她看上去幽灵一般哀婉动人。

"您是找我吗?"她出了声。

老人有点吃惊,这种面孔的女人怎么能发出这样柔和而平稳的声音呢?

"你每天都在清晨开窗眺望吗?"

这时候,女人已经知道他是谁了,他曾经在两年前一个黄昏时分,在污水河边哭泣。

"是的。但我不一定认识你要找的人。"她仍然微笑。

"那么,也许我就是找你。"

"怎么是也许呢?"

那女人临窗而立,头发在窗口绽开。室内正弥散着轻轻的音乐,那乐声柔和、亲切,含着淡淡的忧伤,水一样裹在老人的肢体上。他在离房门最近的一把椅子上坐下来。

他开始讲述自己,说了自己的来龙去脉,从两年前由鼠街中心小学退休到老伴去世,从在邮局帮助送达死信到现在失去了任何生活的意义。他不知道为什么要说这些,但他说了,说了许多。然后他把那封牛皮纸的信交到女人手里。

最后他说:"完成了最后这一桩事,我也该结束了。"

那女人并不急于拆信,她专注地倾听着老人的话。

老人准备走了,站起身。忽然又问:"你每天清晨都在窗口眺望什么呢?"

女人说:"那是一幅画。"

然后她转过身去,面向窗外。室内的乐声便填满了她身后的空间。

"这幅画的背景是用蜡笔涂成的顶天立地的赭石色冰河,"女人说起来,"你从窗子望出去正好可以看到。在河流的一角站立着一个鲜艳夺目的用黑色勾勒的女人,她的头发垂到腰间,闪耀着发蓝发绿的亮光。她的面部也是用蜡笔涂成,眼睛黑洞洞睁得很大,嘴角绽开浅绿色的微笑。她的没有年龄的裸体用阴影烘托出来。她正专注地看一枚疼痛的太阳从血红色的冰河里鲜活地跳跃出来,看金翅鱼和雪白的鸟儿以及浓荫招展的一株什么树在冰河背景里共同狂舞。那女人哼着一首人们听不见的歌,静静地与一切追求生命的灵物交谈,她不是用声音,不是用性别,也不是用心灵,而是用生命。"

老人似懂非懂听着她把长长的句子说完。停了一会儿,老人干涩地笑了一下,然后又笑了一下,说:"你真是睁着眼睛说瞎话。窗外那条污水河是土灰色的,这一点连瞎子也知道。"

"是的,"女人转过身来,顿了半天,说,"您说得对,我当然知道。"

"你当然应该……"老人忽然停住了。他这才发现女人的眼睛洞开着却没有眼睛,那儿只是两个凝固不动的黑洞,像两只燃烧成灰烬的黑炭。它呆滞而僵硬地守在理应射出光芒的地方却没有射出光芒。

老人一下子震惊了。

"对，我是个瞎子。"

"喔，老天爷。对不起。"

女人又微笑起来，"不，一切都很正常。"

然后，她走到老人跟前，把那封牛皮纸的信还给老人。"您看我是个瞎子，我无法眺望什么，所以这信不是我的。您去找吧，也许很久才能找到她，也许永远也找不到，但您要找下去。"

老人几乎要哭了，他望着她那光洁的脸孔，一句话也说不出来。

他把信接过来，转身又悄悄放在桌子上，就走了。

"再见。"

"再见。"

这些天来老人一直闷闷不乐，绝望已极，在苍凉与昏暗的心境中寻找一位每天太阳初升时分开窗眺望的女人，这心境持续到他终于看到这个女人终日被吞没在漫无边际的黑暗里。

老人走下那女人楼梯的时候，渐渐重现了两年前从邮局局长手里接过第一封死信时的情景，他又充实起来，轻盈起来，光亮起来，步伐铿铿然，螺旋下楼。只是手里没有了要去送达的死信。

在故事即将讲完的时候，我必须告诉你一件事，就是在那个普通得令人无法回忆出任何天气特征的下午，我所失去的最珍贵的东西是什么。那是我的光明的世界。每天清晨，是我站在故事里那个在太阳初升时分开窗眺望的女人的位置上。我已经习惯了黑暗。

几年前，当我还看得见光亮的时候，我曾经让自己躲到车站电线杆的阴影里；现在，当世界真的永远交付给我一片茫茫黑暗的时候，我用心灵寻找着光亮。我不能说我已经完成了黑暗与光亮这个既相悖又贯通的生命过程，但我的的确确领悟到这是生命存在的两个层次。

每天下午四时半，我便迈着伦敦一般古老而沉稳的脚步，走到鼠街邮局买一份盲人日报，然后微笑着走进白天的黑暗中。那是阳光的脚步。我无所谓白天与黑夜，亮度于我不存在意义。我的生命每天从下午四时半开始，而在太阳初升后结束。接近黄昏时分，我从黑色的阳光里买回那份盲人日报，然后泡上一杯色泽清淡、口味醇香的清茶，坐在工作桌前开始思索和工作。我的工作单调又创新，我用文字和思想把我心灵看到的东西设计成一幅幅画面，然后交给画家们去画。每日如此。世界上有一种职业叫作家，我的"坐家"职业差一点与那个职业相同。但我并不等于真的终日在家坐着。我常常在夜深人静的夏夜游摸在街头，我看到金色的阳光像瀑布倾洒在苍茫大地，照耀着浓浓的黑夜。在如洗的光束下，鼠街两侧的梧桐叶如一团团银白色的大花朵凌空开放，与高远的天空遥相对应。我裹满一身阳光走进一个老朋友家里，于是，他或她便会很高兴地为了我临时改变一下黑夜与白天的生物习惯，然后沏上两杯清香的茶。我告诉他或她世界吞没在黑夜里的事情，他或她告诉我世界翻腾在白天里的事情。

有一天深夜，我怀念起我的一位远在雾都生活的会唱歌、会把看不见的钢琴弹奏出美妙音乐又会写小说的旧友，她由于终日生活在大雾里，所以我觉得她和我一样总要用心灵辨别方向而不是用眼睛。我记不清她是否就是那个早年曾经和我一同站在我迷恋的那男人的对面，而躲进鼠街车站电线杆阴影里边去的女人，总之是那一类即使我永远也看不到她，也不会忘记的朋友。我给她写了一封信，我说："连绝望这件事存在的本身也不要绝望，我和你同在。"

我记不清是不是在我失去光明之前从什么先人的书里看到过这句话。从前我已遗忘。盲文里没有这些。

另一次，也是在深夜，孤独的冷月照在我的身体上，皎洁的肌肤光滑如鱼。走,离开,这几个大字在我的血液里涌动,使我无法安睡。我不知道去哪儿,哪儿都可以,只要是离开,只是走出惯性。

我想,我将开始茫茫黑夜漫游了。那一天,我将仔仔细细把心灵一般破损的窗棂审视一番,敞开着离去,让那首痴情的《在这里等你》的歌永远重复地从我的窗子里流出,然后,我将走进没有边际的时间与空间的黑暗里。我会拾到许多光明的故事,用盲文写给我的同类。

我相信,鼠街老人会在我离开的空窗子前看到我。

嘴唇里的阳光

0 另一种规则

我是一个年轻女子,做着一份很刻板的工作,刻板得如同钟表的时针,永远以相同的半径朝着一个方向运行圆周,如同一辆疲倦的货车,永远沿着既定的轨道行驶。平时,我在阅读单位发的学习材料时,特别是在那些与斗争新动向有关的文章,即使我把同一条消息读上十遍,也无法记住伊拉克与科威特到底是谁吞灭谁,飞毛腿与爱国者到底是谁阻截谁。但是,我会把那上边所有的印刷错误,比如一句话后边右下角的",错印成"'"等等,牢记于心。这就是我干校对这一职业的后果。

我庆幸这一单纯的工作使我那混乱的头脑免于许多错误。因为在许多领域我是一个惯于想入非非而无法遵守规则的人。比如,一个凶猛残暴的杀手,他的性格孱弱的儿子在一次失误中弄死了一个人,当死刑无法逃脱地落到他的恐惧惊慌的儿子身上时,这个幽灵一般神出鬼没永远能脱身法律之网的父亲,主动承担了儿子的死罪。这举动应该说是对法律的一种嘲弄和欺骗,但我会被这样一个杀人不见血的残暴父亲的舐犊之情感动得泪流满面,甚而生起一种敬仰。当我看到一个技术高超的外科医生,面对一个受了重伤、苦痛难耐、企求帮助的阶级敌人的妻子而不予抢救医治的时候,我便会对这个医生产生恶感。这一立场问题以及不合规则的思路,使我无法成为一名合格的法官或医生。

据说,要成为一个作家必须要操守更多的规则。我自知奇异的思维与混乱的脉络同样使我无法合乎规则。好在我懂得自己的症结,也从不期待或奢望成为什么。

但也许有另外一种可能,比如你正好与我拥有同样的思维方式,你会把我误入歧途的思维理解成另外一种规则,也说不准。

1 对针头的恐惧

牙科医生总使黛二小姐充满奇异的想象。这种奇异之想从她刚刚走近牙科诊室听到那种钻洗牙齿的嗞嗞声便开始。走进诊室后,那声音便在她全身每一个细小的神经周围弥漫。与此同时,在她目光所及的空间里,无数颗牙齿便像雪片一样在她身前身后舞荡翻飞,纷纷扬扬,散发一股梨树花飘落的清香。

这会儿,黛二小姐坐在第一〇三医院牙科诊室第一〇三号孔森医生的诊椅上想入非非。黛二二十二岁,且带有一股病态的柔媚与忧郁。智齿阻生的痛苦把她带到这里。她仔细查看了她的四周:左侧扶手部位有一个冲盂和水杯。右上方是一套可以推拉旋转的器械和一只小电风扇。头部正上方是一个很大的聚光灯，它像一枚金色的向日葵，围绕着牙病患者的口腔转动。右侧扶手旁边放着另外一把带轱辘的转椅，年轻的牙医就坐在上边。

这是一个沉默寡言的年轻医生。他个子很高，但敦实稳重。眼神专注而清澈（他的眼神使黛二小姐终生难忘，在未来的岁月中，她凭借着这样一双眼睛把他从茫茫人海里找寻出来）。他的鼻子和嘴全部遮在雪白的大口罩里面，这遮挡起来的部分赋予她一种想象的空间，一种神秘莫测之感。假若你仰身靠在诊椅上，聚光灯雪亮地射在你的嘴唇周围，你神情紧张地攥紧拳头，本能地把它们放在腹部。年轻的牙医在你的右侧俯身贴近你的脸孔，你张大嘴，任他用钩子、钳子、刀子在你的牙齿上摆弄。他粗大有力的手指在你的不大的口腔空间不停地转动，由于口腔的狭小，他用力拔掉你的某颗牙齿的时候，充满了内聚力。他使劲你也使劲。如果你像黛二小姐一样是个年轻女子，并且善于浮想联翩，那么你便很容易联想起另外一种事情。

孔森医生在黛二邻座的一个牙疾患者面前俯下身，他往那个头发花白的老妪的上腭注射了麻药后，就转向黛二小姐这边。

他问："有什么不舒服吗？"声音是低沉的，像闷在地下隧道的声音。

"没有。"她说。

"心脏有问题吗？"

"没有。"

"血压高吗？"

"不高。"

"那好，我们开始。"他的语词简约而准确。这种非此即彼式的谈话使她感到一种辩证法的魅力。

他转身去取麻药。黛二觉得他提出的疾病离她还遥远。她还年轻,那些老年性疾病还远远够不上她。黛二理解这种提问是拔牙程序之一,便冲他笑笑,表示对他的感谢。

他取来了装满麻药的注射器,针头冲上,用右手拇指推了推针管,细细碎碎的雾状液体便从针头孔零零星星喷射出来。这雾状的液体顷刻间纷纷扬扬,夸张地弥散开来。那白色的云雾袅袅腾腾飘出牙科病室,移到楼道,然后沿着楼梯向下滑行,它滑动了二十八级台阶,穿越了十几年的岁月,走向西医内科病房。在那儿,黛二小姐刚刚七岁半。

豁着门牙、洞张着两只惊恐的大眼睛望着这个白色世界的黛二,是个体弱多病的小萝卜头。她刚刚从一场脑膜炎的高烧昏迷中苏醒过来。

"认识妈妈吗?"一个和黛二小姐现在的年龄相仿的女子坐在她七岁半的小女儿身边,等待命运判决一样期待她的孩子的回答。

"认识妈妈吗?妈妈在哪儿?"那年轻女子又问。

黛二尽可能地张大由于疾病折磨显得越发枯大的眼睛在房间里搜寻。墙壁是白色的,一个游荡的声音是白鬼的,一束在这声音后边从那个很高的嘴角射出的微笑是白色的。那儿,站着一个大个子的男人,右手正推动针管,针头冲上,那针头像一个荒凉冷落的旷场正等待着人们经过。它长长地空空地等待着戳入她的屁股。他也许是朝他的小病人微笑,但一切表情全被白色的大口罩涂染成冷漠的无动于衷。

"认识妈妈吗?你看妈妈冲你笑呢。"

黛二一动不动,眼光游移着来来回回打量那针头。她把小身体里的全部力量都凝聚在她的目光中,阻挡着那针头向她靠近。

"妈妈在你身边呢,你不认识了吗?"那年轻女子几乎要崩溃了。

针头已经朝她慢慢移过来，带着尖厉的寒光和嘶鸣。

"妈妈，不打针。"黛二一下子跃身抱住妈妈的脖子，"妈妈，不打针。"黛二大声哭叫。

那年轻女子嘤嘤哭泣起来，边笑边哭："我的孩子又活了，没有变傻，又活了……"

白大褂和针头已经走到小黛二身边。

"把她放下，请出去，她要打针了。"白大褂上边的嘴说。那支硕大的针管就举在他手里，如同一支冷冷硬硬的手枪。

年轻女子令黛二失望地放下了她，高高兴兴地流着泪，退出去了。

她知道她的妈妈也怕这个男人，她的离开已经说明了这一点。她不想保护黛二，黛二最后的依赖没有了。她不再哭，她知道只有独自面对这个冰冷的针头了。

"趴下，脱下裤子。"

抵抗是没有用的，连妈妈都服从他。

她顺从地趴下，脱下裤子。

整整两个多月时间，七岁半的小黛二在"趴下，脱掉裤子"这句千篇一律的命令中感受着世界，她知道了没有谁会替代谁承受那响亮的一针，所有的人都只能独自面对自己的针头。

那长长的针头从小黛二的屁股刺到她的心里，那针头同她的年龄一起长大。

牙科诊室响起一阵刺激的钻洗牙齿的声音，那嗞嗞声钻在黛二小姐的神经上，她打了个冷战。

年轻敦实的牙医举着盛满药液的针管向她靠近。

"不！"黛二小姐一声惊叫扰乱了牙科诊室一成不变的操作程序。

2　一次奇遇

我与他的那次相遇完全是天意。那是五年前的事情。有一天薄暮向晚时分，黄昏衰落的容颜已经散尽，夜幕不容分说地匆匆降临。那一阵，我的永远涌动着的怀旧情绪总是把我从这一个由历史的碎片衔接的舞台拉向另一个展示岁月滑落的剧院。那天，我独自走进一家宏大的剧场。这剧场弥散着一种华丽奢侈与宗教衰旧的矛盾气息。我是在门口撞见他的，确切地说，我首先是被一个英姿勃发风采夺目的年轻男子的目光抓住，然后通过这个男子的声音认出了他。

"是你吗？"他说。

我定神看了看他，那双专注而清澈的眼睛我是认识的，但眼睛以下的部位只在我的想象中出现过。只不过想象中的下巴是宽阔的，棱角分明，眼前的这一个下巴却是陡峭滑润。挺拔的直鼻子吻合了我的想象，正好属于他。

"是的，是我。我认识你……的一部分。"这种方式与一位英俊男子相识，使我不禁微微发笑。

他也微微发笑。他用右手在自己的下巴上摸了一下，那很大的手掌连同他的一声轻快的口哨声一起滑落。我们谁都没有提起在这之前我们曾经经历的那件事。

"你……一个人吗？"他说。

"对。"

"如果你不介意，我这儿正好有两张票。"

"我有票。"我举起自己手中的票。

"可是,我的是前排。"

"嗯……那么你不想继续等她了吗?"

"谁?"

"嗯……"我转身极目四望。

我还没有转回身,就被他轻轻拉了一下,"我就是在这儿等一位和你一模一样的姑娘。"

我笑着摇摇头,却跟着他走了。

巨大的帷幕拉开了,灯光昏暗,四周沉寂。我从来都以为,办公室与剧场影院最大的区别就在于,办公室是舞台,即使你不喜欢表演,你也必须担任一个哪怕是最无足轻重的配角,你无法逃脱。即使你的办公室里宁静如水,即使你身边只有一两个人——演员,你仍然无法沉湎于内心,你脸上的表情会出卖你。那里只是舞台,是外部生活,是敞开的空间。而影院、剧场却不同,当灯光熄灭,黑暗散落在你的四周,你就会被巨大无边的空洞所吞没,即使你周围的黑暗中埋伏着无数个脑袋,即使无数的窃窃私语弥漫空中如同疲倦的夜风在浩瀚的林叶上轻悄悄憩落,但你的心灵却在这里获得了自由漫步的静寂的广场,你看着舞台上浓缩的世界和岁月,你珠泪涟涟你咻咻发笑你无可奈何,你充分释放你自己。

那一天,演出一个与爱情有关的剧目,演员们如醉如痴,一个男人对着一个女人动听得像说假话一样倾诉真心话,一个女人对着另一个女人动听得像倾诉真心话一样说着假话。我完全沉浸在舞台上虚构的人生故事与感叹之中。当帷幕低垂,灯光骤然亮起,四周纷乱的嘈杂声与涌动的人流把我从内心空间拉回剧场里时,我再一次看到我身边他那双专注而清澈的眼睛。

我说谢谢。

他也说谢谢。

然后我们一起往外走。随着缓慢而拥挤的人流我们挪着脚步。他的手臂放在我的身后以阻挡后边的人群对我的碰撞，那手臂不时地被人流涌到背部和腰上，我感受到轻柔而安全的触摸。走到门口，他接过我的外衣，从后边帮我穿上，这细微而自然的举动使我觉得那件外衣变得分外温馨。

从剧场到汽车站要经过一条极窄的楼群夹道。我来剧场的时候就发现了这狭小的通道潜藏着什么危险，当时天色还没有完全黑透，这种想象只是一掠而过。而从剧场出来时，夜色已经极为浓稠，月亮像一块破损的大石头只露出一角。于是，关于那个狭长的黑道的想象便把我完全地占领了。我提议，请他站在夹道口的这边，等我跑过去站在夹道口的另一边向他说再见，然后我们再分手。

他哧哧发笑。

"这么复杂干吗？我送你过去。"

"不。"

"没关系没关系。"

"不用，我……真的不用。"

"怎么了，你？"

"我只是有点害怕……突然什么人……"

"噢，也包括我？"

"嗯……"

"你真是个小姑娘。你需要我又害怕我。好吧，你先过去，然后喊一声我再过去。我送你回去。"

我愉快地接受了。

我一口气飞跑过去,像百米冲刺。身后是他伫立在原地的身影和目光。我刚跑到夹道的另一端就大声叫:"我过来了。"

那一边咚咚的脚步声才响起。

我们重新聚合后,他郑重地向我保证了我的安全。我觉得我信赖他。这种信赖来源于以前我们共同经历的那一次我在这里暂时不便透露的记忆。

我们一边走一边很勉强地回忆了一下那段往事。我告诉他我对于他那双眼睛存有了深刻的记忆,还有他的声音——大提琴从关闭的门窗里漫出的低柔之声。出乎我意料的是,他对于我那一次的细枝末节,包括神态举止都记忆犹新。

"当时我就知道你不会再来。"他说。

我们在夜晚的人影凋零的街上慢走,远远近近地说这说那。

我们的话题落到刚才剧场的爱情剧上,我说我对男主角的一句台词有不同的看法。我说"肋骨说"是荒诞的,当初的亚当和夏娃以及未来的亚当和夏娃无论怎样亲密,他们毕竟都分别长着自己的脑袋,有自己的思想和精神。女人是独立的。

他表示同意。

我又说:"这也许是我没有信仰的缘故。"

五年前的时候,我对于爱情这一话题的向往就像对死亡这一话题的向往一样深挚。

在距我家的楼几十米的地方,我们分手了。

他的手轻轻抚了一下我的头发,说:"你说起话来像个大人。"他的重音落在"像"上边,那意思是说我其实不过是个小姑娘。

"这并不矛盾。"我越过了他的潜台词。

"矛盾是美丽的。你是个矛盾的姑娘。"

他的银灰色风衣飘起来轻打在我身上,我感到一种湿漉漉的温情。他向下俯了俯身,但只是俯了俯身。

大大的月亮全部呈现出来,街旁的路灯昏黄地在我们身影的一端摇动。他的气息拂在我的脸颊上,我垂下头无所适从。

我从他飘逸的风衣的拥围里脱出身来。我说:"别。"

"别紧张。我只想听听你的故事。"

望着他的脸孔,我感到安全而放松。

3　重现的阴影

黛二小姐仰坐在孔森医生的诊椅上,她的头颅微微后仰,左腿平平伸开,右腿从膝盖处向内侧弯曲着,别在左侧小腿下边。双手僵硬地放在平坦的腹部。微微颤动的身体使她那一双美丽的乳房像两个吃惊的小脑瓜,探头探脑。年轻的牙医神情专注地凝视这年轻女子紧张的躯体,她在聚光灯强烈光芒的照射下呈现出孤独无援之态。

黛二小姐望着孔森医生举着注满药液的针管向她靠近,惊恐万状。她张大嘴,那根就要戳向她的上腭的狰狞的针头使她面色苍白,失去了控制力。

"不!不!"她惊叫。

年轻的牙医放下针管,语调平平,似乎没有任何怜悯色彩,"如果你不舒服,那么就先不做。"

黛二脸孔发凉,嘴角和右侧鼻翼无法抑制地抽搐起来,以至她无法睁开眼睛,脑袋里一片空荡,许多铅色的云托着她的身体向上旋转旋转。

　　……那是一片又一片浓得发沉的云，天空仿佛被一群黑灰色的病鸟的翅膀所覆盖，空中水汽弥漫，骏马一般遨游在天宇的硕鸟们慢慢晕倒，雷雨声把它们的羽翼一片片击落，那黑灰色掉下来徐徐贴在房间的窗子上。模模糊糊中黛二触目惊心地看到一根长在男人身上的巨大的针头朝向她的脸孔……

　　牙科诊室一片嘈杂。她听到窗外仿佛响起了雨声，溅起一股霉味的暗绿色腾向天空。她感到仰坐的椅子被人缓慢地平放下来，她的头颅被一股力量引着向后仰下去。

　　"没什么，没什么，紧张的缘故。"她听到是年轻的孔森医生在说。

　　喧哗了一阵儿，她感到周围模模糊糊的白色人影散开了，诊室里恢复了原有的秩序。

　　黛二小姐感到年轻的牙医正在用手指触按她脸颊上的一些穴位，有力而酸胀的指压渐渐使她紧张抽搐的脸部肌肉放松下来。窗外下起了雨，细润的雨丝从玻璃窗轻柔地滑下，仿佛拂在她的脸颊上。年轻的牙医正用白色的毛巾擦去她脸上沁出的虚汗。她模糊地看到一团白色，像一只帆船从遥远的天边驶进她的视线，那帆船正悬挂在窗口向着室内混浊的光线四处张望和探询。她紧迫地呼吸起来，感到自己的肺腑正一点一点被室内混浊的气息涂染得昏黄。她望着那白色的帆船，千思百绪，浮想联翩，她的目光和手臂一起用力，想伸出窗外抓住那一掠而过稍纵即逝的白色。

　　黛二小姐睁开眼，深深呼了一口气，渐渐恢复常态。

　　"感觉好些了吗？"牙医问。

　　黛二吃力地坐起来，"我……没有什么。"

　　年轻的牙医笑了笑，"你晕针吗？"他说。

"不，不完全是。那针头……让我想起另外的事情。"

"今天你的状态不好。过几天在你感觉身体状态好的时候再来，你看好不好？"

黛二小姐双腿软软地走下诊椅，她感到愧疚交加。她知道她再也不会来这里。她望望这个触摸过她的脸颊的年轻牙医，他的清澈的眼睛已经印在她心里了。一种彻底失败的情绪统治了她的全身，她甚至没有和这位使她产生某种想象并且由于这种想象使她想延长与他的接触的年轻牙医告别，就怅然若失地离开了。

4　冬天的恋情

冬天是这样一个安详的老人，它心平气和地从热烈的夏天走过去，从偏执的浪漫的危险的热带气息走过去，一切渐渐宁息下来。我热爱夏天，然而，我的恋情却偏偏以冬天为背景展开，这当然也可看作我赋予这恋情的一种性质。

在与他偶然地再次相遇以前，我的冬天漫长且荒凉。冰冷的北风总是呼啸着从窗外飞过，像个没有身影的隐身人气喘吁吁地狂奔。光秃秃的天空枯旷地迎向我的窗子。我在暖暖的房间里手捧一本什么书面窗而坐，阳光比我设想出来的所有的情人都更使我感到信赖，它懒洋洋爬满我的周身，只有它在我感到冰冷的岁月里尾随于我，覆盖于我，融解我心灵里所有郁滞的东西——哀愁的、绝望的情结。使之超然平和起来，一切泰然而处之。

在这个冬季，我对他的信赖渐渐变得仅次于对阳光的信赖。

自从他闯入我的生活，我感到自己每一天都活得像做梦一样不真实。躯体只是一个表面静止的发射站，把神思发射出去，我的大部分时间无法留住涌动的思绪，只能一任它四方出游，如云如烟。我常常用力摸摸自己的脸颊，让真实的触觉使自己真实起来。

我们开始频繁地约会。我感到我喜欢并信赖这个男人。他总是回避那一次由于我的失态使我们在最初一次接触时彼此留下深刻记忆的那个事件。

我们每天晚上约会。这许多年来我唯一长久热爱的就是走路。我们沿着建国门大街一走就是几个小时，一路清风拂面，彩灯闪烁，景致迷人。这个属公马的男子有着雄马一样高大的身材（他在自己的属相前总要加上公性），我挎着他的左臂，悠然行走。实际上只消他一个人走，我们俩便可以共同向前移动。他就像土地一样承受我的一切。

终于有一天，他问我，"你为什么那一次走了之后就不再来了呢？"我知道他指的是我们最初的那次。"要不是在剧场偶然地碰到你，恐怕你永远消失了，不敢想象，我失去的可是一个世界。"

我忽然一阵感动。

我们就站在华灯照耀、光亮如昼的大街上亲吻起来。我的心一下子空了，四肢瘫软。这举动对于一个浅试初尝男女之事的小姑娘的确有着非同小可的震撼。我发现我是那么渴望他的身体，潜藏在我身体里的某种莫名的恐惧正在渐渐消散。

他把我拉进路旁的树林阴影里，我们在被树叶摇碎的月光里长时间地亲吻和爱抚。他强按着激动，生平第一次解开了一个年轻女子的纽扣，那种慌乱使人感到一个刚刚学会系纽扣的儿童正在被幼儿园老师催着脱掉衣服。他也是第一次用目光旅游了一个女人真切的身体。我们紧紧拥抱，那种荡人心弦的触摸使两个初经云雨的年轻男女魂飞魄散。我感到身体忽然被抽空了，成为一个空洞的容器，头顶冰凉发麻。我的身体变成一块杳无人烟的旷地，一种我从未体验过的空虚在蔓延，没有边界，仿佛那旷地四周长满石笋、岩峰和游动的鱼……

我无意在此叙述我们的"爱情"，我根本不知道这是否叫作爱情。五年后的今天，我仍然无法对我当时的情感做出准确的判断，因为我从来不知道爱情的准确含义。

记得当时正当我迫不及待地想投入他的怀抱感受他的身体的时候，我却忽然停住了，我只是抱住他的腰一动不动，泪眼星星，低声啜泣。我说："我不想看见它，不想……"他说："怎么了你？"我说："我就是不想看见它。""怎么了为什么？"我珠泪涟涟，用低声的哭泣回答他。

他停下来，久久抚摸我的脸颊。多少年潜藏在我身体里的压抑骨鲠在喉。我终于鼓足勇气把压在我心底的东西胆怯地拿出来交给这个男人，我低声恳求他帮我分担，帮我分担。只有他可以分担我的恐惧。

我依偎在他臂弯的温暖里，也依偎在他的职业带给我的安全中。我从未这样放松过，因为我从未在任何怀抱里失去过抑制力，我的一声声吟泣渐渐滑向我从未体验过的极乐世界；我也从未如此沉重过，我必须重新面对童年岁月里已经模糊了的往事，使我能够与他分担。

5　一次临床访谈

黛二小姐终于在一个绵雨过后的午日用电话约出了那位年轻牙医，她说她必须见他。

他们在绿树叠翠的被细雨润湿的疗养区域里漫步。太阳已经出来了，天空呈现出鲜嫩欲滴的粉红色，阳光把草坪上绿绿的雨露蒸腾起来。懒洋洋的长椅上半睡半醒的老人们默默自语。年轻的孔森医生身上散发出的来苏气味不断地使黛二小姐感到自己也是个病人。

"你终于来了。"他说。

"……"

"你的牙齿又发炎了吗？"

"……"

黛二小姐先是沉默不语，然后她讲起了另外的事情。她滔滔不绝，被倾吐往事之后的某种快慰之感牵引着诉说下去。

黛二小姐讲起她童年时代曾有过一位当建筑师的朋友，这位瘦削疲弱而面孔阴郁的中年男人是童年的黛二唯一的伙伴。他就住在黛二家的隔壁。那时候，孩子们的玩具只有沙土、石子和水，积木、橡皮泥以及那些非电动简易玩具还是奢侈品。小黛二一天一天沉浸在玩沙土的乐趣中，她在自己周围挖出无数个坑坑，在坑坑里放下一只只用嘴吹鼓的圆纸球（她称之为地雷），然后在那些坑坑上交叉地放上两三根树枝，再把纸放在树枝上边，最后轻轻地用沙土将它们遮埋住。一切完毕之后，黛二像个运筹帷幄的将军站在原地四顾环视，身边布满了她已看不见了的成果。她闭上眼睛，在原地转上几圈，然后怀着一种刺激的心理走出地雷区。这是小黛二从电影《地道战》中学来并演绎了的游戏，她长时间沉浸在这种游戏中。

长大后的黛二小姐，无论在办公室还是在人群中，总是不能自已地回忆起儿时这种游戏，她才恍然感悟到小时候的游戏正是她今天的人生。

小黛二总是和她的建筑师朋友一起玩。这个沉默寡言的男人只有和黛二一起玩着具有象征性的游戏时才表现出兴奋的神情（"象征性"这个词是成年后的黛二赋予"游戏"的修饰词）。他教会小黛二一些她意想不到的玩法。比如，他教会她建筑"高塔"，他把碎石块用泥土砌起来，尽可能地高，那个高度对于童年的黛二完全可以比作耸立，这种耸立有一种轰然坍塌的潜在危险，一阵风便可以把它推翻刮倒。当它摇摇欲坠危险地耸立着的时候，建筑师便带领黛二发出一阵欢呼。

他们还玩水龙头。院子的西南角有一个长水池，水池上边是三只水龙头。建筑师常常把三只水管同时打开，尽可能地开大，让三柱喷射的水流勃发而出。这种痛快淋漓的喷射带给他无穷的激动。每当这时，他便兴奋得号叫，那叫声回荡在无人的院落里格外瘆人，令小黛二兴奋又恐惧。

他是一个优秀的建筑师，家里的奖状贴满一面墙壁。但是，他的妻子却从不为此自豪。在黛二的记忆里，这一家唯一的邻居总是吵吵闹闹，小黛二问起父母他们吵闹的缘由，父母似乎总躲躲闪闪避重就轻，或者模棱两可地说叔叔总是忙于建筑工作，没有时间照顾家庭，阿姨不高兴。小孩子不懂，不要多问。这种答复总使黛二不能满足。她总想找个机会问问她的建筑师朋友，直到在一个阴雨连绵的天气里，那个成年男子强迫未经世事的黛二观看了她一无所知的事情，以实现他的裸露癖，发生了那起令小黛二终生难忘的事件……当她哭着告诉了妈妈所发生的一切以后，他们便再也不是朋友了。

长大后，黛二小姐才渐渐懂得了建筑师那种疯狂工作和游戏与他作为一个失败的男人之间的某种关联——一种丧失的补偿。

终于有一天，一辆白色的救护车鸣叫着把建筑师从小黛二玩游戏的院落拉走了。据说他被拉到城北的疯人院去了。人们说他在一个幽僻的林荫小道上徘徊许久之后，冲着一位途经这里的年轻女子再一次重复了那个阴雨天里对着小黛二做的事情。

　　黛二在上小学的时候，亲身经历了一场火灾。人们先是被一股浓烈的焦糊味和呛鼻酸眼的烟雾从自家引出屋，继而人们看到建筑师家的窗子被无数只鲜红的狗舌头舔破，那些长长的狗舌唏嘘着渐渐合拢成一片灼热的火红。建筑师在停职之后的一天下午，把自己反锁在房间中，一把大火伴随着令人窒息的汽油味结束了他的苦恼、悔恨和无能为力的欲望。那滚滚的浓烟嘶鸣的火焰弥漫了静静的院落，弥漫了蜿蜿蜒蜒的小巷以及流失在小巷深处的黛二小姐蜿蜿蜒蜒的童年……

　　年轻的牙医把一只手重重压在黛二小姐的肩上，那种压法仿佛她会忽然被记忆里的滚滚浓烟带走飘去。那是一只黛二小姐向往已久的医生的手臂，她深切期待这样一只手把她从某种记忆里拯救出来。有生以来她第一次把自己当作病人软软地靠在那只根除过无数颗坏牙的手臂之中。这手臂本身就是一个最温情最安全的临床访谈者，一个最准确的 DSM-III[①] 系统。

6 诞生或死亡的开端

　　在我和他同居数月之后的一个风和日丽的上午，我们穿越繁闹的街区，走过一片荒地，和一个堆满许多作废的铁板、木桩和砖瓦的旷场。我对废弃物和古残骸从来都怀有一种莫名的情感和忧伤，那份荒

---

① 注：DSM-III 是精神医学里一个多轴分类系统，接受评价的行为是在不同的轴上或方面加以评估，从而全面而准确地诊断出患者的障碍所在。

凉破落与阴森瘆人的景观总使我觉得很久以前我曾经从这里经过，那也许是久已逝去的童年和少年时光。我们默默地伫立了一会儿，就走向旷场尽头一个狭小的房间——这个房间多少年来被人们视为爱情的摇篮与坟墓的发源地，据说它是通往喜剧与悲剧的舞台。我无法给这个地方准确地命名，正像我至今无法给自己当时的情感命名为爱情一样。

一个热情的并且习惯用"操"字充当语言的逗号（这个字在他嘴里并不含有喜或怒的情感色彩），为他滔滔不绝的句子断句的青年人接待了我们。我们从这个狭小的房间领取了一份红色的类似于奖状的证书。那上面写着：

××字第十三号

黛二（女）二十三岁

孔森（男）二十六岁

自愿结婚，经审查合于本国《婚姻法》关于结婚的规定，特发给此证。

我和他各持一份。我们都知道那张纸厚如铁板又薄若蝉翼。

7　飞翔的仪式

黛二小姐终于再次出现在第一○三医院牙科诊室的第一○三号诊椅上，是在她结婚之后的一天下午。她的气色格外好，脸颊散发一股柔媚的光彩，那双惊恐的大眼睛已不复存在，她的目光像一个闪闪烁烁的星座散发着耀人的神韵。

她坐上那把诊椅宁和而自信，像主人命令侍从般地对身旁那个年轻牙医说："我们开始吧。"

年轻的牙医右手举着注满药液的针管，针头空空地冲上，像举着一支填满火药的随时可以发出响亮一击的手枪，他把它在黛二小姐眼前晃了晃，说："真的没问题了吗？"

黛二笑起来："当然。"

她张大嘴巴，坦然地承受那根具有象征意义的针头戳入她的上腭。一阵些微的胀痛之后，温馨而甜蜜的麻醉便充满她的整个口腔。阳光进入她的嘴里，穿透她的上腭，渗入她的舌头，那光在她的嘴里翩翩起舞，曼声而歌。一抹粉红色的微笑从她的嘴里溢到唇边。

年轻的孔森医生俯下身贴近她的脸孔，尽管白色的大口罩遮挡了他的嘴唇，但黛二仍然感到一股热热的气息向她扑来。牙医用右手举着刀子和钳子，左臂作为支撑点压在她的胸部，这种重量带给她一种美妙绝伦的想象。年轻的牙医很顺利地拔掉了黛二小姐左边和右边的两颗已经坏死的智齿。他们一起用力的时候，黛二小姐没有感到疼痛，她是一个驯服而温存的合作者。他们好像只是在一起飞翔，一次行程遥远的飞翔，轻若羽毛，天空划满一道道彩虹般的弧线。那种紧密的交融配合仿佛使她重温了与丈夫的初夜同床。

当年轻的孔森医生把那两颗血淋淋的智齿当啷一声丢到乳白色的托盘里时，深匿在黛二小姐久远岁月之中的隐痛便彻底地根除了。

离异的人

午夜时分,万籁俱寂,房间里无声无息。林芷缱绻在被子里已经迷迷糊糊。她始终觉得冬天是从她的脚趾开始的,骨感的脚踝越发凸凹起来,凉意和空旷感便从她光裸的脚底向上攀爬蔓延。

"铃,铃铃……"林芷微微打了一个激灵。

和前夫离婚后,她添置的第一件东西就是这台进口的高档电话机,她再也受不了原来那电话忽然而起的铃声大作。现在,她把铃声调到最轻柔悦耳的一挡,那声音如同一只蛐蛐在鸣叫。

她从被子里伸出一只手臂,拿起话筒,"喂"了一声。

话筒里没有回应。

林芷清醒过来。

她知道是他,是布里。她甚至听到了一丝熟悉的屏息的呼气声。

"说话。"她低沉着嗓音。

依然没有回应。

林芷挂了电话。

几天前的一个薄暮向晚时分,她下班回家的路上,也曾经干过这样的事。那天,她忽然抑制不住,产生一股想知道他行踪的冲动。她掏出手机,迟疑了一下,又收起来,她知道他那里有来电显示。她冲到路旁的一个黄帽子公用电话下,拨了电话。布里接通后,她也没有出声,沉了一刻,才慌慌张张挂断了线。

林芷心里怪怪的,觉得蹊跷,觉得他们彼此都像隐蔽的侦探,暗中窥视着对方。可是,他们的确都不再有重归于好的愿望了,一丝也没有。

刚离婚那几天,情形还不大一样。林芷和布里一下子都不太适应,隔三岔五互相找碴儿打电话,彼此说话都阴阳怪气的。有时候周末,他们还克制不住,鬼使神差地往一块儿凑,到他们过去常去的餐厅吃顿饭。

有一次,他们一起过马路,他习惯性地牵住她的手,他那宽大温暖的手掌整个包裹了林芷指尖的冰凉,她的余光看见他那熟悉的侧影和陡削俊朗的脸孔,心里的愤恨和防线似乎一瞬间坍塌崩溃了,眼泪在眼眶里不争气地转,险些掉落下来,急于找个角落大哭一场。好在此刻布里全神贯注地盯着过来往去车水马龙的车辆,顾不上看她。

马路还没有过完,林芷便把自己的手从他的掌心里抽出来,"别拉拉扯扯的。"

布里的嘴角歪向一边,似笑非笑,一副不动声色的样子,"我这不是替别人拉着嘛。"

他松开林芷的手,她心里忽悠一下。这种奇妙的感觉林芷以前从未体验过,仿佛自己的重量在一瞬间发生了变化,不知是轻了还是重了。

一辆大型轿车几乎擦着他们的鼻子尖开过去,银白泛亮的车身外壳闪烁着豪华的光彩;马路两旁鳞次栉比的高楼大厦,反光玻璃折射出傍晚斜阳的余晖;一株株高大的槐树、梧桐树,高扬着头颅,用力呼吸着,从不清爽的空气中吸入一口清新;灰蓝色的天空下,一群群下班的人流行色匆匆,踉踉跄跄,嘈杂喧哗,一派浮躁喧腾的城市景观……然而,眼前的一切,都不再能引起他们谈论的兴趣。

他们走进一家餐厅。这家叫作"老房子"的栗色餐厅位于街道拐角处,不大的厅堂貌似东倒西歪,内部的格局也不对称,似乎主人随心所欲信手拈来,其实明白人一眼就能看出它的内在的章法和风格——酷得隐蔽,精致得粗糙,雕琢得毫无痕迹,所谓大巧若拙,如同人世间的许多事物一样,精心得漫不经心。布里遂想到他们在濛山上的那套叫作"美梦"的小别墅正是这样的风格。

在他们曾经共同喜欢的《家庭的衣服》一书的熏染下,林芷和布里养成了一种小到对纸巾碗筷、餐具器皿,大到对桌椅板凳、窗户墙壁的共同的挑剔。这是一家他们过去十分喜欢的餐厅,可惜现在已经物是人非,天各一处了。

餐厅里遮光的百叶窗拉得很低,光线暗淡,布里的脸色显得苍白灰暗,表情难以捉摸,眼睛里似乎闪烁着一丝忧伤、无奈,嘴角却分明笑着,整个脸部表情看上去别别扭扭的,时而讪笑,时而蹙眉;时而明媚,时而阴郁,很不对劲。

林芷问,"女朋友交得怎样了?"

"这个话题嘛,"布里一副神秘兮兮的神情,"还是不说为好。"

林芷说,"你是不是还以为我会吃醋?你就放心吧!"

布里又是诡秘地一笑,一道光亮与阴影交织着闪动在他的脸孔上。

"布里啊布里,无论如何我们也曾是天造地设、般配投缘的一对,怎么就是不能互相理解呢？看看你的脸色，"她拿出随身包里的小镜子对着他的脸，"生活肯定是一团糟。"

布里摸了摸自己陡削的下巴，眼睛看着别处，不置可否，"也许，是替你发愁吧！"

"哼哼。"林芷略带轻蔑地嫣然一笑，"你是为'美梦'发愁吧。"

他的脸色陡然变得愈发苍白，"你最好不要提它，我不想再跟你吵。"

停了片刻，他又说，"我可以折给你一些钱。"

"这正是我要说的话。"林芷不愠不火，心里抻着劲。

这个被他俩叫作"美梦"的别墅，是他们结婚时共同购置的。它位于濛山之上，依山傍水，是濛山上零零星星散布在树木葱茏的半山腰上的别墅之一，一幢由不规则的石块和木头建筑的玩具似的房子。那时候的夏天，家里每一扇变幻多姿的小窗子都敞开着，他们倚在窗前，可以看到褐色的土坡小路蜿蜒而下，悠闲的狗在湿漉漉的草丛间漫步，他们甚至可以隐约听到不知是哪里传来的音乐声从枝蔓婆娑的叶影中缓缓飘起。山下还有一条水声低潺的小河流穿梭而过，他们过去时常在河边漫步。布里和林芷曾在这里拥有过缠绵的爱情。

"是啊，"林芷继续说，"我也不想再跟你吵。"

他们凑到一起，彼此就这样坐在对方冷漠、嘲弄而叵测的目光里，说话不阴不阳、真真假假的。

也许，潜意识中，他们都还想再挣扎着抓住过去记忆中美好的一点什么，哪怕是一丝丝留恋的回味呢，也会成为他们此刻脆弱内心的一点依偎。但是，他们每次聚会都像扑了一场空，除了阴阳怪气，就是冷冰冰的沉默。

当初离婚谈判的那几个月，他们可是都失去了理智，撕破了脸，彼此摔碎了对方喜欢的东西，对于那些无足轻重、鸡毛蒜皮的小物件也争执不休。林芷坚持要的，布里肯定也坚持要；布里不要的，林芷也决不要。这在离婚前他们是万万没有预料到的。

比如，林芷坚持不给布里他最喜欢抽的那几条大卫杜夫牌香烟。

他说，"我抽烟，你留着又没用。"

林芷说，"谁说的？这烟我全抽了它。"

"好啊，好啊，"布里的嘴角歪向一边，哼哼着什么不成调的小曲，不慌不忙走到卫生间，把他给林芷买的那只未拆封的香奈儿口红从她的化妆盒里拿出来，"这个，我得拿走。"

"怎么，你要涂口红了？"她明知故问。

"暂时还没这打算。送给我的新女友吧。"

"嗯，这主意不错。"

他们意气用事的全部目的，似乎就是让对方不能得逞。这不是财产本身的小节问题，而是到底谁胜谁负的大是大非问题——你不让我好过，我也不让你过好。

倒是濛山上那栋房子，两个人很少提及，想必各自都胸有成竹，主意已定。

俩人阴阳怪气地在进进退退的几个月中，达成了除去"美梦"之外其他物品分配的初步共识。孩子，没有。财产各归各。然后，就急匆匆办理了离婚手续，表示财产无争议，"美梦"也就此悬置起来。他们自己也不甚明白为什么非急着解除婚约而遗留这么一个拖泥带水的问题。

从办事处出来，俩人都深深吸一口清爽的空气，然后没有迟疑地相背而去。林芷坚持着不要回头，但是，她隐约感觉到她的后脑勺上正停留着一双目光。她猛地回转身，看到他的脸孔朝着她，一缕奇怪的笑容悬浮在他的嘴角,倏忽一闪,然后,他那颀长的身影就消失了。

那个冬天,林芷一个人空荡荡的,表情十分沉重。虽然心无所居、神无所附,但日子也一天一天挨过去。她曾经在一本小册子里看到一句话:生活是不能想的,一想,就是失败的开始。于是,她便不再想,就跟随着日子自身的脚步随波逐流吧。

他们的联系越来越少,渐至不再联系。

春天的一个周末,林芷忽然想去看看濛山那房子,她翻出长时间没有用过的钥匙,就上了路。

当她伫立在"美梦"门前时,却不知为什么踟蹰犹疑起来,她甚至不想打开栅栏门上的大锁。正当她犹犹豫豫心神不定的时候,忽然听到房间里边似乎有什么动静。林芷隔着木栅门,踮起脚尖,向里边张望。她看到小楼里边白色的窗帘微微在动,然后,似乎慢慢被掀起一个角来。

有人在屋里吗?

林芷深抽了一口气。

是他,肯定是布里。

她后退了几步,蹲了下去。一股莫名的沮丧甚至恐惧向她袭来。

不知怎么,林芷这会儿忽然有点害怕看到他嘴角那种奇怪的笑容,仿佛那笑容后边隐藏着什么深不可测秘不可宣的东西,让人捉摸不透。

她蹲在栅栏门外,内心忐忑地想了一会儿。

然后,她决定起身离开。

可是,她走出去几步后,又折回身来,站在那儿又想了想,好像不死心。

终于,她还是颓然而返。

离开的路上,林芷十分懊恼!那不是自己的家吗?怕什么!

又过了很久,有一天,她居然一时想不起他的手机号码,她很吃惊,原来如此熟悉亲密、有血有肉的一个人,竟然变成了一个冰冷的记忆不清的数字号码,这是多么荒唐又无可奈何的事情啊!

她查看了电话簿,当那个曾经熟悉得倒背如流的号码跃入眼中的时候,望着那串数字,她心里一片悲哀。

她没有再给他打电话,让时间自己决定吧。

然后,林芷把那个号码用黑水笔涂掉了。

一段记忆,一段历史,也可以像磁带一样抹去吗?

一晃,他们分开已一年多了。

一天晚上,林芷意外地接到布里的电话。

"怎么样,最近还好吧?"布里在电话里说。

"还好。你怎么样?"林芷竟然心平气和得连她自己都吃惊。也许,怨恨已经被时光抹平。

"马马虎虎,老样子。"

"噢,那太好了!"

他们居然如同经常见面的熟人老友一样有点嘻嘻哈哈的,平静的语气中带着一丝夸张的甚至虚妄的热情,一股逢场作戏、卖弄风雅的奇怪味道。但是,轻松随意中他们都悉心谨慎地回避着什么。

寒暄了一通空洞无用的客套之后,布里清了清嗓子,说,"我母亲来了,路过咱们这里一天……"

"嗯。"

他停顿片刻,继续说,"……离婚的事,我还没来得及告诉她,所以,想请你……"

"你说吧。"林芷说着,心里竟漾起一丝欣喜——确切地说是窃喜的波纹。

"我想，我们，一块儿陪我妈妈玩一天。"

"嗯……"她略微迟疑了一下，把垂落下来的一缕长发别到耳后，说，"可以考虑……当然，应该没问题吧。"

最后，她还是答应下来。

放下电话，林芷呆呆地默立在已经沉静的电话机旁，心里的某根线似乎还没有断开。她的神态也从刚才那绷紧的状态中松弛下来，还原到自己本来的样子——一股清寂哀婉、无可奈何的表情重新浮上她的脸颊。曾经那么熟悉的声音现在已恍若隔世，她心里的阴郁慢慢洇散开来。

一个多么熟悉的陌生人啊！

松子大街熙熙攘攘，人头攒动，路旁一棵棵粗大壮硕的槐树长满了槐树花，有的悬挂树上，有的垂落到地上。树上成串的槐树花宛若女人烫过的鬈发。前些天还是光秃秃的枝干，那些嫩嫩的枝叶不知是什么时候抽条的。这个春天，似乎是猛然一下抬头发现的。

拐过一个弯，幽山公园的外墙已经隐约闪现在路旁的树木后边，远远的，公园的红漆雕花大门已经可以望到轮廓。

林芷在拐角僻静处掏出包里的小镜子，揽镜自照，镜中的女子虽已有了一些岁月的痕迹，眼角和鼻翼两侧细细碎碎的有一些不易察觉的小皱纹，但总体上还可算是风姿绰约，身材苗条。眼睛不大，但黑亮亮的隐含着某种深度，鼻梁挺拔，长发披肩，脸孔白皙。一条宽带束在红色上衣纤细的腰肢上，黑色的长裙在腿间徐徐拂动，随风荡漾。

收起镜子，她定了定神，便向幽山公园走去。

远远的，她望见布里和他的母亲已经等在那里了。

布里穿着一件米黄色风衣，身材显得格外修长，衣冠楚楚，风度翩翩。早春时分，正所谓乍暖还寒时候，布里穿着略显单薄，身上的骨节仿佛衣服架子似的撑在长长的风衣里边。

他也看见了林芷，抬起一只胳膊向她招手。布里的母亲立在他的身旁，手搭凉棚，朝她这边眺望。

林芷迎着他们的目光走了过去。

"来啦。"布里冲她微笑了一下，礼貌的笑容后边有一股似是而非模棱两可的诡秘，他的声音也有点奇怪的沙哑。

他的脸孔比起一年多前愈发陡削，棱角分明，神情有点恍惚，而且陌生，好像心里缠绕着什么徘徊不去的事。他的米黄色风衣敞开着，里边穿了一件崭新的麻纹衬衣，腿上是一条天蓝色的名牌牛仔裤，脚蹬一双褐色软牛皮鞋。

一瞬间，林芷恍惚觉得，眼前这个男人她好像从来就不认识。

"来啦。"她几乎与他同时出了声，她的声音似乎成了他的回声。

她微笑着迎上去。

"哟，孩子，"布里母亲上前拉住林芷的手，"看把你累的，怎么这么消瘦，脸色这么苍白，加班也不能这么辛苦啊！"

布里的母亲体态丰腴，衣着考究，可以说风韵犹存。时光似乎没有在她的身上留下痕迹。

"您还好吗？"林芷说。

"有点不放心你们俩，正好路过，就过来看看。"

林芷和布里迅速地对视了一下，马上又互相避开。她注意到，布里看她时的眼神也好像不认识她似的。

他们三人一起向公园大门处走去。

布里一边走，一边抬头看看天，有点尴尬，没话找话，说，"今年的春天来得真早啊。"

林芷附和说，"是啊，春天来得真早。"

停了一会儿，布里又说，"今天的天气真好啊。"

林芷又附和说，"是啊，今天的天气真好。"

也许是他们的对话空洞得有点滑稽可笑，接下来都默不作声了。

快到公园门口的时候，布里忽然想起什么，说，"你们先过去，我去买票。"说罢，他逃也似的离开了。

公园门口的空地上人流不息，十分喧哗，林芷和布里母亲选择了一个空当，站定。

布里的母亲好像是察觉了什么，意味深长地说，"你和布里还好吧？"

"还好。"林芷有点心虚，干巴巴地说。

布里母亲见林芷一时没有说话的兴致，自己便絮絮叨叨说起来：

"布里啊从小就性格腼腆，内向，不爱说话，亲戚们都叫他'不理'。反正是谐音。他小时候，逢年过节大人们聚到一起包饺子，几家亲戚的孩子们便不分男女一律戎装上阵，屋里屋外杀声连天，一片喧哗。可是，布里不玩，三四岁的布里躲在房间的角落里翻字典。孩子们喊，'布里，你过来，你当特务。'布里他不理。'布里，你的字典拿倒了。'布里他也不理。布里倒拿着字典，嘴唇嚅动，似乎在读字。"

布里母亲笑了起来，林芷也跟着笑。

"我在院子里买完了蜂窝煤，举着一根手指头数数，布里他爸又是拿笔又是找纸地算钱。正当一片嘈杂忙乱之际，布里忽然细声嫩气地在屋角出了声：'九块六毛五。'大家谁也没理会他，谁也没在意他说什么。布里他爸用笔算完，果然是九块六毛五分钱，全家一片惊诧哗然……"

这时，身边正好有一个老头提着鸟笼子经过她们身边，笼子里的

45

鹦鹉不停地重复着"你好。废话。你好。废话"。后来，干脆只剩下"废话，废话，废话"一遍遍重复着，怪声怪气的嗓音在人群中弥漫。

林芷有点想笑，但抑制住了。

她一边认真听着，一边不由自主地侧过头来朝布里跑去的方向张望。

透过人头攒动的人群，她忽然一眼看见了布里那长长阔阔的米黄色风衣背影，他正从她们站立的公园门前的这片旷场穿越出去，步态踉踉跄跄，急急忙忙，神情鬼鬼祟祟的样子，好像生怕被她们发现。然后，他那颀长的身躯穿过马路，消失在人群当中。

林芷觉得自己不会看错，她的第一个反应是，他想把这份尴尬的局面丢给她一个人。

她定了定神，就朝着他的方向追了上去。

跑出去不远，她猛然一抬头，却瞧见布里手里举着门票镇定地站在她面前，优哉游哉的样子，他习惯性地讪笑着把嘴角歪向一边，把手里的门票在她的脸前晃来晃去。

他说，"咦，你怎么在这儿？"

"你，"林芷一时间有些蒙头蒙脑的，搞不清这是怎么回事，"你到底什么意思？"

"唉。"布里叹了一声，喘了几口气，拉住她的衣袖。

他说，"刚才我站在售票处的台阶上，正好望到侧面的那条街，我远远地看见你离开了公园大门，神色慌张地朝侧面那条街跑去，步履蹒跚，你那红色的上衣和黑色的长裙在人流中十分惹眼，如同一片红黑相间的彩旗随风流动，我看见你扬起一条胳膊挥舞，使劲地招呼出租车，可是，忽然一下，你就被出租车别到车轮底下去了，我吓了一跳……"布里把手放在胸口上，做出平息的样子，"幸好，是我看错了。"

林芷惊愕至极。

公园里已经完全是春天的景观了。大朵大朵的牡丹、芍药、百合花团锦簇，争相开放，姹紫嫣红，一片浓墨重彩的样子。林荫小路遮蔽在高大茂密的白杨绿柳之间，小径沿着湖泊和土丘迤逦缠绕。湖面清波漪澜，恬静而浓郁，深不可测。陡峭的土丘斜坡上，覆盖着嫩绿诱人的草皮，狭窄的石阶蜿蜒曲折地流向隐蔽的深处。

他们三人缓缓地沿着土丘的斜坡攀沿而上。

这里的光线显得格外暗淡，凸凹不平的峭壁和盘根错节的灌木丛遮挡了外边的太阳，似乎隐含着某种异乎寻常的东西。

布里一个人走在前边，他默默思忖着刚才的"车祸"，心里有一团他自己也不清楚的莫名其妙的东西，恍恍惚惚，一时压得他心事重重。

林芷和布里母亲跟在后边有一搭无一搭说着什么。

布里的母亲继续回忆布里小时候的事情。"布里小时候犟得很，如果遇到什么事情不高兴，他会做出一个意外非凡之举，他就是喜欢出人意料。五岁那年，有一次，忘记为了什么，他忽然一口咬住餐桌的犄角，两排细细的小嫩牙死死钳住桌角的木头，我和他爸急得在一旁束手无策团团转，想用力拉他又怕把他的门牙弄坏了，只好不停地劝说，'布里啊布里，你松开嘴好不好，有什么事松开嘴再说。''布里啊布里，听话，你再不松开，你的下巴就要掉下来了啊……'结果他硬是一个姿势咬了半个小时。"

林芷笑了起来，接过来说，"如果你们不劝他，也许他早就松开了。"

"是啊，他从小就和别的孩子不一样。"

这时，石阶小径在土坡的边缘向左边拐了个弯，她们继续沿着狭窄的台阶拾级而上。

拐过弯后，光线更加昏暗。林芷看到前边不远处有一个雕木镂空的亭台，红红绿绿的油彩已经有些残损脱落，斑斑驳驳，显得凋敝而苍凉。

她有了兴致，说了声，"我先上去。"

她大步赶上了布里，然后越过他，独自向亭台走去。

布里转回身来陪母亲走，湿漉漉的石板台阶发出嘎吱嘎吱的声响，他依然有些神思恍惚，心不在焉。

布里母亲提议小憩片刻，于是，他们就坐到石阶上。

"你们最近没有住在别墅吗？"母亲问。

布里心头咯噔一下，一瞬间，他似乎明晰了自己心里盘旋不去的事情，或者说潜意识中一直压抑着他的那团模糊不清的东西。

"都忙，平时就各自在宿舍住呢。"布里急忙避开别墅问题，如同躲避脑子里缠绕的魔鬼一样。

黄昏蹑手蹑脚地来了，身前身后被暮色笼罩一层神秘，布里看到西天已渐渐映出一片红晕。

早春的小风围绕着他们的脖颈和脸颊，暖洋洋的，习习撩人。布里似乎无心说话，他点燃一支香烟，闷闷地吸着，一缕青烟袅袅冉冉越过他的头顶。他把头靠在一株歪歪斜斜的树干上，一条腿平直地伸开，另一条腿从膝盖处向内侧弯曲。他望着眼前怡静幽雅、郁郁葱葱的草坡，心里竟有些飘飘忽忽，昏昏然然……

他抬头看到上面不远处的亭台上十分静谧，林芷一个人站在那里十分惬意。也许是热了，她把那件火红的上衣搭在一只手臂上，只穿着里边乳白色的衬衣。她似乎在微笑,只是笑得有些奇怪。额头由于些微的汗渍而闪闪发亮。她向布里这边或者他们身后更远的地方频频招手。

她仿佛觉得自己的高度还不够,一个箭步迈到亭台的栏杆上,然后回过身,把火红的外衣往身后的空中一抛,那上衣被风托浮着如同一只红色的风筝徐徐缓缓扑落到亭台的石砖地上。

就在这时,意想不到的事情发生了。布里看到她站立在窄细的栏杆上,忽然做起了跳水之前的甩臂动作,那动作弄得十分夸张,富于戏剧性,小臂和大臂笔直地抡成180度,她来来回回抡了七八下。然后,回头向他们这边粲然一笑,接着纵身一跳,跌入陡坡下边几十米处深不见底的湖水中……

"这里有阴风,可别瞌睡。"布里的母亲说。一双手轻轻地拍在他的肩上。

他迷糊了一下,定了定神,马上清醒过来。

"噢,"布里掐掉手中的香烟,站起身来,"我们还是上去吧,林芷等我们呢。"他说。

他抬头向亭台望去,林芷果然已经等在那里。

空气中有一种沉甸甸的抑郁,这种抑郁挂在他的肢体上,也挂在他的眼帘上。他暗暗揣度自己刚才的梦,倒吸了一口气,心头浮起一种罪孽感。他自己也不明白今天是怎么了。

布里母亲一边走一边跟他叨叨,"你长大了,长得那么高,人也变了,变得我都不了解你了。"

布里慢慢登上几级台阶,"其实,怎么说呢,"他叹了一声,嘴里有些含含糊糊的,"谁也不见得真正了解别人,也不见得了解自己。"

林芷在亭台上向他们频频招手,她的火红的上衣果然搭在一只白皙的手臂上,透薄的乳白色衬衣领口开得很低,十分危险地隐约露出一节胸骨。这的确是一个性感而风采十足的女人。

布里的脸孔似笑非笑,怪兮兮地望着她。

这时,天啊!她真的缓缓地登上了那幽灵一般的亭台栏杆,在细窄的栏杆上晃了一下,定住。那件红上衣被风吹拂起来,鼓荡着翻飞。

布里心头猛然忽悠一下,浮起一缕几乎慌乱的激动和莫名的不安。

她站在那里朝他们微笑,挥动着纤细的手臂。

梦　回

有一天，资料情报员小石下班时候边走边附在我的耳边没话找话故作诡秘地悄悄说，"瞧瞧，前边那几位更年期老太太，我天天就跟她们坐在一个办公室里。"

此时，太阳正不慌不忙地往我们机关大院西边的房屋树木后面掉下去，一缕粉红色抹在他一侧清秀的脸颊上，晚霞把他的一只耳朵穿透了，红彤彤的像一只燃烧起来的企图擅自飞翔离去的小翅膀，而另一只耳朵却遮在阴影里呆若木鸡，有点滑稽的样子。游移闪动的光线忽然使我想起自己脸上的雀斑，它们就是喜欢阳光，哪怕是残阳，它们也会争先恐后地跑出来。

于是，我从小石手里夺过一张报纸，遮住夏日里渐渐退去的残阳。然后，有点不高兴的样子，说，"人家才五十岁，怎么就是老太太了！"

其实，我也不清楚为什么会忽然莫名其妙地不高兴，大概是忽然而起的年龄的紧迫感吧。尽管我体态单弱，还未显老态，一头光润如丝的长发清汤挂面似的披在肩上，胸部挺挺的，仿佛商店里依然处在良好保质期的果子，白皙的脸颊上也还呈现着饱含水分的光泽，但是，总不能再冒充二十来岁的女孩子了。再过十来年，我就会加入她们的行列，成为走在前面的中年妇女之一了。

谁能阻挡更年期那理直气壮的脚步声呢！

我在机关里听到过有关小石的议论，嘀嘀咕咕的窃窃私语，好像是说有人看到小石曾经隔着窗户缝在暗中窥视我，对我有点那个意思。

我权当是无稽之谈。小石比我要小十来岁呢，几乎还是个吊儿郎当的大孩子，对我这样一个安分守己谨小慎微的已婚女人能有什么想法？机关里平平淡淡的漫长的一天，总得有点什么谈资或笑料，不然，再浓的茶水也会觉得乏味，提不起精神。

当然，两天以后，嘀嘀咕咕的窃窃私语声又转向别人去了。

我多少是个有些固执、疑虑且郁郁寡欢的女人，我的生活也是有条不紊一成不变，早年那些交游和谈天的爱好也日渐淡薄，这也许与我的工作性质有关。我在机关的财务处做出纳员，每天从我手里经过上百张单据，容不得我有一丝一毫的疏忽差错，异想天开心驰神往之类的辞藻从来与我的生活无缘。有一次，我正在办公室里埋头核对单据，忽然听到背后有咻咻的讪笑声，我扭过头看，是总务处新来的一个大学生。我问她笑什么，她却板着脸孔做出一副行若无事的样子，说她根本就没有笑。真是奇怪，我分明听见她在我身后讪笑，笑我什么呢？

我警惕地审视一番自己的衣裳，难道有什么不合时宜的吗？

多年来我在单位里养成了见到领导就点头致意并殷勤微笑的习惯，当领导根本没看见我似的从我身边昂首阔步走过去之后，我就在心里骂自己一次。要知道我的个头足有一米七之高啊，他怎么就看不见我呢!

借着楼道里半明半昧的光线,我干咳一声,咽下一个小人物可怜的现实。

可是没办法,半小时后我又在楼道拐角处遇到另一位领导(机关里的领导实在太多了),我又讨好地点头微笑,领导视而不见走过去之后,我又在心里骂自己一次。

每天,我差不多都要为自己的讨好行为痛骂自己。我不知道为什么就是控制不住自己。

这件事使得我格外沮丧。

我曾经苦恼地对丈夫贾午诉说过这件事。那是在一天傍晚的晚饭时候,窗外的霓虹灯心怀叵测地闪着,屋里沉闷无趣,我尽量把事情说得低声细语而且详细,避免了由于愤怒的情绪所涌到唇边的任何锋利尖锐或虚构不实的字眼。听到我的话,他把左撇子手中的筷子悬在半空,嘴里的咀嚼也停下来,疑惑地凝视我的脸,看了好一阵。

他近来总是这个样子,总是疑惑地打量我,好像我是一个陌生人一样,或者,是我用一种他听不懂的语言在说话。

然后,他才慢吞吞地说,"笑就笑吧,继续笑,这有什么好说的呢?"

他一侧的腮帮子鼓着,囫囵吞枣,声音像是另一个人的声音。

电话铃忽然响起,他借机起身离开餐桌。

我真是后悔跟他说呀。

贾午近来对我的话愈发地少了,表情也总是怪怪的。

前些天,他竟以我夜间做梦翻身为由,搬到另一个房间去睡了。我们结婚十一年了,这还是头一次。难道就此分开了吗?

我们的性生活也提前衰老了,次数越来越少不说,即使在一起,彼此也都有些虚与委蛇，心神恍惚。四十岁上下的年龄，就如同过了一辈子的八十岁老人，没了兴致。有一次他居然说，要两个人都起劲，可真够麻烦的！瞧瞧，他连这件事都嫌麻烦了！

过了几天，贾午又从一张小报上剪下来一条消息让我看，标题大概是《竹筒里的豆子》之类的，说是有人计算过，刚结婚的第一年，每过一次性生活，就往竹筒里放一颗豆子，然后在一年之后的未来的岁月中，每过一次性生活，就往外拿出一颗豆子，结果，一辈子也没拿完。我看完这条消息，猜不透他到底要向我证明什么。只说了声，这不见得精确。

另一次，我们晚间一起看电视，电视剧乏味又冗长，贾午手中的遥控器不停地换台，屏幕闪来闪去令人眼睛十分不舒服。我正欲起身离开，忽然听到电视里一个老人慈祥地说，"你要问我和老伴六十年稳定婚姻的经验，我告诉你，就一个字——忍。"这时，坐在老人旁边的老太太也按捺不住了，和颜悦色地说，"年轻人啊，我告诉你，我是四个字——忍无可忍。"

贾午哈哈大笑起来，似乎给自己的生活找到了什么理论依据。

我却一点也笑不起来。这有什么好笑的呢？

也许我真的缺乏幽默感，小石就曾经玩笑地说过我精确得像一只计算器。

我说，"贾午，你不会是跟我忍着过日子吧。"

贾午止了笑，表情怪怪地看了我一会儿，然后仿佛自言自语般地低低地叨叨一声："我们好好的嘛，莫名其妙。"

贾午把脊背转向我，打了晚上的第一个哈欠。然后就一声不吭了。他用心怀戒备的沉默阻挡了我的嘴。

虽然我不是一个善于把愿望当成现实的人，但我明显地感到他对我长久以来根深蒂固的曲解。

贾午的单位里有他的一间宿舍，本来是供人午休的，他却越来越经常地晚上不回家了。下班时候，打个电话过来，说一声不回来了，就不回来了。那宿舍有什么好待的呢，除了一张破木板单人床，连个电视都没有。

我心里犯嘀咕，莫非他……

贾午这个人近来真是令人匪夷所思。

有时我甚至觉得，在我们坚如磐石貌似稳固的表层关系之下，正隐藏着一种连我们自己也察觉不到的奇怪的东西，蓄势待发。

也许是长时间一板一眼地生活，我连梦也很少做。做梦难免出圈，想当然地天马行空，这对我来说是相当危险的，我必须当场纠正，就地歼灭之。

可是近来，不知为什么，我却难以控制地做梦了。我总是梦见一位步履蹒跚形容憔悴的老妇人在街上问路，街上车水马龙熙熙攘攘，她在找一条叫作细肠子的胡同，她在找她的家。可所有的路人都疑惑地看看她，说没听说过细肠子胡同。她就耐心地给人家描述那是怎样一个曲曲弯弯的像是一个死胡同似的活胡同，胡同里那个枣树绿荫的院子，和院子尽头那排北房她的家。然后，她继续往前走，继续询问下一个人。可是，细肠子胡同仿佛从城市里消失了，所有的人都不知道。老妇人买了一张地图，地图上细肠子胡同的位置所显示的是宽阔笔直的骡马市大街。老人顽强地在崭新林立的迷宫一般的建筑物之间焦急地穿梭、询问……

我在焦急中汗水淋淋地醒转过来。躺在床上，我使劲回忆那老妇人的容貌，她的步态，以及那条叫作细肠子的胡同。我想起来了，那条细肠子胡同里有我童年时候的家。可是，当老妇人的脸孔和身影一点点清晰出来之后,我却被吓了一跳,那老妇人怎么会像我呢!

在回家的班车上,小石一路坐在我身边。如果他不说话,只留下大大的眼睛陡削的脸孔,尤其是那一双大大的扇风耳,有点像我丈夫贾午年轻时候。我当然从未跟小石提起过。同事之间,太多的事情最好是不说的,说出来的基本上是废话。这样比较好。你其实不知道真正的我,我也不知道真正的你,单位中我比较喜欢这样单纯而且安全的人际关系。

小石懒洋洋地靠在汽车椅背上,打着哈欠,似睡非睡地闭着眼睛。我向窗外望去,注意到窗外的天不知不觉阴沉了下来,然后竟淅淅沥沥下起了雨,薄薄的水雾含情脉脉地融成一片。一时间光滑如镜的黑色路面闷闷发亮,向远处延伸着,一辆辆来往穿梭的汽车都性急地吞噬着道路,急速地向着远方的某个目的地飞奔滑动。铅色的天空一下子压得很低,沉甸甸的使人不免心事重重。

雨幕中,夜间老妇人的影像便断断连连地在我的脑子里闪来闪去,闪来闪去……

忽然之间,在这细雨濛濛中,在这班车之上,我决定了一件事——为什么我不亲自去找一找那条细肠子胡同寻访一下旧里呢!

这对于一向循规蹈矩,遵循上班、下班、菜市场三角形路线的刻板生活的我来说,实在是一桩异想天开的大事件。

由于兴奋,我的脸颊不由自主地热起来,心脏也不规则地突突乱跳了几下。

我一侧头,发现小石正盯着我看,狡黠的样子。看到我在看他,他便把目光故意越过我的脸孔,去看窗外。

刚才他肯定是假寐来着,他什么时候睁开的眼睛呢?我下意识地捂了一下嘴。

小石又在没话找话了，说，"明天是周末，你正在想上哪儿去玩吧？"

我佯装没听见，自说自话一声："怎么说下雨就下起来了呢！"

晚上，依然是稀稀拉拉的雨声不断，雨水有节奏地敲打在空调的室外机上，乒乒乓乓的，让人感到身上一阵阵困乏。

我和贾午早早地各自回屋休息了。

卧室的窗子半掩着，从隔壁邻居家传来绵绵不断的笛子声，那吹笛人显然是一个初学者，反反复复单调的音节和琶音练习，有的音符还走了调，哩溜歪斜，有时甚至只是一个悠长的单音，孤零零的犹如一颗尘埃飘落下来，日子仿佛凝固了一般。那笛声无论如何让人听不出乐趣，像一个罚站的孩子面壁而立的苦役。

时间还早，我躺在床上翻了几个身睡不着，就起身溜到贾午的床上，两个人挨着躺着。

屋里黑着灯。我说："明天我们怎么过呢？"

贾午搂过我的肩："明天，明天就明天再说呗。"

贾午好像也没有什么新鲜事可说，就没事找事似的亲热起来。他连我的睡裙也没脱，只是把裙摆掀到我的脖颈处，让我的一只脚褪出粉红色的短裤，而他自己的短裤只是向下拉了拉，褪到胯下，我们隔着一部分贴身的内衣，潦潦草草，轻车熟路，十几年的生活经验提供了熟悉的节奏，一会儿就做完了。快得似乎像立等可取地盖个印章。肯定缺了些什么，却也挑不出什么不妥，像完成老师留的必修课作业一样。

做完事，贾午说，"咱们还是睡吧。"

我知道他这是在礼貌地请我回自己的房间。

然后，我们就各自睡下了。

次日，我早早就醒来了。天大晴了，已是清晨五点多钟，窗外的天光已经透亮，厚厚的窗帘把房间遮蔽得朦朦胧胧。卧室犄角处的衣架上挂着昨晚脱下来的淡黄色上衣，透明的长筒丝袜吊垂在衣钩上，仿佛一条折断了的腿。房间里的一切似乎还都未苏醒过来。

我躺在床上，思来想去，提醒自己，生活是不能深究的，寻访细肠子胡同旧居的事是否荒唐？这多像一个煽情的举动啊！据说，一个人到了八十岁，他的思绪就会重新回到他的童年之中。难道我的心已经八十岁了吗？如今是一个多么实际和匆忙的时代啊，是不是我的步伐已经落伍了？时间真是一种奇怪的东西，当你一步步向着它的尽头大踏步地走近的时候，你来路上最初的模糊的东西，怎么会愈发清晰起来。

可这一切又有什么办法呢？

我起身下床，轻手轻脚推开丈夫的屋门，打算诉说寻访旧居的事。贾午正在酣睡，一抹晨曦从窗缝斜射进来，洒在他的床上。贾午那庞大的身躯四敞八开地摊在凉席上。他光着上身，胸膛一起一伏的，两条腿也赤裸着，薄薄的被单在小腹部轻描淡写地一搭。我忽然觉得恍惚，他脱光衣服后的样子似乎是一个我不认识的人。这个人怎么会是贾午呢？

这时，枕头上的一双苍白的大耳朵神经质地抽搐了一下，这是多么熟悉的一双招风耳啊！我再仔细端详，端详这个似曾相识的——嘴角流着一丝口水、膀胱里憋着尿液、血脂开始黏稠、睾丸正酿造着新的精液——中年男人，这个人的确是贾午，是我的丈夫。

我欲言又止。倚着门框磨蹭了一会儿，就轻轻掩上了门。

现在，我主意已定。今天一定要出去。一股莫名其妙的力量驱使着我，什么也不能阻挡我去寻访细肠子胡同里边的旧居。

我匆匆洗漱一番。梳头发时，我迟疑了一下，决定把我平时那一头披肩的长发撩起一个发髻，绾起来别在脑后。可是，梳好后我看了看，感觉并不怎么好。说不清是显得老了还是显得年轻了，不大对劲。一个不尴不尬的年龄，上不上下不下的，不知该拿头发怎么办。眼角也生出细碎的皱纹，那东西像个不听话的孩子，挡也挡不住，在脸上犄犄角角的地方神不知鬼不觉地出来招手了。有一天清晨，我在卫生间揽镜自照，贾午忽然不知从什么方向在我的身后冒了出来，"你长得越来越像你妈妈了。"他总是把大象一样结实的腿摆弄得蹑手蹑脚的，吓我一跳。他这是什么意思呢？我没有理他。

我在厨房里潦潦草草吃了一点面包牛奶，然后背上皮包，就匆匆离开了家。

跟跟跄跄的电梯已经开始上上下下运输着早起的人们。在楼道等电梯的时候，我似乎听到家里的房门吱扭一声被轻轻打开了一道缝，旋即又迅速关上了。我疑惑了一下，返回来，重新用钥匙插进锁孔打开门。

我站在屋门口，向屋里张望，发现房间里什么动静也没有。客厅没有开灯，虽然天已完全大亮，但因客厅没有窗户透光，它一面通向户门，另三面通向不同的房间，所以此时的客厅仍然黑黢黢的。我隐约看见贾午端坐在沙发里，一动不动。我故意把钥匙在手里弄来弄去发出声响，他依然端坐在沙发上一动不动。我向里边跨了一大步，走近一看，原来是贾午的青黑色T恤衫搭放在沙发背上。

这时，从里间门缝里隐隐传来贾午均匀的鼾声。

我松了一口气，重新离开了家。

我搭上驶向城南方向的汽车。周末的汽车上显得空旷，许多座位奢侈地空着，一个小男孩这儿坐一会儿，那儿坐一会儿，在车上窜来窜去，似乎是弥补着这难得的浪费。

城市的街头尽管一日千里地变化着，但我似乎也已习以为常，没有什么新鲜感。低矮破损的平房，一大片一大片地被消灭了，拔地而起的是一幢幢鳞次栉比的高楼大厦，大厦表层的反光玻璃一晃一晃地刺眼。夏日里茂盛的绿荫如同一片片浮动的绿云。草坪上几只雪白的石头做的假鸽子做出欲腾空而起的飞翔状。星星点点的红的或绿的人造塑料花环绕在鸽子们身旁。

广告牌夸张地大吹大擂。商场的橱窗也散发着诱人的光彩，各种颜色与真人大小相仿的木偶似的模特在橱窗里搔首弄姿，端肩提胯，骨感撩人。有一个赤身裸体的模特，除了戴一头假发，身上一丝不挂，两条胳膊一前一后，一副惊恐的表情，仿佛是被路人迎面而来的目光吓坏了，让人看不出性别。

地面上的热气渐渐升起来，我忽然注意到清晨的天空已经被蒸得失去了蓝色。谁知道呢，也许天空几年前就不蓝了，我已经很久没有仰望天空的习惯了。拥拥攘攘的汽车在马路上穿行，显得格外渺小。

已经到了城南的骡马市大街，我忽然就决定下车了。

记得小时候这个地方有一家叫南来顺的回民小吃店，母亲常带我来，那时候我在宣传队里演出完，头发梳成两只小刷子，脸上还涂着红红的油彩，也不卸妆，夸张地坐在餐馆里，很自豪地东张张西望望，希望大人们都看到我。母亲和我要一盘它似蜜，一盘素烧茄子，两碗米饭，那真是天底下最好吃的饭了。记得那时已经是"复课闹革命"时候了，可我们依然不上课，整天在学校宣传队里欢乐地排练节目，等到天上的星星亮晶晶地燃亮了整个天空，穹隆灿烂之时，我们才很不情愿地回家，脸上的油彩要等到晚上睡觉前不得不洗去的时候才肯卸掉。多么戏剧化的童年啊！

这会儿，我在应该是原来的南来顺小吃店的地方转悠来转悠去，一时间似乎忘记了寻访旧居的事情了，仿佛我专程就是为了出来寻找这家小吃店的。这里已经变成一家豪华的大型商城，中央空调把商城里的空气凉爽得丝绸一般光滑，涂脂抹粉的售货员小姐脸上挂着商业化的谦恭和奉承，一个脸蛋像馒头一样苍白的售货员忽然拉住我，说一定要优惠给我。我说我并不打算买什么，只是出来转转的。经过一番拉拉扯扯，最后，终于以我买下了那件俗气的大花格子睡衣而告结束。

我已有很长时间没到城南这边来了。马路越修越长，城市越来越大，像个不断长个儿发育的孩子似的，胳膊腿儿越伸越长。上一次到这边来，是几个月前，说起来有点令我尴尬，那是我对贾午的一次扑空的跟踪，或者说是一次偷袭。那天临下班时候，他又来电话说不回来了，这一次我较了真儿，一定要问出个来龙去脉。贾午说，傍晚七点有一个客户的约会。我问在哪儿，他停顿了一下，犹犹豫豫，说，他们先在西单十字路口的一块摩托罗拉广告牌下集合，然后再决定去哪儿。我觉得贾午是故意跟我绕来绕去，闪烁其词，模糊不清。我忽然不想再问客户是男的女的之类的问题，放了电话，立刻提上包，在机关大楼底下一抬手，叫了一辆出租车，直奔西单路口。

这里果然还真有一块摩托罗拉的大广告牌，我看了看手表，此时才六点一刻。我悄悄地躲在附近一个建筑工地隐蔽的脚手架后边，把刚刚买的一份晚报铺在地上坐下来，密切注意广告牌一带的动静。可是，直等到晚上七点半钟，天色已到了朦胧向晚时候，也没见贾午的身影。一股无名的恼怒燃烧着我，我腾地从晚报上站起身来，顾不上又累又渴，奋不顾身地直奔贾午的宿舍而去，仿佛奔赴一处局势险要的战场。一种当场活捉什么的场面在我脑子里不停地铺展着画面。贾午啊贾午，我对这种麻木、虚假的生活真是厌恶透了，就让我们来个水落石出吧。

当我喘息着用钥匙迅速捅开贾午的宿舍房门之后，着实吃了一惊——贾午睡眼惺忪地睁开眼，懒洋洋地抹着眼睛，躺在床上不肯起来。

他的床上很意外地并没有其他人。

贾午嘴里咕噜着说了声"来了"，就又翻身接着睡了。

我扑了个空，腰忽然像被闪了一下似的疼起来。

那天晚上，我和贾午谁都没有再说什么。

我悻悻然地走了。

事后，我曾经问过贾午那天的事，他语焉不详，说，"是吗，我说过什么摩托罗拉广告牌吗？我可没那心思。睡觉，啊睡觉，是多么的好啊！"

贾午一脸木然的样子。让人无法猜测他的生活还能有什么风流韵事，不轨之举。

这会儿，我的脚下正踏着一片旷场。我拿出随身携带的地图，确定了这里就是原来的细肠子胡同一带。我四处环望，发现这里是一个空寂得有点古怪的广场，仿佛一切都还没有到位成形。没有树木草坪，没有亭台楼榭，目光所及之处，只散落着几个不成形的石雕的雏形，左边的一个雕塑很像《英雄儿女》里王成抱着炸药包纵身跳入敌群的样子，右边的是一个怀抱婴儿的妇女迎着灿烂的朝霞祥和甜蜜地微笑。脚底下到处是磕磕绊绊的水泥砖头，一堆青砖红瓦的后边，有一条长着野花的小土道通向大街。

这儿，就是我寻访的所谓故里了，一个荒凉、残损、脏乱的半成品广场，使我想到"衰草枯杨，曾为歌舞场"，可我却没有一点激动的感觉。我的童年和少年时代的痕迹早已经被时间和粗陋的建筑物遮蔽埋葬了。站在这里,我试图想象一下广场修建完毕之后的辉煌样子,感染一下自己:雪白的或者赭黑色石雕伫立在一片绿茸茸的草坪上,斜阳的光芒如同一个熟透的桃子散发着馨香;要不,就是一场滂沱大雨过后,广场上瑰红鹅黄花团锦簇,竞相开放,浓墨重彩,干净得十分醒目撩人。我童年的坟墓就躺在这迷人的花园式的广场下面,让它安息吧!

我这样想着,诱导着自己,可我依然激动不起来。

到这时,我才发现,我是被自己欺骗了,我以为我是怀旧来了,多少有点多愁善感的意思。其实,我对寻访什么旧居是没有什么兴趣的。

我一时搞不清自己为什么出来了。也许,这一切只是完成一个自相矛盾的思维过程,或者,只是为了给自己一个离开家的理由。

谁知道呢!

这时,身后似乎有一种异样的感觉吸引了我。我转过身,炎热而刺目的阳光白晃晃地在旷场四周扩散,我模模糊糊看到一个黑色的身影忽悠一下就折到一堵半截的矮墙后边去了,在他折进去的一瞬间,我看到了似曾相识的青黑色T恤衫,还有那大象似的滞重的腿吃力地蹑手蹑脚的样子,一对苍白的大招风耳后于他的脑勺消失在拐角处。

我心一惊,一时慌乱得不知所措。

然后,我明白了,我肯定是被人跟踪了。

可这是多么蹊跷啊!

我重新调整了一下呼吸,疑惑地沿着那条小土路追了上去。拐出那堵半截矮墙,就是宽阔的熙来攘往的正午的马路了,炎热明亮的阳光和汗流浃背地奔走的人们,构成一幅欣欣向荣蒸蒸日上的景象,与刚才荒芜凋敝的旷场迥然相异。那黑影消失在浩瀚的人流里，如同一条细流消失在茫茫大海中，早已无踪影。

我回到家里的时候，贾午面无表情地哼着小曲打开房门。

室内的空调仿佛已足足开了一上午，阴凉阴凉的。贾午依然穿着那件青黑色T恤衫，饭菜摆在桌上显然已经多时，我注意到嫩绿挺实的笋丝有些蔫萎了，一盘里脊肉丝上的淀粉凝固起来，锅里的米饭表皮也有了一层不易察觉的硬痂。

你出去了也不说一声。贾午似乎有些嗔怪地说。

他显然已经吃完了，回身拿起一只杯子喝了一口茶水，坐到沙发里，一条腿悠闲地在木板地上颠着，那缺乏阳光的膝盖白晃晃地闪闪发亮。

桌上的饭菜让我心里发软，也把我一路上盘桓在脑子里的诘问挡在嗓子眼儿冒不出来。

我先是不动声色，故意磨磨蹭蹭到卫生间洗手用厕，把水龙头里的水弄得哗哗啦啦响，半天才出来。

坐到餐桌前，我一边吃东西，一边等贾午主动说点什么，期待他透露些蛛丝马迹。

可是，他却一手拿着报纸，一手举着剪刀，盯着报纸上的什么消息，没话了。

我终于抑制不住，做出漫不经心的样子，说，"你一直在家里吗？"

是啊，我在家里看报纸，鹤岗南山区鼎盛煤矿瓦斯爆炸，四十四名矿工遇难。一架苏丹的货机在圭坛葛拉地区一头扎进了一片鱼塘。美国得克萨斯州水灾汹涌，一转头的工夫，家就没了……

我似乎有点不死心，打断他的话："你整个一上午都没出去过吗？"

"当然。出去有什么好玩的呢？"

贾午一边说着，一边把一摞剪裁下来的小报丢在餐桌上我的饭碗旁。

你看看吧，他说，全世界除了闹灾荒，剩下的人就都在闹离婚呢，多么幼稚的人们啊！他们肯定以为生活还有什么奇迹在前边招手呢，我们是多幸运啊！

贾午说着站起身，打了一个响亮而快乐的饱嗝。

从我身旁走过时，他甚至在我的脸颊上亲昵地拍了一下，然后哼着小曲进里屋睡觉去了。

人家是过日子，贾午简直就是睡日子。除了睡觉，生活就剩下了观看。

仿佛睡眠就是挡在我和贾午之间的一面看不见的墙，无论什么情况，只要睡完觉就烟消云散，不存在了。

我真不知是哪里出了差错。

我抬头看了看壁钟，壁钟的指针停在七点五分上，不知是早上的七点五分还是晚上的七点五分，那只无精打采的钟摆像一条暗哑了的长舌头，不再摆动，不知已停多久了。

我忽然觉得，时间日新月异，飞速流逝，可我们身体里的一部分却仿佛处在一个巨大的休止符之中了，一个多么无奈的休止符啊！在这个休止符中，钟表的指针消失了，成了一个空洞的圆盘，仿佛流逝的不是时间，而是身体里的另一只表盘——心脏的怦怦声。

周一早上，我像往常一样，穿上毫无特色却合体得丝丝入扣的办公室衣服，头发也像往常一样微波荡漾地披在肩上，整个人就像一份社论一样标准，无可挑剔又一成不变。

然后，坐班车去上班。

在机关的班车上，资料情报员小石坐在我前面的座位，中年妇女们叽叽喳喳说笑着。

汽车刚刚启动，小石忽然就回过头，一双大大的苍白的招风耳带过一缕凉凉的晨风。他冲我诡秘地一笑，又戛然收住，神秘莫测地说："其实，你把头发绾起来的样子，挺好看的。"

小石又在故作高深地没话找话了。

可是，我忽然想到一个问题，除了周末去城南那一次，我并没有在单位里绾起过头发呀。

一个念头在我脑中猛然一闪。

班车在来来回回重复行驶过无数趟的马路上前行，发出一声沉闷的痉挛般的喇叭响。

残　痕

　　我听到一只鹤在我的体内扑翼，它的软软的凉凉的脚爪在我的左腿上踏出微微的异样的感觉和响声，那小爪子的印迹如同一片一片土黄色的花瓣撒落在我的左膝盖骨上，夜是这样的黑沉和静寂，世界仿佛被罩在一副巨大而绝黑的墨镜底下，使我迈不出我的腿……

　　接着，我就被一阵隐隐的找不准地方的疼痛感从睡眠中搅醒了，我知道那是我的左腿在疼，是那种真真切切的疼痛。于是，我习惯性地伸出手，在这本应熟睡的夜晚里抚摸我那条疼痛的腿。可是，我的手触碰到的却是平展展的床板，应该伸展左腿的地方空空荡荡的，那地方像烟囱里边冒出一缕圆圆的青烟，感觉中存在着，实际上已经什么也没有了。

　　我这才醒觉过来。

　　我的左腿的确不存在了，一年前，它像一截外表完好却内里被蛀噬的木头，从手术台上被医生们抬走了，轻而易举得仿佛是那条腿自行迈开脚步离我的躯体而去，走向实验室的解剖台，再不回头。

虽然后来的解剖实验证明，我腿上的那个小小的肿瘤完全没有必要用一条腿的代价来解决，它只需一个不大的切除手术就行了，可是，我已经失去了我的左腿。这的确不是梦，但我的左腿真是像梦一样不翼而飞了，它失踪在一场人为麻醉的梦境里。我甚至可以看到当时几个医生如同卸下一管炮筒一样把我的左腿从案台上扛走，而几分钟以前，它还与我的肢体相连为一体，瞬息之间它就成为一个死去的零件被放置在远离我躯体的另外一个地方，令我无法接受。

在我的左腿离开我的一瞬间，我似乎就只剩下半条命了。

记得在我的伤口愈合之后，我常常被习惯所驱使，从床上或椅子里站起来就走，上半身做出欲将大步流星的倾斜姿态，以为我那以往柔美而修长的左腿依然完好无损地长在它原来的地方，以为它以往那袅袅婷婷的步风一直尾随着我，从未离开。结果，可想而知，我一个猛子倒卧于地，迅雷不及掩耳。在我柔弱的躯体与冰凉的硬邦邦的洋灰地无数次拥抱之后，我才终于知道我失去了我的左腿。

我曾经对着镜子反复观看那残肢的断头，鲜嫩、锃亮得犹如婴儿的头盖骨。在镜中我看见一大片清澈的水，一株看不见的带锯齿的有毒的树枝或水草暗中刺伤了我的大腿根部，然后我的整条左腿就顺着水流波波折折漂走了，安静而完好。它的顺理成章甚至使我怀疑它从来没有真实地存在过，它不过是前世的一个回声隐现在我的身体上，如同我们所有的未来都将是过去一样。

再见，我的左腿！

可是，一年之后，在我已经接受了这个悲痛的事实之后，这几年，我的已经不存在了的左腿忽然疼痛起来，那绝不是幻觉中的疼痛，也不是旧日的伤口在疼，而是整条不存在的左腿真实存在着一样在深深地疼，以至于几次把我从睡梦中搅醒。

我闭着眼睛，立刻就闻到客厅那边龟背竹在半睡半醒中发出的绿的气味。电冰箱微弱的嗡嗡启动声依稀可闻，犹如小提琴高音弦端凄凉的颤音，隐隐约约、丝丝缕缕沿着昏暗的光线传递过来。一株树，一幢房屋，一个伴侣，一个家，多么美好，如果不是我的左腿……

我知道，我必须使自己眼下的关于腿的全部记忆退化得如同公元前那么遥远。

此刻，夜色正朝着清晨的方向缓缓流动，天空的光亮仿佛一只巨兽张着大嘴，一点一点吞噬着黯淡的颜色，窗外已经有了昏弱的光芒，树影的轮廓懒懒散散地投射到窗帘上。耳边一阵熟睡的低低的鼾声，它均匀得仿佛是从树叶上连续不断地掉落下来，又如同远处流水的潺潺声，洒落到我的枕边上。他离我的身体如此之近，我甚至可以闻到他呼吸到我的脸孔上的热气所含有的一种好闻的树脂的清香。可是，他却无法感觉到我的腿疼，这个与我相依为命的人，这个像我的手足一样息息相关的人，我沉重的疼痛对于他却如同远处的一块沉默的石头，无法真切地传递到他肢体上。我脑子里忽然莫名其妙地冒出以前曾在哪本书里看到的话，大意是说，使你感到孤独的从来不是你的敌人，而是你最亲密的人。

又是一阵深深的隐痛袭来，这个感觉再一次驱散瓦解了我对于血肉相连、唇齿相依这些美妙辞藻的信任。我叹了叹气，揉揉眼睛，开始摇晃他的肩。

"我腿疼！你醒醒。"

他迷迷糊糊睁开眼睛，眼光像雾霭中驶来的一道温馨的汽车微光。他抚了抚我的头，语音含混不清地说，"哪条腿疼？"

我没吭声。

停了一会儿,他似乎才醒转过来,意识到自己询问的失误。

他说,"噢,我怎么忘记了。"

"不,是我的左腿在疼。"

他把手从我的头发上轻轻下滑,移动到我的左胯处停住,抚摸着那单薄而尖锐的胯骨,叹了一声,"你在做梦吧,它已经不在了。"

"它像在一样疼。"我委屈起来。

"你肯定感觉错了,是不是那条好腿在疼?"

"不是。那种隐隐的疼正从我的左脚尖沿着小腿肚往大腿上爬呢。"

"不会的,你肯定弄错了。"他耐心而肯定。

"它的确在疼。"我说,"我甚至可以感觉到它这会儿的姿势,以及它和我的右腿相触碰的温热感觉,就像你的手掌摩挲着我的胯一样。左膝盖底下的血管突突在跳呢!"

"别傻了,你已经没有左腿了。"他坚定而柔和地说,似乎是让我彻底死心似的。

我有点急了,提高了声调,"的确是我的左腿在疼,整条左腿!那已经没有了的整条左腿!你难道不明白吗!"

他一点也不急躁,依然用刚才的语调说,"可是,这是不可能的。"

"现在这不可能已经成为事实,它正在疼,隐隐地疼。"我几乎叫了起来,"是我知道我,还是你知道我?"

"别闹了。"他轻轻在我的脊背上拍几下,"我像你一样知道你。"

我的泪珠顺着鼻梁流到枕巾上,"这才是天底下最不可能的!如果你像我一样知道我,那么这会儿你的左腿就会感觉到疼痛!"

潮湿的晨雾悬挂在窗外,要下雨的样子。微弱的光线起初与四周的暗淡抗争,这会儿光亮显然一步步逼走了夜色,衣架上的亚麻衣服的轮廓已依稀可见,像一个失去头颅的人缩着肩,卧房里淡栗色的家具也涂上了一层不均匀的光泽。清晨六点钟是一块巨大的布，它将掀开被夜晚盖住的生活，此刻这块布已经卷起了一个角。我看见了身边的这张脸孔，他正在疑惑不解地看着我，一条眉毛高挑起来，而另一条眉毛依然伏卧在原来的地方一动不动，一种我从未见过的奇特表情。

他这样凝视了我一会儿，不再与我争论，又在我的脊背上拍了几下，说，"睡吧，再睡一会儿，天还没亮透呢。"

我独自望着天花板度过了内心孤寂的天明之前的一段时光。

清晨，我小心地穿上衣服，尽量蹑手蹑脚地不发出声响。我不想弄醒他，因为在天色微明之际他又睡着了，睡着前他含含混混说了一句，"天亮我们去趟医院吧。"

我说，"再说吧，也许有什么东西暗中作祟呢。"

我将客厅的窗帘拉开窄窄的一条缝，一道细弱的光线漏射进来，窗子并没有打开，外边石板小径上自行车的吱吱嘎嘎声就钻了进来。我动作轻缓地洗漱收拾，然后我比往日更加谨慎地打开房门，房门吱扭一声，我听到卧房里床上有了动静，是坐起来的声音。我没有及时溜出房门，而是开着门仔细听着卧房里的动静，那边又什么声音都没有了。我反回身向卧房依然微黑的光线里边探头张望，我似乎听到他迅速躺下的声音，待我的视线落到床上时，我看到他故意翻了一个身，佯装没有醒来的样子。模模糊糊的光线里仿佛有什么暗中的举动发生着，我观察了一会儿，没有发现什么异样，然后我就离开了。

我早早地就一个人上了路，疲倦地拖着一条假腿，在这座吞没了我的左腿的混乱的城市的街道上一声轻一声重地吃力地行走。清洁车在马路上辚辚响着。有一只怪鸟忽然飞过来，它像一块彩色的布片在我眼前盘旋飞舞，尖叫了几声，就栖落在路边的树枝上。天空灰中透出一股脏兮兮的黯淡。多少年来，我一直偏执地认定，清晨天空大气层的颜色是这一天是否顺利的关键。我仔细端详了一会儿天空，心里涌起茫然的淡淡的无望。

　　人的两条腿就像白天与黑夜、现实与梦想、今天与明天的微妙组合一样，交替而行，相依而存。而我正在努力习惯在这座蒙着面具的分不清夜昼的模糊城市里，单腿行走，学会接受残缺。记得小时候玩一种叫蹦房子的游戏，小朋友们都是用右腿蹦，而我是用左腿蹦。蹦房子是那种玩不完的梦想的游戏，我的左腿似乎在那时候就融化在这种奇妙的游戏当中了，以至于长大成年之后依然很不情愿走进真实的空间。

　　这会儿，我的手里攥着一本书《圆锥、凿子与诗歌》。我打算一个人单独去看医生，当然我心里并没有怀揣多少希望，因为，我不知道怎么才能够向医生说清楚，我的那条失去了的左腿近日以来总是鬼使神差地隐隐地疼。

　　刚才我乘电梯下楼的时候，在楼道口拐角处，我先是听到一阵不规则而又持续不断的敲击声，乏味的砰砰声被击打得极富激情。然后，我望见了埋伏在拐角阴影里的那张脸庞，那是一张与我年龄相仿的女子的脸，她正在楼梯口的阴影处专注地忙着什么，手中上上下下挥舞着一只锤子。我仔细观看了片刻，看清她原来正在用力砸坏一双黑色的皮鞋。她的神情颇为认真，仿佛在精雕细刻地制作一双鞋子一样。

　　我不解地随便问了声，"你在做什么？"

　　她头也没抬，继续着手中的敲打，用一种听不清的低语似的嗓音说，"清早我已经把这双鞋子扔到垃圾箱里了，可是一转身，觉得哪儿不太对，又把它捡了回来。"

　　"为什么？"我有点奇怪。

　　她抬起头，冲我咪咪笑了两声，一颗门牙挤到嘴唇前面，眼帘大大张开着，露出眼球底下一条模糊的白线，她的嘴唇又缓慢地嚅动起来，"这鞋子虽说旧了，可哪儿都没坏，若让别人捡了去，岂不白白占了便宜！"她低下头，继续充满激情地用锤子一下一下敲打，每一下敲击声过后，她的身体都会颤抖地摇晃一下，"所以，我又把它捡了回来，我要把它砸坏了再扔，而且，要分别扔到两个垃圾箱里，让它凑不成对！"她的脸孔涌上来一股仇恨与得意交加的古怪神情。

我噢了一声，冲着她的那颗闪闪亮亮的门牙的缺隙说了声再见，就一拐一拐地离开了。

她显然忘记了我这种单腿人是用不着非把鞋子凑成对的。

我心里涌起一股说不清的厌恶感。

这座庞大的 U 字形建筑物遮掩在一条偏僻的小巷里边，四周挂满绿色的藤萝，这些藤萝牢牢地攀附在破旧的墙壁上，如同一些陈腐的观念攀附在一个顽固的老者的头脑中一般结实。它看上去是一个破破烂烂的灰白色塔楼，显得相当陈旧朽败。楼上的窗户全都紧紧关闭着，使我可以想象到里边的幽暗、阒寂与憋闷。有几条种着花草的小土路通向它的大门。我远远看到一块白色的大牌子，仿佛是这所医院的名字，心里暂时像吃了一副镇静剂，踏实下来。

我在一块大石头上坐下来，把那本《圆锥、凿子与诗歌》的书垫在屁股底下，打算喘口气，休息一下再进去看医生。然后，我抬起头，再一次凝视医院的外观，我发现此刻的塔楼与刚才的情形有些玄妙的不易察觉的变化，那些悬挂在楼壁上的绿色蔓藤忽然消失不见了，白色的墙壁上涂抹着许多抽象的颇为现代感的图画，其中一幅画的是一只巨大的褐色舌头梦呓般地伸向天空，用的是所谓晕映法，轮廓由中心向着边缘渐次变淡。我朝它瞥了一眼，就怀疑起自己来——那些绿色的藤蔓哪儿去了？莫非刚才看花了眼？

医院怎么装扮得如此呢！以至于不像一所医院。

我想，我一定要找一个最小的房间里的最老的医生。

我开始判断从哪一条小道可以最近地走到医院的大门里去，正在分析着，就见一个人影从一条小道上晃晃悠悠走过来。我立刻迎上去，说，"请问，这条小路是通往医院大门的最近的道吗？"

来者是个老头，他停住脚步，迟缓地抬起头，眯着眼睛打量我，灰白的胡须向上翘了翘，似乎刚刚经历了一场冤枉的事件，满脸黯淡。他似乎有两张脸，一张脸看着我，另一张脸看着他身后的来路。但是，他什么也没说，就从我身边溜了过去，然后消失在一堵墙的后边。

这时我看到脚边的小道口插着一块方形木牌子，上边写，"梦想之路，请勿前行"。我用目光充当圆周半径，测试了一下，断定这肯定是一条近路。于是，我毫不迟疑地走了进去。

阳光已经亮脆饱满，我走在我自己的影子上，小路弯弯曲曲，树影斑斑驳驳，杂草丛生，高及脚踝。远处火车的鸣笛声呼啸而过。那笛声顺着阳光传递过来。

待到我接近这所医院的大门时，我被一排木栅栏挡住了，我试图发现一个缺口钻过去，但是我没有找到，只得退了回来。回到小道口，我又看到了那块木牌子，我从这块木牌子的背面看到另一行字，"欢迎你回来"。我疑惑地望着它发了一会儿呆，终于弄明白刚才那老头为什么不对我说话。

我闪进这座大楼的门洞，紧挨着门的洋灰泥地光秃秃的，一丝不挂的墙壁有一层绿锈的色泽。我四处张望了一会儿，然后就在医院的走廊里来来回回转了几圈，诊室的门都被我推开看过了。我向房间里探头张望的时候，发现每个诊室里边的医生都连头也不抬一下，似乎都很忙碌的样子，脸孔都像刚从冰箱里拿出来似的，千篇一律木然没有表情地悬在一张张办公桌后面，身体萎缩得像不存在一样，仿佛只是一件件白大褂空洞洞地挂在椅子上。

我没有发现我感到信任的人。

一个相当肥硕的中年妇女从分检处那边一扭一扭走过来，我注意到她那掩在一层厚厚的脂粉下面的脸孔很不高兴，身体的肌肉显然已经相当松弛。她对我说，"请坐到候诊椅子上去。"我说，"我想找一个合适的医生。"

她说，"医生不是可以由你挑的。"

我说，"可是，我的病比较特殊。"

"怎么特殊？所有的人都特殊。"她有些不耐烦。

"我的左腿疼。可是，"我低头看了一眼我的假腿，"你肯定看到了，我其实已经没有左腿了。"

她的眼睛里流露出奇怪的神情，"既然你知道你没有了左腿……"

"这正是我来这里的原因。"

她向后闪了一大步，疑惑地上上下下打量了我一会儿，然后转身就离开了。

我追在她身后，着急地解释，"我不是没事找事，虽然我的左腿没有了，可是它的确像有一样疼。"

她不再理我，一句话也不肯再说，好像说一个字都会伤了她的元气。

我只好坐到候诊室的椅子上等待。

我坐了一小时或是两小时，没人叫我。我想，一定是分检处的那个胖女人做了手脚，她根本就不相信我，我再坐上一个小时或两个小时，恐怕也不会叫到我了。

于是，我就起身离开了。

我回到家已是傍晚时分，天空已开始昏暗，云彩里好像被揉进去了许多残灰焦炭，一块黑一块黑地暂时处于固体状态。

我心里咯噔一下，被什么东西凝固起来。

果然，推开家门的一瞬间，我发现客厅里坐满了陌生人，男男女女都围着我丈夫，指手画脚，甚至可以说是手舞足蹈，房间里显得水泄不通，空气也十分混浊，烟雾缭绕，还有一股浓烈的生人气味，嘈杂声像波浪似的在客厅的墙壁之间来来回回撞击，声音与气味挤在一起。不知我的眼睛是怎么回事，我恍惚还看见桌子上有一些手指一样大小的微型人（这怎么可能呢？），他们全都一起向我看着。我由于害怕陌生人，没敢仔细朝客厅张望，就迅速一闪身溜过门厅，踅进卧房，躺到床上，假装没看到他们。

客厅那边不断传来叽叽喳喳的声音，似乎他们正在热烈地讨论着什么。我想不明白，他为什么要招来这么多陌生人到家里，平时他和我一样，一向都是不好客的，甚至有时候我憋闷极了，拉他到阳台上听听左邻右舍的家常闲话，或者是从阳台向楼下的石板小径上的人影张望一会儿，观看一个陌生的年轻女子举着一把伞款款走过的风韵，或者倾听一位年迈的老者用拐杖探路时木然乏味的敲击声，他一向都不感兴趣。他只是死死守住我们两个人的一成不变的日子，全心全意围着我一个人转，特别是我截肢以后，他几乎就成为了我的左腿，而对其他的人与事相当漠然。随着岁月的流逝，他已经自然而然地成为我的一部分，尽管我们最初的某些东西无能为力地丢失或死去了，但我们的关系就像一个陈旧而毫不含糊的概念，稳固忠实。我们淹没在日常生活的琐事之中，正是这些琐事掩饰了我们的某种距离。

有一次，也是傍晚，我站在阳台上看天，天欲将下雨的样子，风却很是干爽，天空的颜色特别浓烈刺目，红的地方像凡·高割下来的那只血淋淋的耳朵，黄的地方就像他指尖流出来的一朵一朵晃眼的向日葵，青黑的地方像噩梦伸手不见五指。我向楼下一排排浓郁的树木望去，夕阳把树冠的一侧染得金红，而另一侧却埋在阴影里，绿得发黑。我冲屋里说，"你快过来看啊，树干都成了阴阳人。"他站在厨房洗菜池前，高大的身材如同一座废墟，一截残垣，伫立在已经木然凋零的五脏六腑之上。他脚底下一动不动，手里专注地洗菜，对我的召唤无动于衷，也不回应我，只有哗哗啦啦的流水声传到阳台上。我又喊了他一声，隔了半天，他才懒洋洋地说了声，"这有什么好看的。"他对外界事物越来越没有兴趣了。

有时他站在卫生间梳头发，水龙头哗哗啦啦流着细细的水，他不时地用梳子淋了水往头发上梳，一梳就是半小时。一个男人，用半小时来梳理头发，若不是穷极无聊，肯定就是想用缜密的头发来遮掩空虚的思维。

这会儿，我躺在床上，习惯性地随便举起一本书，还拿着一支笔在书页上勾勾画画。我听到有人砰砰关门，还有人唑唑啦啦挪凳子。那边的声响使我已经看过的半页书忽然中断，而且一点也想不起来刚才都看了什么，画了什么。书上的内容一下子无影无踪。

我咳嗽一声，想让思路追上刚才书本里的记忆，可是，我的脑膜却不停地震动起来，眼球也干燥得转不动。我只好放下书，合目静躺。我又顺手打开床头的小收音机，脑中有一东西随着收音机讲话的频率震动。

这时，我的丈夫吱扭一声推开卧室的房门，我紧紧闭上眼睛，做出睡得很深的样子。他过来俯下身摇晃我的肩，"宝贝，醒醒，我们该吃饭了。"

我睁开眼睛，闻到他身上飘下来的花生油气味和白米饭的馨香。

我说,"他们都走了?"

"谁?谁走了?"

我说,"家里不是来了很多人吗?他们来做什么?"

他说,"你怎么睡糊涂了,家里根本就没有来什么人。"

我有些不高兴,"我进门时看到他们了,整整坐了一屋子人,有什么好隐瞒的。"

"我一直在厨房做饭,听到你回家了。见你进了门就钻进卧室,我想你可能是累了,打算烧好饭再叫你起来吃呢。家里没有人来啊。"

我疑惑地看着他,心里打了个闪,想不出家里有什么事非要背着我。

我不再与他争执,事实在我心里明镜一般。

我起身到客厅转了一圈,他一直闷声不响地跟在我身后。我的目光在客厅里左左右右打量的时候,我发现他的眼珠也随着我的视线转来转去,局促不安的表情清清爽爽地写在脸孔上。我把眼睛眯起来,似乎在太阳光底下走动一样,因为我不想让他明晰地看到我的目光正落在哪里,我知道他一直在瞧着我。客厅仿佛没有什么异样,不像有人来过,一小时前这里的杯盘狼藉、烟雾缭绕以及喧哗吵闹全都消隐不见、匿迹无痕了,只有一点揭穿了此刻风平浪静的骗局——那就是还不及消失殆尽的生人气味。我抬起头看他,他的嘴唇有些颤抖。

我忽然不忍心说穿什么,上去拉住他的手,"好了,我们吃饭吧。"

"宝贝,你怎么了,这些日子总是疑神疑鬼的。"他一边说着,一边从后边用手臂搂住我的腰。

今天他第二次叫我"宝贝"了,这人多奇怪啊,他已经很久没有这样叫我了,显然是心虚在作祟。

"没什么,只是……只是,都太远了。"我说。

"什么太远了?"他搂着我的腰,往门厅饭桌靠近,"你是指去医院太远吗?今天早晨你没叫醒我就一个人走了,本来我是要陪你去的。"

我说,"我不是这个意思。"

"那是什么?"停了一会儿,他又说,"别乱想了!现在你的左腿虽然没有了,但是并不妨碍我们一起吃饭,一起做爱,一起呆着。我们亲密无间,相依相伴,不吵不闹,能够如此的家庭已经不多见了。"

我没有吱声,只是靠在他的胸臂里,随着他的身体慢慢移动到餐桌旁。

他先坐了下来,望着桌上香喷喷的饭菜沉默了一会儿,然后很吃力地低低说了声,"今天去医院怎么样?"

我迟疑片刻,说了句,"挺好。"

"我说是嘛,没有的腿怎么还会疼呢!"

我心里木呆呆的,犹如一片被冷冬的寒气刮落的树叶一样,一屁股跌坐到椅子上,仿佛是自言自语,"我们还是吃饭吧。"

我不想这会儿再讨论这件事。我已经察觉到,我的腿疼这件事使他产生一股隐隐的紧张不安。

日子就像公园里的旋转木车,人坐在上边貌似左旋右转的,其实无非就是一个模型,持续不断地沿着几条既定线路行进。按照我们的规定,周六的夜晚应该是我们在床上进行那个习惯性仪式的时间。我们躺在床上,房间里熄了灯,窗帘拉开着,光线若隐若现朦朦胧胧,床头小柜上边的收音机被调在F93频道,那是正在播放轻缓的音乐节目。他把一只手揽在我的肩上。这一切熟悉的背景氛围就如同一张到了位的许可证。

我忽然说,"你知道性这东西像什么?"

"什么?"

"它像我们的生物现象在疲乏厌倦中的一个大哈欠,可是,哈欠并不能真正解决困意。"

"你到底在说什么啊?"

"我是说,像我们这种做爱,实际上只是把问题搁置一边、假装不存在的最简捷的办法。这件事现在好像也只是一个概念,一种秩序了。"

"你要是认为不该做,我们就不做。"

"这不是该不该的事情,它又不是一件非法武器,侵入了不该占领的地方。我只是在说生活的激情这个问题。"

"你不愿意?我们一向做得很好不是吗?"

"我不喜欢'做'这个字。"隔了一会儿,我叹了一声,又说,"你为什么不愿意正视我的腿疼呢?你虽然在我的手术单上签了字,但我知道那不是你的责任,我从来没有怨过你。"我侧过身朝向他,把一只手放在他结实的胸脯上。

我听到他忽然而起的心跳。他的身体一动不动,仿佛是一个长条形的黑影般的大包裹,里边只装了一把锤子,正在敲打着寻找出口。我在黑暗中注视着他,他的头发不知什么时候起有点稀疏起来,饱满的额头底下一双木然的大眼睛带着几分迷茫的神情。

"我只是觉得那是不可能的,一条没有了的腿,它怎么还会疼呢!"

他沉默了一阵,继续说,"我现在无论做什么事,既不强烈,也不冷漠,心思只在表面上,又似乎是悬在哪儿搁不定,不知怎么回事。"

他的脸孔在黑绸睡衣的衬托下,苍白得像浴室里的白瓷砖,闪闪发亮。

我一把把他揽在怀里，仿佛揽住自己的那一条无辜的大腿。他的身体有些微微摇晃，我抱紧他就像在茫茫无边的深水中抓住一只救生圈一样。

我闭上眼睛亲吻他的脸孔，他的脸颊冰冷而湿润，几条看不见的皱纹像树枝一样刺得我眼睛发疼。

我听到他埋在我怀里抑制的细若游丝的抽泣声，那微弱的声音从他的脊梁骨向后脑勺方向一闪就不见了。我的指尖在他的脊背上颤了一下，"你哭了吗？"

他立刻从我的胸口上抬起头，冲我笑了一声，"没有啊，好好的，哭什么！"他想了想，欣喜的样子说，"明天我们去永胜公园好不好？我们初恋的地方，那时你的腿还好好的。"

我忽然有一种本打算推开一扇阴影里的门，可是那一扇门却不存在了的扑空感。

在永胜湖熠熠闪亮的黝黑的水面上，我们的小船摇晃着，夏季晃眼的白云从湖水的这一边横亘到湖水的那一边，水面上刻出一道道细微的锯齿形的光痕，四周笼罩着一片凝滞不动的奇怪的光晕。湖水周围是一圈肃然挺立的树木，像是等待着什么。我们本来是来这里寻找初恋的感觉的，可是他坐在船的另一边，心事重重，一声不吭。我从倒映的水中观看他的脸，那脸孔上似乎什么都没有，只是一只空白的表盘倒映在水中，时间凝滞在这行将就木的老人似的脸孔上。

他一直在看天，好像天空正有一个什么秘密等待他破译。

我无聊地拿出一面小镜子看自己，但是，无论我怎样调整镜面的方向，我都对不准自己的脸孔，我只看见一双大得出奇的眼睛从镜子里面回瞪着我。

我的脸孔哪儿去了？我焦急起来。

这时，我听到有一个声音在呼喊我的名字。我看看他的嘴，他的嘴一动没动。我仔细辨析那声音，然后，我判定出那是一个陌生人的声音。我向四周环视，茫茫水面除了我们的小舟，一个人影也没有。

真奇怪啊！

我忽然被一种锯齿的磨锉声和含混的预感所笼罩。

接着，我从他的脑勺后边看见一扇门被打开了，有一个人站在那里，那是一个穿白大褂的戴眼镜的男人，眼珠鼓鼓的，似乎要从眼镜后面冲出来。他很权威地站立在门口的一只高大的铁架子旁边，半隐着身子。我注意到这时的风停了，太阳光线游动的声音犹如一根根金草发出咝咝声，窗户的玻璃模糊不清，似乎不透光。他一边假笑着叫我的名字，一边慢慢向我走来。我舔了舔嘴唇，没有出声。但我认出了他，并且，一下子对他充满了敬畏，倒不是敬畏他本人，而是敬畏他所代表的白色权力。他请我躺到一辆雪白的床一样的车子上，然后他推着这辆车子穿过一条长长的走廊，又经过一个狭窄的过道，进入一间封闭的大房间里。这个房间又高又大又敞亮，天花板有些倾斜，有检测仪器的嘟嘟声从上边渗透下来，我预感我已经掉入一场莫名的无法收场的局面当中。

我被几个人抬起来，放在屋子中央的长台子上，时间的流逝像沙漏那样有形。光线和影子在白布的后边晃动，我看见几个人的影子聚拢在一起，他们交头接耳，嘀嘀咕咕，很诡秘的样子，不像要做一场手术，倒像是要合谋制造一个寓言。一只手从布帘的犄角伸过来，脱掉我的一只鞋子，我听到噗的一声，那只鞋子落到窗外的草丛上。我捂住自己的嘴，眼泪流了出来。"这样的腿还是到梦幻里去行走吧，它属于那个世界。"我听到那个男人说。然后，我的一条腿就从台子上滑落下来，掉到他的手臂中……

"我们总得面对现实,是不是?"一个十分凄凉的声音从水面上近在咫尺的我的对面传来。

我心一惊,抬眼看他,小镜子滑落水中。

果然,是他在和我说话。

他的一只手奇怪地插在上衣兜里,似乎不像正在掏着什么东西,只是把手指掩藏起来的样子。然后,他就从衣兜里拿出他的手,"你看,我的手已经变了样儿。"

于是,我看见他从衣兜里拿出来的手已经不是了手的样子,那是一把钝拙的锯齿。

他神情凄苦地说,"我年轻时候的手简直是一张细嫩的白纸,那是专门用来写诗的。还记得当初我写给你的一首诗吗?其中一句是'我愿成为你的左腿,与你的右腿并步前行',那时你的左腿还完好无损呢。可是,当你真的失去了你的左腿的时候,我的手竟然变成了一张粗糙的砂纸,甚至是一把锯齿……"

我从惊惧中缓过神来,我说,"这没什么,年轻时候,我们都喜欢黄昏落日、悲欢离合,鲜血与凋叶,刀光与死亡,喜欢夜的迷蒙与未可知,喜欢扮演罗密欧与朱丽叶;现在,我们喜欢平静的早晨,安详的晚餐,厮守的夜晚,磨磨蹭蹭的雨声,这没什么。充当观察者总比充当表演者轻松,不是吗?"

"我不是要说这个,我只是在说我的手。"

"你的手没什么问题。"

"有。难道你看不见吗?你看,它现在成了一只刽子手!"他一边说着,一边把他的大手猛地伸向我的脸孔。

我大声呼叫着吓醒过来。

"你睡着了,宝贝。怎么这么紧张?"他安详地看着我,他温热的手正被我死死攥在手中。

我喘息着推开他的手,我说,"我们走吧,我累了。"

回到家已是傍晚时分,我跌坐在沙发里,由于劳累,我的左腿又开始了那种深深的隐隐的疼,我感觉我的左腿正盘压在我的右腿之上,形成一个美好的弧度,膝盖骨底下的血管突突跳跃着,清晰可感。我抑制不住地又伸手抚摸我的左腿,可是那只是一条硬邦邦的假腿,我只好用力攥住我的左胯,手指深深抠了进去。

这时,我的另一只手在沙发扶手处触碰到了什么,我拿起来一看,那是一本叫作《西医外科与行为艺术》的书。我发现书里有一处被折页的地方,我掀开那一页,上边有几处画了铅笔道道的痕迹,显然是他画的。我迅速瞥了一眼画笔道的文字,上边写:负责人体肢体的末梢神经,在人的一部分肢体被切割后,末梢神经对该部分肢体的感觉信号有时并不能消失,有时仍然会逼真地存有对那失去的一部分肢体的感觉,依然像存在着一样……

"怎么样,我们玩得不错吧。"他手里攥着一张报纸,走了进来。

我迅速把那本书藏掖到身后,微微闭上眼睛,"我的左腿又疼起来了。"

他紧张地从报纸上抬起头,望着我,"怎么会呢?一定又是你的错觉,它已经不在了呀。"他一边说,一边放下手中的报纸,把我搂在他的怀中。我再一次听到他急促的锤击一般的心跳声。

我有气无力地说,"你不觉得这种郊游正像我们的性交一样,只不过是把真正的问题悬置一边,并且试图把它遮掩起来吗?你为什么偏要假装它不存在呢?"

"本来就不存在嘛!我们不是玩得好好的吗?"他嘴上轻松地说着,却心事重重地低下头,苦痛的表情完全地占领了他的脸孔。

这时，有敲门声响起来。

我们家里已经很久没有敲门声了。

他叹了一声，就用双手抱住头埋在膝上。

他终于抽泣起来，用我几乎听不到的声音说，"我的腿疼，左腿疼，一直没有停止过。"

那敲门声更加急剧了，咚咚咚，十分沉重十分拙笨的敲击声。我听到那声音很特别很奇怪，不像是用手指在敲击，简直是用脚在踢门。

咚——咚——咚，这深不可测的敲门声会是谁呢？

我和他不约而同向房门望去，我们的目光穿过幽长的门厅和走廊，落到那重重的敲击声上。然后，我们的视线从房门处收了回来，神情紧张地彼此对视一下，我们几乎同时发现黄昏的暗淡而苍老的光线提前来临了，它穿过窗棂抹在我们未老先衰的脸孔上。这早衰的光线形成了一堵活动的墙壁，触不着摸不到，压在我们死去的梦想上边。

我们都知道那是我的左腿来找我们了，它正在用力敲击着我们的房门呢。

碎 音

199×年对一些人来说，似乎是不祥的一年，一些我熟识的和不熟识的年轻人，都在不该死去的年华英年早逝了。我身边就有一位，虽然已算不上年轻，但也绝不到被天堂或地狱召唤的年龄。他是在一天黄昏时分，一个人躲在我们单位他自己的主任办公室里，好像做着什么偷偷摸摸的事情，然后，忽然干叫一声，窒息猝死。有人说，这一年的彗星和日食，神秘地和某些做过不可告人的事情的人发生了联系，然后把他们带走了。

我不知道。我很难相信没有被自己证实的事物。

生活中稀奇古怪、不可捉摸的事情越来越多。有时候，你明明看准无误，可忽然就不是它了。弄得人心里恍恍惚惚，七上八下，不知如何是好。

近来，一些古怪的事情接二连三地发生，而这些怪头怪脑的事物原来都是远离我的，它们总是发生在那种头脑复杂而且对世界充满了探索劲头的斗士身上。像我这样既缺乏好奇心又胆小的女子，无论在现实中还是在脑子里边，一般什么也不会发生，日子宁静得如同一片坍塌了墙垣的旷地，澹泊滢澈。当然，这并不是说我已经饱履世事，历经坎坷，内心已抵达冥合的暮秋，懂得了生活的化繁为简，深藏若虚。恰恰相反，我的生活一直云定风清，平静得没有任何经历可言。简单，的确是我的天性使然。并且，我习惯于这种简单。

就是这样一个不高的要求，不知怎么却离我越来越远。

昨天傍晚，我与丈夫一起吃过晚饭，就一个人躲进卧房，坐在床沿上发呆。因为他总是在客厅里走来走去，身影如同一堵墙壁，吧嗒吧嗒的脚步声搅得我心里十分慌乱，这种绵绵延延、虚虚实实的脚步声在我的血管里起伏跌宕，蹿突跳跃，即使我用双手把耳朵堵起来，那声音也依然缠绕不去，无法销匿。

的确奇怪，我对这种声音的慌乱感已经持续好一阵时候了，也说不清到底是从何时而起。这声音总是追随着我，使我在平静的甚至是有些木然的思路线索中，猝不及防地被跌碎、被唤醒过来，惊觉地专注于此。由于这声音有形或者无形、存在或者虚幻地不断响起，即使我并没有忙于什么，甚至什么事情也没做，我心里依然会觉得特别忙乱和紧迫，轻松不下来。脑中似乎同时充满着许多事，乃至一件事也想不起来。太满了，反倒一片空白。

轻松，对我来说，的确是一件沉重的事情。感受轻松，我觉得是十分困难的。

我急忙离开客厅，离开那声音，坐到卧房的床沿上来。

望着窗外，我看到已是晚暮苍暝时分，从家里五层高的房间窗口眺望出去，一群一群绿绿的树干顶冠的叶子，如同游动的青蛙，在齐窗高的半空里无声地飘浮。我凝神看了一会儿，没有听到好听的树叶的摩挲声，却听到丈夫在那边房子里把电视频道换来换去的响动，以及他的拖鞋在木板地面上发出的烦躁不安的声音。

于是，我离开家，打算到楼下的报摊买几份小报。

我发现我越来越懒得与他说话了，但懒得说话并不意味着厌烦与他说话。我其实一点也不厌烦他。有他若隐若现地在身旁，在不太远但也不太近的地方待着，我心里才觉得踏实和安全。

在单位我也是喜欢一个人待着，财务部除了我，还有一名出纳员小李，我做会计。平时，小李总是提醒我不要老是望着那台微机电脑出神想事。其实，我只不过是在注意倾听楼道里那有可能传来的由远而近的皮鞋的橐橐声，那是主任的高跟鞋踩在楼道石灰地面上的声音，不知为什么这声音清脆尖锐得如同一根根钉子，一下一下扎在我的皮肤上。每当我在微机上的计算出现问题的时候，这恐怖的橐橐声都会从天而降。然后一句"有什么问题吗"的询问便会软软地从一张充满善意的赝笑的脸孔上掉下来，那是一种把你推得很远的亲切，掺杂着虚幻不定、永远使人无法真正抓到手里的热情。

我常常半是畏惧、半是警惕地凝视这张中年的脸——面容略显枯槁，眼白过多而混浊，嘴唇薄薄的，散发一种苍白的光泽。头发比真丝还要柔软，脸庞的造型相当地好，只是那只低矮的鼻梁和宽大的鼻孔，仿佛缺乏某种正气的力量。

应该说，这样一副面孔，平常得我们在大街上随时可遇，完全够得上过目即忘的相貌标准。但是，只要你对那脸孔仔细地看上一眼，就无论如何也不会把这张普通的脸庞淹没在人群之中了。这样一张普通脸孔的不普通之处，我曾多次暗自分析其中的缘由，始终不得其解。直到有一天傍晚，下班时候，她从我的眼前忽然转过身去的一瞬间，我终于醒悟——这种亲切之所以使我不安，完全是由于来自她脸孔后边的笑容引起的,这种独特的不同于常人的笑,只有当她背过脸去,才能被人真正看到,也就是说,那笑容不是展开在她的面颊上,而是绽现在她的后脑勺上,它隐隐约约地躲藏在黑黑的长头发缝里闪烁,使人觉得其中隐匿着多种危险的因子。这来自于脸孔背面的阴气森森却努力给人以亲切特征的微笑,常常使我觉得比刀光闪闪却浮于言表的毒骂更毛骨悚然。在这严丝合缝的笑容里,不会有半点真实的东西或秘密泄露出来。

我的确难以解释对这张脸孔的不能自拔的畏惧。觉得我们之间始终存在着一种错综复杂、明枪暗箭又无所不在的微妙关系。但那到底是什么,我也不知道。

我以前偶尔发呆的时候,顶多想一想这张脸孔,至于其他的,我的确什么也没想,生活还有什么可想的呢?这一种生活与另外一种生活也许有所差别,但无所谓哪一种更好,不值得再去改变什么,战胜什么。无非如此。单位其他部门的同事议论我骄傲不爱理人,我哪里是骄傲啊,我不过是懒与人语罢了。

人为什么非得说话不可呢!

回到家,我自然是越发懒得说话。记得五年前我和丈夫刚结婚那会儿,我们能伴着窗外夏夜的雨声,相拥在卧房一隅的松软的大床上,低声聊上大半夜。窗外澄澈的雨珠滴滴答答垂落到楼下的绿茵地上,如同一大朵一大朵的白色花瓣沉沉地掉落在岑寂的沙土上,发出哗哗啦啦的渗透声。我们似乎有着说不完的话,多么渴望能够成为一对被软禁的永恒的囚徒啊。直到意识到第二天清早七点钟还要起床去上班,才恋恋不舍地闭上嘴巴,合上眼睛,在梦里的交谈中安然睡去。哪里是什么"昼短夜苦长",分明是绵绵润雨夜苦短啊!

那时,我对他的感情要求特别高,敏感得如同一根上紧的发条,一只惊弓之鸟，好像每一天世界都有可能崩溃了似的。那时候，我常常设想与他结盟自杀之类的情景，幻想把一场热恋推到高潮的结局。其实，人在激情之中真是无幸福可言，这是我后来获得平静的体验之后才得到的。而且，人在激情之中所说的任何话，都是人体在爱情的生物反应下流溢出来的，它的可信度是值得警惕的，这当然也是我后来得出的，但当时绝对不是出于谎言的目的。随着岁月的流逝，我的情感生活越来越像地衣苔藓一样容易满足，只需给它一点点水分，它就可以成活。时光的确是一种奇怪的磨损剂、腐蚀剂，它把那种火焰般的恋情打磨成一种无话可说（即无话不能说）的亲情。

　　现在，我真的不知道自己是怎么回事。

　　最初，丈夫见我懒言少语，以为我怎么了。一天，他居然举着一本书过来问我，他说，书里的一个外国人讲，长久的沉默有多种意味，某些沉默带有强烈的敌意，另一些沉默却意味着深切的情谊和爱恋。他还举了例子，说，书上的这个人有一次接受另一个人的造访，他们才聊了几分钟，就不知怎地突然发现彼此间没有什么可说的了，接下来他们从下午三点钟一直待到午夜。他们喝酒，猛烈地抽烟，还吃了丰盛的晚餐。在整整十小时中，他们说的话总共不超过二十分钟。从那时起，他们之间开始了漫长的友谊，书上的这个人第一次在沉默中同别人发生了友情。沉默是一种体验与他人关系的特定手段。

　　我说，"我们不说话，可我们之间并没有发生什么或改变什么。我的确需要你，离不开你。"

　　他疑虑地看了看我，想说什么，结果又没说。只是喉结动了一下。

　　我走到楼下买报纸的时候，注意到楼前的那一片绿草丛生的旷地上长起来几株灌木，还有一些杂色的野花可怜巴巴地干枯着。远处是一堆铁红色的废砖头和一只不太高的伸手摊脚的黑色脚手架，闷闷地发着焦渴的光亮，它们似乎都在烦躁地挥发着下午的太阳晒进去的燥热。

我想，要是下一场雨该多好！

从楼下买报纸回来，我没有乘电梯，我沿着模模糊糊的楼梯往五层爬。听着自己的脚步声，我忽然又有点神思恍惚，一种压迫的感觉像暗淡的光线一样覆盖在肢体上，这声音总是诱发我想起某一处那由远而近的高跟鞋的敲击声，我无法消除对这种声音的持续不断的恐惧感。

我有些慌乱起来，急忙加快脚步爬上五层，敲响自己的家门。

意外的是，我出去不过一刻钟时间，房间里边却没有应声了，也没有任何动静。

我又急切地敲了几下房门，盼望丈夫快点打开门，以便摆脱刚才那莫名而起的恐慌。但是，房门里边像一个久无人至的废弃的仓库，或者是一窟年代悠远的洞穴，无声无息。

我抬起头，猛地看到房门上红色的油漆赫然写着606。我急忙转身，犹如一只最敏捷的猫一般，迅速而轻巧地往楼下蹿了一层。我之所以蹑手蹑脚，是为了避免脚下发出声响。然后，我在与上一层相同的位置上敲响了自己的家门。

里边似乎远远传出一声游丝般的询问，"谁啊？"

不等那声音结束，我立刻大声喊叫，"是我！"

房门打开了，一位少妇站立在眼前。她一只手撑在潮乎乎的门框上，另一只手漫不经心地别在柔软的腰间。

刹那间，我被眼前的情境惊呆了，一个冷战把我打到身后楼道凉飕飕的墙壁上，手中的报纸散落一地。地上一片白哗哗的云彩。

少妇表情奇怪地迟疑了一下，只低低说了声"走错了"，就又关上屋门。

我这才看见房门上火苗一样冰冷的号码：406。

我再也沉不住气，落荒而逃。

这时的我，已经成了惊恐万状的兔子。

我在楼上楼下来来回回窜跳，再也控制不了自己的脚步，双腿犹如灌了铅，大象一般的沉甸甸的脚，重重地踏在渐渐黑暗起来的楼梯上。奇怪的是，这会儿我听到的不是自己的脚步声，我分明听到一种由远而近的高跟鞋的橐橐声，这声音越来越响，越来越嘹亮。

当丈夫为我打开自家的 506 房门时，我已经被汗水淋透，我感觉到自己的头发变得一绺一绺的，像油画上的黑颜料。

我把湿淋淋的身体靠在他的锁骨上，气喘吁吁地告诉他刚才所发生的一切。他轻轻推开我，退后一步，站立在门厅四壁雪白的空旷之中，全神贯注地看着我。

隔了一些时候，他说，"你一定是累了。"

我说，"你不相信吗？你看我已经被汗水湿透了。"

"外边下雨了。"他的嗓音有一种古怪的沙哑。

我生气了，好像我在对他虚构似的。他怎么就不相信我和我的遭遇呢！

丈夫似乎看出我的不快，拉我到阳台上，用力把一扇半掩的窗户吱扭一声推开，显然是雨水把铁窗户的窗杆锈住了。"你看，下着雨呢，你怎么连雨伞都不带就跑出门？"

我望着那缠缠连连咝咝啦啦的雨滴，以及楼房背后那一条伸向远处去的湿淋淋的曲折蜿蜒的小路，惊愕得一句话也说不出。

当晚，我一夜没有睡好，辗转反侧，想不明白这一切是怎么回事。

今天一清早，我只是略觉眩晕，但还是准时离开家门去上班了。

一夜的小雨停息了，空气凉爽而静谧。路边的小水洼闪烁着乌亮的光泽，城市的景观被光线折射到水洼上，构成一幅静止的黑白图片，那图像似乎正安静地等候行人去踏破。一排排高大的树木或低矮的草丛，舒展地喘息着，尽情地享受着早晨的清馨。我身置这洁净的空气里，仿佛生活里所有的混浊都被洗涤了，身体的不适之感也被丢到一边。一夜的睡眠，即使不够安稳，也足以抹去昨晚"鬼打墙"的记忆。

清晨的凉爽使得天空格外蓝。

我准时坐在财务部办公室里，一缕阳光斜射在眼前的微机电脑屏幕上，那光线被玻璃反射成一道散发着诡秘的白光。我目不转睛地盯住那光线发呆。

天气如此之好，我却不得不坐到这台机器前。我多么痛恨这台机器啊！每天，我都得死死盯住它上面的表格数字，算来算去，不敢有一丝一毫的懈怠与疏忽，可是差错依然会不备而至。每当这时，楼道里就会由远而近地传来那高跟鞋急促的橐橐声。

出纳员小李已经坐在对面的椅子上，她正在津津有味地享受着早餐——一只金黄的鸡蛋饼，她的胃口好得总是饥肠辘辘，随时等候着要饱餐一顿。她的丰满的下巴层层叠叠，滑溜溜的纹路如同一道道小路，可以通向任何开阔的方向。令我羡慕不已。

小李吃完鸡蛋饼，打了这一天的第一个愉快的饱嗝之后，用餐巾纸抹抹嘴，说，"怎么大清早来了就发呆呢！"

我的身子忽然向后倾了一下，混乱的思路被她的语声切断了。

我说，"没什么，没什么。"

我站起身，为我们俩一人沏了一杯清茶，然后坐下来。我重新调整了目光和呼吸，叹了一声，就打开微机。我努力把那屏幕想象成一盘香喷可口的菜肴，告诉自己我正准备进入它的芳香。

屏幕上的数据表格就像一间无穷大的空房子里的银光闪闪的蜘蛛网,我端坐在这个巨大蛛网前,开始了不停地牵一牵丝网、修补一些数据的工作。

我一边工作,一边走了神,就像有时候笔直的生活之路时常也会把我们引入偶然的岔路似的。望着屏幕上的"蜘蛛网",我的眼前却进入了另一番景象。

……我走在去主任办公室的路上,我正准备取回主任校正过的一份单据。走过单位院子里卵石铺成的小路,我看到一枝桃花掉下来,被人踩扁了,已经蔫干。一棵微不足道的小草歪歪斜斜,在砖头与卵石参差不齐的夹缝里顽强地滋出,它的扭曲的姿态使我看到了弱小生命企图改变命运的力量。

然后,我穿过一条阴暗错综的走廊,脚步把薄薄的瓷砖地板震得格格作响。我走进了主任硕大的办公室。

忽然,我发现,她的办公室里空无一人。可是,两分钟前,她还在电话里说在办公室等我呢。我纳闷地收住双脚,愕然伫立,向房间里边探着头。

屋子又高又大,我发现那一排一排超高的白色柜子上边,全是空的,那种空洞使我想到一张张没有了舌头的大张的嘴。那些柜子把房间切割得犹如迷宫一般,看不到里边会潜藏着什么。我心虚地环视着空房间,房间里似乎有一股呆滞而神秘的雾气,呈青蓝色,从屋顶到窗沿有一串蜘蛛网缠附下来,依稀可见。室内明显缺乏通风,一袭腐朽之气迎面贴到脸孔上。几缕暗黄色的微光,从又高又窄的窗户斜射进来,外边临街,隐约可以看到窗外有一座坍塌半截的破败建筑物。这一切,使我立刻呼吸到一种严峻而恐怖的气息。

我急切地希望看到主任真实的身影,取到单据,马上离开。

果然，我的余光在房间的一隅看到一个小小的黑影。可是，那影子倏忽一闪就不见了，只留下一串模糊不清的语声，我没有听清。

我被吓得有些站立不稳，便蹲了下来。停了一会儿，那声音又模糊不清地哼一句。我仔细辨析，也许是我改变了高度的缘故，那声音从高处沉落下来变得清晰了一些。我听到那嗓音似乎在说，"让过去那个机密死去吧，不要泄露给任何人！"尽管这声音嗡嗡塞塞的，像口中含着一团棉絮，又像米粥撒到衣服上后洗涤时的那种缠缠连连的不清爽，黏黏糊糊的。但是，这回我的确听清了。这是我有生以来听到的最为刺激的声音。

我的身体立刻瑟瑟发抖起来，因为影子的声音并不是主任的声音，而是已经死去了的老主任的声音，他那特有的浓重的惠安乡音，抑扬顿挫，一板一眼，我永远也不会忘记。

直到这时，我才猛然想起来，我对楼道里的脚步声的恐惧，就是在老主任死后，由他的亲密伙伴——现在的主任接替的那一天开始的。

我冲着那形状模糊的影子消失的方向高声叫喊，"我一点也不知道你们的秘密啊！"

我一边说着，一边鼓足勇气站了起来，并且不顾一切地朝那个影子方向扑了过去。我想，虚幻总比真实的事物更恐怖，哪怕那真实之物是一只凶狠的老虎，也比暗处隐藏的阴阴怪叫的小猫更使人可以对付。

这时，房门不知是因为风还是被什么力量所驱使，忽然"哐"的一声关上了。

我一回身，正好有人走了进来。出纳员小李打开水回来了。

我惊惧地转移自己的思绪，回到眼前的微机上边来。

我站起身，倒了一杯水，又喝了几口，定定心神，准备重整思路。

可是，我喘息未定，就听到了楼道里那熟悉的由远而近的高跟鞋的橐橐声。这一次，是真切的橐橐声，近得就在我的耳朵边上，并且越来越清晰。它真实无误地降临了！

这绝不可能是我臆想出来的，因为出纳员小李说了声，"主任来了。"

当主任那一张冷飕飕的笑脸悬浮在我头顶上方的一瞬间，我的心脏如同一颗子弹从喉咙里飞了出去，射到对面的墙壁里边去了，我看到那雪白的墙壁震荡般地忽忽悠悠一鼓一缩，而我的胸壁一下子凝固成一堵死寂的无声无息的墙。我的整张脸孔都被她的永远亲切而莫测的微笑吸空了。

我再也支持不住，一个箭步就蹿出办公室，逃跑了。再也不想回来了。

我走到街上，日光似乎特别刺眼，我觉得有些晕眩，就闭上眼睛。可是，闭上眼睛的天空，又有一种强烈的万花筒一样的色彩，使我进入醉酒样的状态。我的注意力难于集中，视觉紊乱，无法连贯，视野在我的面前摇摆不定，周围的建筑似乎扭曲了，就像在曲面镜中所见一样。前前后后的人群看上去也怪模怪样，像戴上彩色的面具，有的变成了一堆形状不定的抽象物，使我极想发笑。我的头部、双腿和全身有一种间断性的沉重感，咽喉干燥、发紧，感到窒息。思维像闪电一样飘来飘去，使得我整个人都要飘了起来。一些字词和不连贯的句子喋喋不休地出现在我的脑中，我感到就要离开自己的肉体了。

我的身体就像一股水流被人为地改变了河床，流向与我本身不同的方向。

我挥手叫了一辆的士，立刻钻了进去。也许是由于车速太快的缘故，两旁的一切就像从流动的水面反射出来的一样，似乎所有的物件的颜色都在令人不快和不停地改变，物体的影子则呈现暗淡的色泽。奇怪的是，此刻我所有的听觉，全都转化成视觉效果，知觉转换为光学效果（比如一辆汽车疾驶而过的噪音），而每一个声音都激起一个相应的富于色彩的视觉，其形状和颜色像万花筒中的图片一样不断变化……

傍晚丈夫回到家中，把我从睡眠里摇醒，我一下子从床上跃起，环住他的脖颈不肯撒手，委屈的心情使我对他产生了最大限度的依赖。

我口中叫着"关机！关机！"。

他说，"你还做梦呢，这不是财务办公室。"他掰开我僵紧的手指，"快起来吧，我都饿了。"

他走进厨房，打开水龙头，水管里边发出几声咳嗽般的怪声音，然后是水流如注的哗哗响。

我跋上拖鞋，走出卧室。

"我们吃什么？"丈夫一边说着，一边打开紧关的冰箱。

我本能地冲着冰箱高声叫了起来，"关机！关机！"

他蹙了蹙眉，顺手关上冰箱的门，"你是怎么啦，还在做梦吗？"

他走到我身边，轻轻地拍我的头，体贴地说，"你这些日子太累了，脸色都不对，整个人就像一株大雨中的麦苗，蔫蔫的。今天我做饭吧。"

我再一次把头枕到他的肩胛骨上，虽然我知道他无法分担我精神里那个最为隐秘的事情，但是，有这样一堵结实得墙壁一般的肩膀支撑在我的身边，的确使我心里充溢一种深沉的平静感和安全感。

我说，"也许，我真是累了。"

我靠在他的肩上不想动。

他说，"你在想什么？没有不舒服吧？"

我从冰箱上顺手取下中午睡前喝剩一半的红葡萄酒，一饮而尽，心里暖热了一下，清爽起来，浑身的神经也都活过来。"我的手指被车门夹了，"我举起食指给他看，"可我记不清是怎么弄的了。"

他拿过我的手指仔细看了看，说，"好像看不出什么。"

"肯定伤到里边了，你看不见。"我说。

"凡是看不见的就别当事了，好吗？"

"我也想这样，可我的感觉总是提醒我有了什么事。"

我继续伏在他的肩头，像个灾难中束手无策的孩子信任父亲一样信任他，听任他引导我在日常生活的形而下学的混乱中前行。

晚上，我们早早就躺到床上，我穿着一件磨损得有些毛边的旧睡衣，它的毛茸茸的质感使我的肌肤感到特别妥帖。长期以来，睡衣就像朋友或亲人一样，我总是喜欢旧的，无论多么磨损，也不忍丢弃。睡衣的淡紫色和卧室暗淡的光线浑然一体。我侧身而卧，丈夫背对着我，他结实的躯体在朦朦胧胧的月光下呈Z字形躺在我的面前。我一直以为，人的背影是一种无声的语言，而语言本身实在是多余之物。我一只手枕在脑袋底下，端详着他的背影，身体包裹在薄薄的被子里边格外温暖。此刻，我觉得十分舒适，有一种懒洋洋的感觉弥漫全身。

这一天的紧张焦虑终于过去了。

我很想搂住他的脊背，或者让他抚摸我。但只是搂着和抚摸，不想其他。这一天的日子我好像已经精疲力竭，再无多余的力气。我知道，如果我主动去环住他，在这样一个温馨安静的晚上，在这样一种岁月还没有把我们打磨到衰老的年华，我的动作肯定会招致一场不可收拾的暴风骤雨局面。

而且，纯粹的爱抚的感觉，与单纯的性的愿望不同，那绝不是靠要求就可以换来的。

于是，便罢了。

床垫在身子下边温柔地依顺着我的肢体。我看到厚厚的落地窗帘的一角没有拉上，一束发青的光线正从那缝隙斜射进来，使得房间比以往的夜晚显得亮了些。那光亮落在房间里栗色的半旧木质家具上，以及干净的陶器、根雕和晚间丢在床头柜上的一小堆果皮上。我以惊讶的目光盯住这缕珍贵的光线，仿佛它是茫茫黑夜里唯一的安慰与奢侈品。墙壁上嘀嘀嗒嗒的钟声，心平气和地保持着一成不变的节奏，我的血液跟着它的节拍也宁静下来。我的身后，卧室的房门敞开着，我听见卫生间里淋浴器漏出的水滴正缓缓地垂落到浴缸上，那滴答声透过长长的门厅走廊若隐若现，像催眠曲似的柔软。这一切使我感到满足，我急欲进入睡眠之中。

正在我刚要掉进睡眠的一片空白之中的时候，我被什么隐隐的响动惊醒过来，睡意一下子九霄云外。我警觉地仔细倾听，终于听到了那是一个人攀爬楼梯的脚步声，那是一双皮质很好的硬底皮鞋，后跟很细，但并不很高，一双中年女性肥硕的脚。那双脚越来越近，越来越响，轻轻爬上了五楼，然后那双脚就站立在我家房门外边的垫子上。我甚至听到那人举起胳膊准备摁响门铃时袖管发出的噻噻声，只是在那手指尖即将触碰到门铃按钮时忽然停住，手臂似乎高悬了一会儿，好像犹疑片刻，才决定不按响。我的心跳第二次从喉咙里飞了出去，脖颈上软软的蓝血管，随着惊恐剧烈地起伏。

直到我听见那脚步声缓缓离开，才喘了一口气。那脚步依然很轻，但每一声都在我的脑中钉下一个坑。

我紧紧抓住丈夫的肩膀，并且用尽全身的力气抱紧他，我叫了起来，"听啊，脚步声，你快听啊，脚步声……"

他醒转过来，"什么脚步声？"

"你快听,有脚步声!"我指向楼道方向。

他倾听了一会儿,然后用那熟悉的沙哑的嗓音说,"别闹了你,你总是与梦为邻。"

我说,"是真的。"

他说,"我怎么听不到?"

我说,"真的是真的。"

我浑身抖个不停,死死抱住他不肯撒手。

他见我格外激动,就开始对我上上下下摸索起来。我攥住他的手,不让他动,只要求他抱紧,"别动,千万别动,你听不到了。"

他大概是听到了我小鼓一般急促的心跳,就说,"别怕,肯定是你听错了。"

"不会错,不会错,真切得几乎可以看到。"我说,"你看楼道里的灯都亮了。"

透过紧临楼道的厨房玻璃,楼道的灯果然是亮的。

"你这样大声叫喊,灯肯定要震亮的。"

他打开床头灯,"屋里什么也没有。"

"真的,刚才真切得几乎可以看到。"

"看到什么?"

"就要掉下来了,哎哟,就要掉下来了!"我高声尖叫。

"什么掉下来了?"

"主任的脸!"

与往事干杯

生命钟

生命是一只漫长的钟。

我看到了夜的尽头,那是生命的尽头。

当我展开纸张,打算写一写那繁闹而孤独、绚丽而清寂的往昔的时候,我看见自己首先是把这样几个字涂抹在纸页上:

写给乔琳的故事

然后,在右上角自己的名字上框了一个黑框。这才是我最初的本意。但后来我考虑到这篇文字有一天将公之于世,便悄然把"写给乔琳的故事"划去,也打消了披露这段往昔的故事中所有真实姓名的念头,以免事后给乔琳还有那已经死去的、活着的旧情人们带来麻烦。纸页右上角我名字上的黑框也被我摘掉,等待后人去框吧。

有一天乔琳来了一封信,要我给她腹中尚未出生的小宝贝讲一个故事。她的信总是哀怨委婉，似水如绵，正像她本人一样。后来，她说，我近来的精神状态总使我想到"死于华年"。当这几个字涌入我的眼帘时，我看到了一幅美丽而忧伤至极的画。那么，就让我讲一个"死于华年"的故事吧。

请不要以为我已是个历尽沧桑、满头银发、步履蹒跚、额头上爬满岁月炎凉的龙钟老妇。虽然过多的忧虑的渴望使我身体看上去消瘦而疲弱，但我的确还很年轻，浑身上下从头到脚的每一小块肌肤都荡漾着青春；我的眼睛黑黑大大的盛满忧郁，但它们并不枯萎，它们仍然像夏日的阳光散发出焦灼而热烈的渴望。

在经过了长时间的奔波和追寻之后，我已身心疲惫，一切已大不如昨，衰竭正向我的心灵蔓延。这些天来，我真正开始了最与我本性合拍的生命节奏和状态——我几乎整日整日地仰卧在沙发里，房间里暖暖的，我的身体全部都伸展在温情的阳光中。这在一个冬日的午后或者黄昏应该是惬意无比的了。我的心境宁和，身边就放着茶杯，随时都可以浸润我发干的嘴唇。几页纸张零散地摊在我的大腿上，我不时地望一望窗外，凝思片刻，又收拢神思埋头纸上。

窗外，枯树们在冷风里摇荡，像一个个饥肠辘辘瘦骨嶙峋的乞丐伸展着枝杈朝向天空，仿佛向上天乞求一些温暖。看着它们，我多么感激把我包裹在温暖中的房间，在温暖中我可以自由呼吸、喝茶、写字、思想……就在刚才，我重又捧起来自澳洲的那些信，再一次领悟回味老巴那东倒西歪然而却是一笔一画的中国字里所含的深情。一看那些信我便激动不已、忧伤不已，老半天老半天地沉浸在信中触及到的我们情感的事情上，总要从信里跳到由他而引发的更遥远的生活，以至于我无法完整地阅读，不得不放下信，胡思乱想半天。我的神思便遨游在城南那条曲曲弯弯的胡同尽头的童年废墟之上，遨游在那尼姑庵里误入歧途的情欲之中，遨游在埋葬了爱情的澳洲沃土上。静静地乱想一阵，我才重新收拢心神，专注在膝头的纸页之上。

我在想由我为主线的这个死于华年的真实故事。在这个我在此出生、在此长大、在此忧愁的城市里，此刻拥有乔琳的友谊使我深感安慰。

上帝知道，在我这并不很久的生命里拥有过多少男人，见过多少他们渴望做爱的情态。老实说，我的确结识过不少有头脑、思想深刻的男人。然而，我绝对做不来和一个只有思想而无漂亮躯壳的男人去亲密，我无法克服自己生理上的、视觉上的、心理上的种种障碍。可是，内容与外壳的兼具，是多么难得。肉体的满足与灵魂的饥渴或者灵魂的满足与肉体的饥渴总是相伴而生。

在这种时候，美丽、忧郁同时又有头脑的乔琳的友谊，对我来说变得至关重要一点也不足为奇。我坚信自己不是个同性恋者，但我也坚信我对于她的信赖和需要不比对以往任何一个情人的肤浅多少。她已有家，而且一点也不缺乏男人的照料和关心。但我知道，在这个使人们的心灵孤独无助的世界上，在这个表面亲爱、繁闹、热情而内心深处却永远无所依傍的人群里，在这个当凛冽的冷风和嘈杂的人流从你身边流过而你却永远感到孑然自处的冬季里，乔琳需要我正像我需要她一样深刻。我深信，除了物质化的家园，人们的内心也同样渴望着另一个精神的家园。此刻，她正受着怀孕的折磨，整日呕吐不止，脸色憔悴，身体倦慵，心神焦虑，终日担心着几个月后出生的将是一个怪胎，不是两个脑袋就是没有脑袋。她把全世界所能出现的怪胎，全都想象成自己腹中尚未成形的小生命。也担心自己在生产中死掉。乔是个充满自虐精神的女人，这一点我深深为她怜惜。我感到自己也正在怀孕一般地不安着，担心着那最后的结局。我必须在那结局之前怀着对我那并不遥远的往昔的深情，写下这个故事。

可是，它使我的内心深处充满着无法自制的失落和不安——我似乎感到是我杀了那个人，是我使那个正值青春豆蔻、芳香四散年华的人离开了人间。那个人——澳洲那边的那个人是我这一生中曾经热恋的情人，我曾经愿意为他付出一切。是我杀了他——因为除了这种解释我再也想不出任何办法来结束我对他的怀念。

这一意念，是两年前我在墨尔本机场最后一次离开他身边的一瞬间产生的。当时，墨尔本机场上空的天晴晴朗朗，湛蓝如洗，云淡风轻。空气中由于没有尘埃，阳光灼人地射在皮肤上。我的脸上却是阴云密布，莫名其妙地流着泪。一直到机场大厅，他都把我搂得紧紧的，不让我跨进那一步之遥的象征着国界的庄严的海关大门。但我知道，我的眼泪除了是留恋他带给我的爱情，还有着无法说出的懊悔以及由懊悔而生发的无地自容；他的拥抱除了是最后一次绝望地挽留，还有着更多的对于我忽然离去的探寻。

我终于向后退着离开他的怀抱。他的头发仍然长长地乖乖地四散而垂，清秀的面庞满布着孩子般的绝望，瘦削的下巴上展示着一个侨居异乡者的淡淡的黑胡须，这些我都熟悉得不能再熟悉了。他的手指又细又长，庞大而富于弹性。他抚摸我的时候，我常常觉得他的手大得用不了几下就能摸遍我的全身。这双大手的抚摸也曾撩拨起我对于更遥远的往昔的另一双大手的追忆。我曾经多么忘我地迷恋过眼前的这副英俊清秀、有着孩子般的忧伤和怯懦的面孔呀！

"别走！"他在做最后的挣扎。

"我必须离开。"

他再一次上来抱紧我："我比以往任何时候都更需要你。"

"你知道我已经决定，我不能留下来。"

"可是，为什么为什么？"

"我回去再给你解释。我只能……这样。"

海关的玻璃大门终于在我身后无情地关上，永远地把他的目光和身影与我隔绝开来。一扇玻璃之隔，我与他已是两个世界，海角天涯了。一切都已结束。就在这一瞬间，我知道在他的心里我已经杀了他。

再见了，老巴。

那一刻，我猛地掉转回身，他已全无踪影。海关的玻璃大门只反射出他的两束亮亮的目光。

美丽而巨大的"孕妇"——波音747从墨尔本机场腾空而起仰头冲向天空的一瞬间，我终于感到躲进了一只银白色的大鸟的腹中，遥遥地远离开绿荫如盖、清香四溢的澳洲沃土，离开了那使我无地自容的罪恶的渊薮。我被这只大鸟牵引着向太阳贴近，疲乏和困倦一下子包裹了我，我从头到脚被这只母性的大鸟拥抱着、托扶着，升腾，飞翔。

我闭上了眼睛，仿佛地球是急速运转之后戛然而止。

我又回到了中国。世界依然如故，好像一切都不曾发生。天空依然湛蓝绚丽，人们依然用脚站立，地球仍然有引力，星期日完后仍然是星期一。我依然叫肖濛，仍然苗条秀丽拥有青春。我的心依然没全老，依然爱慕英俊温情的男子的拥抱，依然有足够的激情回应那轻柔的重压之下相伴而生的低低的呼唤。我也依然依恋着成熟女性的母亲般的臂膀。我依然一个人，独自往来。一切如故，一切如我离开之前一样，自由自在而无所依恃，热热闹闹而内心爬满孤独。很好，世界一切正常，太阳依然东升而西落。

……

现在，回到中国已近两年了，澳洲已经离我很遥远，我重新回到自己的生活轨道。

当我一个人在温馨而静寂的房间里蜷缩在洒满阳光的沙发里时，录音机里轻轻淡淡流淌着满怀情爱的乐声。这时，我常常设想出一个场面：

门铃响了一下，我聆听了一会儿，门铃又礼貌地响了一声。我站起来。我的头发由于在沙发里靠得太久而显得蓬乱，低垂了长时间的头也感到眩晕，眼睛朦朦胧胧看不清，目光松散无法集中。我走过门厅，打开门。

是他，老巴。

他像是只出了趟远门，熟练地在门厅径自换上了拖鞋，说，"我昨天从墨尔本来。"我们转身进了房间，回到沙发上沉沉地坐下去。他贴近我说："你没发现吗？我们又是从前了。"

……

这场景我已经设想过多次了。

这场景我知道已不会发生了。

黄昏了，又是一个漫长的黄昏。

残阳洒在房间里的地毯上，我似乎听见光线渗透地毯的咝咝声。残阳也照在书柜里他的那一张特大黑白相片上，那是我从澳洲返回时从他的相册里偷偷抽出来，然后又放大的。我把它从书柜里取出近近地端详。望着望着，我的思绪一下子跑到几十年之后我当了祖母的时候。那时候会有一个可爱的小孩子围在我的膝头，叫着闹着。他小小的指头指着已经发黄了的相片问：这个人是谁？相片上的少年情态安详、清秀、羞涩，似乎无法和任何人长时间对视。我已经老了，两颊深陷，目光迟缓，思维木讷，我颤颤巍巍戴上老花镜，用干枯了的手轻轻抚弄照片上英俊的面颊，仿佛是在拂去几十年的如梦岁月。

我该怎样回答那小孩子呢？也许那时，我已记忆不起来照片上的少年是谁；也许根本不会有什么小孩子问我。是的，肯定不会有。

已是深夜，我躺在床上，熄了灯。窗外也很静谧，没有一丝风，星星孤零零挂在天空，凝视着这个孤独的世界。

我从出生就开始了回忆。

我从出生就学会了回忆。

我从出生就没停止过回忆。

夜，是思维的白天。乔琳，让我把这不很长久的岁月，浓缩成一小瓶黑色的墨汁，涂洒在纸页上。让我领着你沿着我生命的来路往回走，有你在我身边，我将感到一丝安慰。

尼姑庵绿色的天

那时候，我常听人说："你们是八九点钟的太阳。"那时候，我是八九点钟的太阳，但我并不懂得什么是八九点钟的太阳。

现在，当我看到年轻的爸爸妈妈拼命要把自己的小宝贝打扮成神童，教化成小天才的时候，我是那么地不以为然。当我看到一个少年老成忧虑的样子，我就认定这将是他一生悲剧的开始。我多么喜欢看到真真正正的内心与年龄相符的小孩子呀。

可是，当我还是个小孩子的时候，却不是一个真正的小孩子。我是那么忧郁、多思、瘦弱而且胆怯。当我还不懂得"矜持"这个词的时候，我已经是个非常矜持的少女了。

那一年，尼克松访华，老师教我们对待外宾应该"不卑不亢"。那一阵，全国上下齐动员，大喇叭都在说"不卑不亢"这个词。有个同学问老师，什么是不卑不亢。记得老师一时找不到解释，急中生智，顺手把我从位子上提起来，说："大家认识肖濛吧，她就是不卑不亢的意思。"

记得当时父亲很少在家里，他从一个大学被送到农村去种庄稼了。我回到家问了母亲，才懂得了这个词。那时我上小学。

近来，我的记忆力莫名其妙地衰退。我在报社里工作，有时外出采访，当有人告诉我他的名字、地址要我记下，或者我正在记录谈话重点内容时，我会忽然忘掉某个极为简单的字怎么写。这样的事屡屡发生，颇使我难为情。

特别是有一次，家里的牙膏和洗衣粉没了，晚间我到报亭买几份小报想用来消遣，顺便到报亭旁边的小百货店去买牙膏和洗衣粉。

我冲售货员说："请帮我拿一支牙膏。"

"要哪种？"她问。

"嗯，就要那种——几面针来着？"

售货员说："两面针。"

"我还要一包洗衣粉，要那种——活力多少来着？"

售货员说："活力二十八。"然后就笑起来。我也笑了起来。

生活中的很多事，我都会突然忘掉。但那小学老师送给我的"不卑不亢"，我却记忆犹新。

在我和哥哥两个孩子中，我一直在父母那里占领着受宠的宝座。据母亲说，在我出生之前，这宝座一直由我的哥哥占领，母亲长一声小宝贝短一声大乖乖地叫着。叫着叫着，那个并不是成心要篡位夺权的小妹妹就来了。于是母亲那长一声小宝贝短一声大乖乖的叫声就落到宝座上的新小人身上。那新小人纤弱、乖巧，性情柔弱而忧郁，动不动就发烧，常常被放在母亲自行车的后座上被带到单位去陪着妈妈"斗私批修"。路上总有人问："濛濛，又不去幼儿园了。"那小人就骄傲无比地说："我又发烧了。"只要和母亲在一起，不论去做什么，都是高兴的。我的哥哥，那个憨憨的小男孩丢了宝座，却从不把篡位者当成一个小野心家，也从不做复辟梦，他接受历史和命运给予我们的老大和老小的安排。每当我和哥哥犯了错误，比如把家里的闹钟拆开后装不上了，我的母亲在学院里反省和劳动了一天之后，回到家脸上总是乌云密布，见了上述情形便把哥哥提出来问罪。在我的记忆里，我父母对我和哥哥的教训从来是以一当"二"，以一警"二"，那挨惩的自然是我的哥哥。每当这时，我就赶紧拿起扫帚去扫地，或者赶紧拿起一本毛主席语录躲到墙角去反省，直到对哥哥的训斥停止为止。

今天，当我追忆起童年情形之际，我才恍然对我那小哥哥产生一分遥远的歉意和自疚。

奶奶家的人都对我怀有深刻的成见，甚至可以说是敌意。他们认为我的出生不仅夺走了我哥哥的宝座，而且认为也夺走了我母亲的全部爱心。那时候，我父母的关系已经相当紧张和恶化了，不是持久的冷战就是白热化的交锋。漫长无际的冷战，我和我的哥哥早已习惯，家里清寂、压抑、阴郁沉沉，像一只大大的墓穴，我和哥哥像小老鼠一般灰灰的。然而到了交锋期，父亲狂怒地大拍桌子，尘土之飞扬、拍打之响亮、震荡之剧烈，能把那一九七六年的大地震吓回去。我则是心惊胆战，特别是争吵招来了许多围看的邻居时，我更是又恐惧又无地自容。强烈的自卑感就从那一刻一日一日地成长起来。这时，我和我的小哥哥常常是一人抱一棵大白菜往母亲怀里塞，怯怯地叫着：

"妈妈做饭去妈妈做饭去。"我母亲便一把把我和白菜搂过来，泣不成声。

那时候，我父母已经开始分居了，我还并不懂得男人与女人的事情，但我觉得爸爸妈妈睡在一张大床上才是天经地义，人家的爸爸妈妈都是这样的。母亲瘦瘦的，神情压抑，多愁善感，食量小得可怜。记得家里的阿姨被轰回老家最初的那些日子，给我和哥哥盛饭盛汤的事情就由母亲来做了，每每她总是说："濛濛，你要多少？"那时我好像刚刚学会算术里的几分几分的概念，于是，我就说我要七分之五碗。记得母亲自己碗里每次都是比我碗里的少。晚间睡觉的时候，母亲就在我的房间里，和我睡一张单人床，睡一个被筒。我问母亲为什么不和父亲睡在大床上，母亲只是说我父亲的睡眠很容易被惊醒，母亲睡不着半夜里总要打开灯翻几页书，而书页的唰唰声和微弱的灯光会使父亲发脾气。于是，母亲就在我的单人床上睡下去了。我睡在母亲的怀抱里，像睡在天堂一样安全而美好，我的怯懦、忧郁、自卑在母亲的怀抱里，在一个个温馨的夜晚化为乌有。我觉得我的母亲是天底下最温情最漂亮最有知识的女人，也是最不幸的女人。我的整个童年时代，都害怕着父亲，长期生活在代表着男人的父亲的恐怖和阴影里，因而使我害怕了代表着父权的一切男人。我对于男人所产生的病态的恐惧心理，一直使我天性中的亲密之感倾投于女人，而这种遥远地避开男人的心理是与"性倒错"毫无关联的。这局面一直持续到我遇到了那不该算初恋的初恋，遇见了一个崭新的男人的世界，方使我在心理上多年建立起来的对于男人的"城墙"被击倒、坍塌，才使我懂得了男人的温馨与美好。当然，这是后来的事了。

到了我父母真正快要分家的时候，我英俊的小哥哥已经长大，被南国的一个军区文工团招走当文艺兵去了。临走之前政治审查的时候，我的母亲厚着脸面屈着自尊老远地跑去给哥哥学校的领导送礼，那领导一边大声说着"共产党人是不讲请客送礼这一套的"，一边忙着打一个大是大非的电话，言语间流露出对我母亲这种鸡毛蒜皮的苟且之事的鄙夷。然而，百忙中他并没有忽略掉门外的脚步声，并且在那踏出脚步声的第三个人的脚迈进这间办公室之前，以迅雷不及掩耳之势把我母亲送去的礼物揽进他硕大的工作柜。在这一切忽然而起的忙乱之后的第二分钟，我的母亲长长出了一口气，心里踏实了，我哥哥的政审难关托这领导了。我的哥哥从此就离开了家。英俊、挺拔的我那从小就充满了对深入虎穴、浑身是胆的杨子荣和李玉和的崇拜的哥哥，平生第一次坐上了如梦似画的火车，终于逃离开这个压抑、窒息得随时都可能爆发战争的家，一路唱着样板戏高高兴兴地走了，走了。

就在我写这件事前不久，有一天傍晚，太阳还没有退尽，我忽然心血来潮，跑到小时候我和父母还有我的小哥哥一起生活过的故居。城南的那条小胡同曲曲弯弯，曲曲弯弯的童年就在那条我熟悉又陌生的胡同的尽头。院子宁静了，再也没有了我童年时的喧嚣。透过绳索上晒着的衣物所散发出的洁白的清香和某一个窗子里隐隐约约漫溢出来的舒曼的《童年情景》，我看到了院子深处那高高的台阶上的一溜房子。那房子锁着，黄昏已降临在新主人的窗台上。窗子像一只只深邃而黯淡的眼睛，从那眼睛的深处我看到了一个曾经属于我的家庭的毁灭，看到了在这个毁灭了的家庭里的每一个人的悲戚和忧伤。站立在眼前的这一排重修过的崭新的房屋，在我的情感里只是一摊荒凉的废墟。那废墟的颜色就是我童年的颜色。

那一年，我已经到了羞愧于在父亲面前裸身穿一件大背心的年龄，无论夏日里雷阵雨来临之前多么闷热，我仍然要在背心外面再穿一件汗衫。那里边已经有秘密无法掩遮了。我感到了光滑圆润的轮廓，感到了衬衫在那轮廓上轻柔的摩擦。

　　那样的一天终于来临。每一个少女都会在她的生命中经历过的那样的一天终于来临——山崩塌了，少女忽然发现大海就在身下，她感到那大海是无底的深渊，她惊恐、苍白、眩晕，她感到胀痛。她用手胆怯地触摸那悬口，才发现涓涓血流正从那里不住地涌出。手被那带着暖热体温的处女的鲜血染红。她还发现内裤里也全是血污，她换了一条内裤又换了一条内裤，大海不厌其烦地全把它们涂染得鲜红。她不知所措，不知道这与幻想与罪恶有什么关系，但她害怕那可耻的淋淋鲜血。她不敢走动，不敢喝水，因为那样会使她血流如注。最后她再也找不出一条干净的内裤了，只好把自己的擦脚巾放在裤子里两腿之间，坐在屋子里发愁。趁着父亲还没有回来，母亲也没有回来，她要在他们回家之前想出办法。她开始翻弄家里的药柜，她还看不大懂药物说明那一类文字，她也不知道自己体内是什么地方在疼痛，她只感到下坠，下坠，纤细的腰仿佛被系上一条千斤重的锁链，她站不住了，疼痛使她要呕吐，她在床上躺下，想象自己就要死了，只有等待，等待那无法预知的结局。这时，母亲回家了，问她为什么哭，她愧疚交加地指了指床角那还没来得及扔掉的最后一条内裤。母亲惊讶又欢喜的矛盾表情，使她急切等待母亲的第一句话，因为她还拿不准母亲的那样一种表情。母亲什么话也没说，转身去翻衣柜，在衣物深而又深的底层，埋藏着一个崭新的布带带，她以前从没有看到过。母亲教给她怎么使用，她羞涩地不敢抬起头看母亲，也不敢低下头看自己的身下，出着虚汗、手忙脚乱地学会了使用那条布带带。然后母亲笑了，告诉她每一个女孩子都这样，告诉她在那涓涓不息的流淌中，体内的宫殿就会慢慢成熟，告诉她那伤口几十年都不会弥合，那伤口也会长大，在这长大中一个女孩子就会变成女人。

她心里踏实了。不再恐惧。

她去洗手，一遍又一遍地洗。她从那个布带带在衣柜里的埋藏之深，知道了这只是她和母亲之间的秘密。幸亏是母亲先回家了。她要在父亲回家之前，把浸润过自己的鲜血的双手洗得洁白如初，让父亲觉得什么也不曾发生，她要让父亲觉得她和她的哥哥是一样的，什么事情也没有。

然而，那样一个潮涌而来的东西使她幻想；然而，那样一个贫瘠的视野又使她的幻想一片空白。

那样的一天终于来了，每一个少女都会经历，每一个少女又都不曾说出。那一天是少女们长大后公开的秘密。

父亲和母亲第一次被传到法院的那天，我父亲就对着法院的法官人员大拍其案。原因是那年轻的法官在大家就座之后第一句话就是冷冰冰地问我父亲叫什么。我父亲说难道你没有看诉讼材料吗？你连我叫什么都不知道你审理个什么案？那年轻法官先是稳住劲，不动声色，仍是冷冷地说，这是审理程序。于是重新又问我父亲叫什么，我父亲拒绝回答。然后那法官的火就冒上来，宣布休庭，然后站起来就走了。我父亲这一生最不能容忍的就是对他人格的蔑视。他勤于读书和著书，性情耿直。然而，书被抄了，头被剃了，手里的笔变成了镰刀、铁锹，落得鸾飘凤泊之境地，这种尊严的毁灭与人格的侮辱使他的性情变得暴躁如雷，粗蛮无理，病态到与全世界对立。我可怜的老父亲被晾在退席后一时鸦雀无声的法庭上，像一只受了侵犯的狂狮。他这一生不知对多少人拍过桌子，他这一生不知因为拍桌子激怒了多少大人物，倒了多少大霉。我可怜的父亲。

在法院的判决书终于下来之后的一天下午，我在街上忽然迎面撞见了我父亲。这时我已经和母亲搬到外面去住了。我背着书包，已是亭亭玉立的高中生。一时间我吓出一身冷汗，我父亲神情忧郁、沮丧而且冷酷。嘴唇四周是一圈黑黑硬硬杂草一般参差的胡须，眼镜片上斑斑驳驳，污痕点点。然而他没有消瘦下去。父亲的性情与大多数人不同，一般情况人们是心宽而体胖；而我父亲越是潦倒，体重越是骤增，他用没完没了的吃东西来缓解心头的焦虑与忧患。他的尊严越是被践踏，他向全世界的抗争与挑战就越是激烈。他看见我之后，眼睛忽然一亮，一下子拉住我的胳膊，顿时老泪纵横。我从未见过一个男人这般哭泣，这简直使我吓破了胆，我挣脱开来，拔腿就跑。身后传来我父亲绝望而颤抖的喊叫："全世界都抛弃我！"

世界上再也找不出我这种女儿了，我居然害怕自己的亲生父亲！

我知道我父亲并不是真正想离开我和母亲，然而诉讼材料是他写的，在法庭上他坐的是原告的位子，我可怜而又软弱的母亲是被他逼得走上了被告席。他提出了离婚，却在心里指望我母亲恳求他不要离婚。这就是我父亲的性格。我可怜的母亲，这一生干的最勇敢最漂亮的一件事就是抓住了这次时机，利用了我父亲的矛盾性格，成功地离了婚，迈出了那窒息而病态的牢笼。

那样一个十六七岁的纤弱、灵秀、永远心事重重的少女，端端正正从我对面的镜子里凝视着我，那皮肤白皙细嫩得可以挤出奶液，眼睛黑黑大大，黑得忧郁，大得空茫。她的脖颈细瘦得一到刮大风天气就令人担心。但是，忧伤的性情压抑不住一个风华正茂的少女胸前那两朵美丽的花朵如期开放，无论世间阴雨迷蒙还是风和日丽，无论愁比海深还是悲比天大，它们无所束缚。她一点也不懂得色彩的含义，但她喜爱黑颜色的衣服，她找到这种属于自己的颜色完全是出于本能，而不是出于知识。她的长发直直地披在肩上，与黑色的外衣浑然一片。她还没有高跟鞋，也还没有透明的长筒丝袜，但街上过来往去的轻轻脆脆的嗒嗒声已经敲击在她的心上，牵动了她的目光。她还没有男朋友，但她已开始悄悄在小本本上记一些"我用哪只眼睛才能看上你呢"之类的与爱情有关的戏谑之语，或者"只要你扶住阶梯，我就能攀登顶端"这种对于未知的将来带有依赖性的向往的句子。她也并不真懂得什么是理想和前途，但她功课十分用功，俨然一个地地道道的被书本和分数奴役着的小苦役犯。

在法院的判决书下来之前，我和我母亲就在一个废弃了的尼姑庵的遗址借下了一间十平方米的小屋。这静静的荒荒的院落是当时母亲单位的仓库。一些废弃了的桌子、椅子、教学仪器、体育器械在一间间年久失修、没有门窗的阴森森的庵堂里堆得满满的，它们与塔灰、蜘蛛网、各种多脚虫、土鳖以及庵堂里所弥散的很久以前尼姑们的阴魂相依相伴，它们从洞张着的门窗向外边觊觎。院子里阴湿幽静，一株株参天古树遮云蔽日，在这不大的庭院的上空撑起一把绿伞，遮挡住了灼热的铁水一般流泻下来的阳光。偶尔，那高高密密的树冠被小风拂开一些缝隙，灿白的光线就会像漆黑舞台上的一束光圈，投射在潮湿阴暗的院子里。整个夏季，我和母亲的天空都是绿意浓浓。我们就在这院落的西南角的小屋里住下了。

我母亲几乎是扫地出门离开了那个家，把所有的家当差不多全留给了我父亲。所以，即使只是一间十平方米的小屋，也显得空空荡荡。我们只从家里带出来两张单人床，除此，在我们的小屋里还有一张破旧不堪的写字桌，那是从堆放废弃物的仓库里挑出来的。我和母亲就在这一贫如洗、家徒四壁的小屋里过起了天堂一般的日子。

几年之后，这个废弃的尼姑庵才被国家收回。我母亲也被落实了政策，分给我们一套并不很大的两居室楼房。记得那一天，我和母亲激动地打开房门，呀，我简直晕了，这么多的门，左一个右一个像

115

《地道战》电影里看到的四通八达的出口；甬道其实也并不深长，可是我却惊呼一声："坏了！妈妈，这个房子怎么长得走不完啊！"看到我高兴得像一只鸟，从这一间飞到另一间，然后又从另一间飞回这一间，母亲的眼里涌满泪水，把我搂过来说："这回妈妈要让你过好日子了。"

后来我母亲不断被落实政策，我们几经搬家，房子越搬越好，但我再也没有第一次的这种激动。

这些是后来的事了。

在那个尼姑庵里，那个废弃了的阴森恐怖的尼姑庵里，我产生了今生第一次轻生的念头。

那时候，我周身压力四伏，家庭的变异、环境的恶劣、高考的紧迫一涌而来。我的神经变得异常脆弱，风吹草动、纷红骇绿都会使我在大白天里忽然惊醒。

生活的简陋和拮据给母亲和我在离开牢笼之后的天堂一般的自由日子涂上了一层阴影，这从另外一个角度压抑我们的心灵。我们没有水杯、烧水壶、暖瓶，没有饭碗、锅盆、面板、菜刀，没有煤气炉没有一切，一切都得从头买起。

我们的邻居，我们唯一的邻居，是一对中年夫妇，男人是个医生，女人是个小学教师。据说，那男人由于家庭出身问题，当了多年的历史反革命，那时候还没有落实政策，他压抑的神情中却有着一种天性的开朗和温和。这对中年夫妇经常吵吵闹闹，战争连绵。但他们却有着一种一致对外的默契。他们对我和母亲有着一致的同情和热情。在我们白手起家的最初的日子里，他们给予我们许许多多的帮助。在当时我那一无所知的空白的大脑里，无论如何也想象不出，这生活，这尼姑庵里绿意绵绵的生活将与我的未来有着千丝万缕的关联。

钱，在我的眼睛里第一次有了意义，我第一次感到它的分量和价值，因为我第一次开始过问并使用它了。我常常回忆起在"那个家"里的生活，只回忆起家里的阿姨被从我家里赶走之前的那一段。我还很小很小，在她的背上摇着，像一个公主，我们充足、宁和、没有忧愁。然而这一切，短暂得在我开始记忆之前就已经结束。我痛恨长大，痛恨长大后的岁月所带来的无穷无尽的忧愁。

回忆这些，令我厌倦。然而换一个角度，往回延伸我的思绪，仍是一望无际的忧愁。

有一天我坐在学校的教室里，正是课间休息，男同学打打闹闹，女同学则带了零食围坐在一起拉拉扯扯，你吃一口我吃一口，我羡慕极了，自卑又矜持，落落寡合地一个人坐在位子上。这时候，一个女同学过来说："肖濛，你爸爸给你送生活费来了，在班主任老师那儿。是不是你爸妈分家了？真可怜。"说完她就走了。

那样一个十六七岁的除了课本之外没有读过什么书的敏感的少女，一个长期生活在闭塞的世界里而刚刚遇到开放了的时代的无知少女，呆呆地坐在位子上羞愧难当。

正在这时，上课的铃声响了。英语老师走了进来。这老师总喜欢讲一些题外话，喜欢卖弄自己的幽默，大家都挺喜欢他，我也觉得这老师很让人开心。比如，他看到有人在上课时搞小动作，就说："外国人有很多习惯与我们不同，如挤挤眼睛。我们中国人两人说话时眨眨眼表示开玩笑，别当真的意思。而国外就不同了，许多人特别是青年男女用眨眼睛挑逗，那个男的向一个女郎一眨眼，等于说：我爱你。所以，我劝咱们同学不要对人乱眨眼，以免造成误解。"这样一种"擦边"的题外话使得正是青春期的男男女女的同学们大笑一阵。

这一天，他走进来时，我正陷在课间那个女同学对我说话之后的精神混乱里，羞愧使我脑子里一片空白。他进了教室，什么话也没讲就在黑板上写：倒装句 Here is the man. 与 The man is here. 的区别。

英语老师写完黑板上的字就转身面向同学。我正六神无主，忽然就被叫起来回答问题。他说："肖濛，你说说这两句话的意思。"我站了起来，黑板上的英文在放大在旋转，我说了声："就是他（这是最简单的直译）。"

那老师停了一会儿，摇摇头说："No，你成了《追捕》里的横路敬二了。"

一时间全班一片哗然大笑。

后来的课我什么也没听见。那天散了课我没有回家，一个人背着书包跑到附近的陶然亭公园，在粼粼波动的还没有结冰的湖水四周走啊走，眼睛里一阵阵涌上泪水。我抬眼环视四周凋零冷落的园景，胸中涌满莫名的仇恨。长时间以来身边所发生的大大小小的一切都在我心里无形地夸大，结果世界变得一片昏暗，委屈和绝望完全地占领了我。我的手指和膝盖也微微酸疼，我多么渴望有个伴儿分担我的一切啊。

我一个人沿着光秃秃的冬季的湖边走啊走。我的眼睛却滞留在湖面上，湖水面目狰狞，冷冷地望着我，似乎要把我吞噬淹没。

忽然，一个念头产生了。我的心怦怦狂跳起来，脑子里一片混乱。我心跳，出汗，两颊通红，手脚冰凉。

> 我们的头顶为什么没有蓝天，太阳为什么从不栖落我们的肩头？告诉我，妈妈！
>
> 我们的头顶为什么没有蓝天，太阳为什么从不栖落我们的肩头？告诉我，妈妈！

正在这时，迎面走过来一个人，是我母亲单位的一个姓李或姓张的老先生，我忘记了。他走过来笑眯眯地问："你一个人在这儿玩什么？"我一下子蒙住了，老半天才说："我——看水。"然后拔腿就跑了。回家了。

这么情绪化的一个大决定——跳河，无意间被一个偶然出现的人冲跑了。那时候，多么容易决定一件大事，又多么容易放弃一件大事啊！

童年就是这样，黎明，黄昏，夜晚，每天一次地降临。无论色彩斑斓的盛夏，还是黯淡邈远的冬季，蓝天始终与我远离。夏日，我和我母亲生活在阳光色彩之外的冷冷的绿色里。空气也是绿色的，攥一下可以挤出绿色的液汁，光线暗淡而朦胧。冬日，繁茂的绿冠凋零了，苍穹支离破碎地裸露出来，落到地上的阳光被枯老的枝丫分割得七零八落，五颜六色的太阳被捣得粉碎。夜晚总是一样的，悲壮地绵延。尽管哀愁，但有我的母亲，有着自己并不知道的对于未来的向往，黎明也就一日日降临了。

这时候，在我的生活里，在我忧伤的日子里，忽然闯进来一个人，他是我今生拥有的第一个男人。在我还来不及幻想男人的时候，在我不仅来不及懂得男人甚至也来不及懂得我自己的时候，他来了。他使我看到了尼姑庵绿色天空之外还有湛蓝的苍宇，他使我看到了在我们深居简出的小尼姑庵里面埋藏着一片广袤而绚烂的田野。我从来也不知道除了我那与生俱来的忧愁，还有着另外一个隐藏着的秘密也与生俱生。那女性的田野清香优美，完好无损。他来了，他告诉我那田野上的湖泊、幽谷、丘陵与山岳都叫什么；他告诉我急流是怎样穿越峡谷；他告诉我他的到来，才能使荒野变成丰沃的田园。他凝视了我的隐秘，他的凝视使我战栗，他的凝视使我变成女人。他来了，荒凉的尼姑庵有了富饶的生命。

他，就是我的那个男邻居。

乔琳，你疲倦了吗？你腹中的小宝贝这时也肯定在等待我的故事，那将是温馨缱绻与愧疚交加的爱情，那将是金色的沙滩，美妙的海声。据说，婴儿在出生之前多听故事和乐声，长大后会聪明，那么，让我讲一讲爱情吧。

处女地上的耕作人

太阳升起来了，它金黄、灿白、绚红。他叫它我的雄鹰，我叫它我的太阳。他叫它我的松柏，我叫它我的喷泉；他叫它我的钟乳，我叫它我的岩浆。他使我在凉爽的天气灼热，他使我不生病时眩晕，他使我幸福时体验死亡。他教我画出一个男人，又教我画出一个女人；他教我体验一个男人，又教我学会做一个女人。他使我懂得了那一个幽谷之深，懂得了那寻求充满、再充满的要求。他使我知道了每一个女人都是一个死亡的深渊，一个美丽的陷阱；每一个男人都会在那深谷前变得勇于探索勇于献身，即使那是一座坟墓，也会不惜一切。他们失去了一切，失去了自身。

我以为那就是爱情，我并不知道那其实不只是爱情。那是什么，我后来才知道。

春天来了，群燕已从南国向着北方飞翔，它们的影子在蓝天上飘移、浮动，我痴痴地望着，望着，在纸上画出了一幅画：

男人男人男人男人

男人男人男人

男人男人

男人

女人

女人女人

女人女人女人

女人女人女人女人

春天是性感的季节，尼姑庵里的老树又开始吐叶伸枝了。那些嫩嫩的小树叶像一只只舌头在粗壮的枝丫上唱歌，唱来了许多许多的小鸟，唱来了浓浓的绿色。

我和母亲依旧在庭院西南角的小屋过着幽静而有秩序的生活。每天，她一清早伴着邻居家半导体收音机发出的七点整的鸣声去上班。我由于所就读的中学离家不远，所以每天比母亲迟半点钟去上学。马上就要高考了，我除了背书还是背书，每一天都是一级战斗准备，应付那无尽无休的预考。烦躁、紧张、疲倦、按部就班。我只是一台复印机，顽强地把这一天和接下来的一天复印得惟妙惟肖。

是我母亲最先打破了我们古井无波的日子的。一天，母亲回到家眼睛红红的，她不看我，一边吃晚饭一边沉浸在心思里。天暖了，庭院里一片野草的清香，庵堂里浓浓的潮气呼出来，院子里的空气又湿又重。我和母亲也学着邻居把小饭桌挪到院子里。往常，两家人一边吃饭一边聊天。这是一天里我唯一放松的时刻。

那一天，母亲不说话，我想肯定是出了什么问题。于是小声问："妈妈，出了什么事？"母亲没吱声，晚饭吃得没滋没味，冷冷清清收了场。

　　夜间，母亲和我都上了自己的床，熄了灯，月亮把房子外边的一根电线或是一根晒衣服的绳子投影到房间的墙壁上，我看着它晃呀晃，晃得我昏昏欲睡。

　　在我刚要把一只脚迈进梦里，母亲就在她的床上出了声。

　　"今天我碰到一个人。"

　　我想，我母亲在说使她眼睛哭红了的事情了，就问："谁？"

　　"你不认识。在你出生之前，应该说在认识你父亲之前，我们认识的。"

　　"是好朋友吗？"

　　那边迟疑了一会儿，"就算是。"

　　"他什么样？"

　　"早年认识他的时候，他是一名外交官，英俊潇洒，风度翩翩，蔼然可亲。他的俄语说得比汉语还好。"

　　"为什么？"

　　"他出生在苏联，是一个混血儿，九岁回到中国后才学着说汉语。六十年代初他被定为特务，然后就没了音信，一直到今天。我以为他早死了，可忽然……像是从天边地角冒出来的。"

　　我在心里想着，这里边一定有许多许多的故事，也许与爱情有关。总之，一个在我还没出生的时候他就已经拥有了许多经历的人，对我来讲充满了魅力。我很想陪伴母亲长长地聊下去，在这个把白天里枯燥紧张的背书生活覆盖得一丝不剩的寂天寞地的夜晚，我下定决心陪母亲聊整整一夜。可是，这个念头产生的第二分钟，我就什么也不知道地睡着了。那时候的睡眠年轻得要命，说睡就睡着了，睡着了就又沉又香。

那一夜，我母亲说了很久很久，说了什么我自然没听见。我后来想，我母亲其实也不一定需要我听着，她陷入了深深的往昔回忆之中。

接下来的日子，母亲一天比一天回家晚了。晚饭的时候到了，她没有回来；天上挂满星星，幽蓝苍穹昏昏欲睡了，她没有回来；我坐在庭院里等呀等，天空已经快使人想起《半夜鸡叫》的电影了，母亲还没有回来。

那时候，我们的邻居常常打架，那女人的叫声传过来震耳欲聋。然后是摔东西的声音。最初，那女人总是拣茶杯、饭碗等便宜且破碎声大的东西摔。渐渐地这些东西就摔得所剩无几，于是摔的东西日日升级，由花盆、暖水瓶到搪瓷汤盆，由小闹钟到大衣柜镜子。随着摔东西的爆破声，紧接着就是那小儿子撕人心肝的哭叫声，然后女人抱起吓破胆的小儿子，夺门而出，以一声山崩地裂的摔门声宣告这一场战争的结束。她抱了孩子回娘家去了。

这个程序是我听了多少遍之后总结出来的。他们的战争每每唤起我经历过的家庭战争的记忆。

他的女人一日一日不回家，我的母亲也是左等右等不回来。于是，他开始邀请我到他的饭桌上吃晚饭。我心里不痛快，头痛、烦闷，一丁点儿食欲也没有，几乎是拒绝吃什么东西。

正是夏天的傍晚，吃饭前他就把背心脱了，光着上身，只穿一条运动短裤。他的上身看上去光滑而结实，肩膀很宽，胸肌发达，凸显出来，下边是平坦的腹部。我忽然觉得那平坦的腹部是一片杳无人烟的空地，是一片供人休息的地方，是一片辽阔的发源地，那辽阔使我感动。看着他把小盆那样大的满满一碗面条不知不觉间全倒进了肚子里，真是令我吃惊。男人竟是这么大的饭量。再看他的腹部，仍像什么东西都没吃一样平坦而辽阔。我想，那些面条都吃到哪里去了呢？

他吃完了面条站进来，说："你怎么像一只小病猫一样，什么东西都不吃呢？"他捏了捏我的脖颈，又说："看看，我稍稍使点劲简直可以把你的脖子捏断了。"然后他又在我的脖颈上捏了好几下。

这下我遇到魔力了。本来我的头一直隐隐地在疼，连带眼眶也是沉沉的，有一种张不开眼睛的感觉。可是，忽然之间，他的那只在我后脖颈上的手便把这一切不适感带走了。我一下子清爽起来。我看着他，笑了笑，什么也没说。我这时才发现，他其实是一个很英俊的男人。我以前怎么没发现呢？

后来，当我们很熟悉了以后，有一次我问了他，他说这其实并不是魔力，那是穴位的缘故。他是医生，当然懂得这些。在我那个年龄，他简直是一座丰富的矿藏。

他的房间里有不少医书。那时，我正犯着痛经的毛病。我大着胆子向他借来一些妇科医书。那些书里有许多许多插图，全是妇科学里女人的身体部位。书里还有许多性知识，那些名词我还不大懂得，但我觉得比起历史课本里的枯燥无味的名词好记得多。那些名词使我紧张又兴奋，使我躁动不安。人们都说小时候记忆力好，小时候背下的诗文终生不忘。这真是经验之谈。因为那时候，在强烈的刺激中记下的名词，我至今记忆犹新，且会没齿不忘。我记得有一次，他和我在谈论个性这个话题时，曾经指出我个性上的一个缺陷，他说我是一个严重的思想大于行动的人，我的思想永远激进活跃地走在前边，而行动却迟迟不来。他总是能够把具体提炼成抽象，令我自愧弗如，令我迷恋。可是，他不知道，我的这个特点也是与生俱来——在我的性经验还是一张白纸的时候，我的性知识已经可以编写婚前手册了。

在那个时候，我似乎看到了一个前所未有的世界在等待我呼唤我，这个世界是他给予我的。最使我感到一种"交流"的，是书上涂满了他的痕迹——那些小字，诸如临床表现、药物服量等等注释。这些小字使我觉得异样的亲切。那是一种不言而喻、秘而不宣的交流，一种心领神会、心到神知的默契。一种隐秘的东西在我和他之间诞生了。

那样一个似乎觉醒而又没有完全觉醒的少女，孤寂从来都是她的伴侣。现在，一种新的求知欲望又向她袭来。缱绻燠热的夏季的空气像水一样裹着她的身体，她感到潮湿的气流在她的体内遨游，那气流使她变得迟钝木讷，使她停止思索。那气流变得有声有色、有形有量，那气流在她的身外身内身上身下绵绵爬行。她想象那气流是手，是肌肤，是嘴，是头发，是呼吸是体重……夏季，庭院里绿色的风也变得懒散，土地变得饥渴。在那个废弃了的尼姑庵里，在那个隐藏在一株株阔大茂密的老树荫下的小西南屋里，她毫不留情地把自己脱得寸丝不挂。她像一条瘦鳞鳞鲜嫩嫩的光滑的鱼，被晒在金黄灿灿的沙滩上，远离供给她食物和生命的海水。她躺在被汗水浸湿的床上，拿着一面镜子对照着妇科书认识自己。镜子上上下下移动，她的手指在身体上代表着另外一个手。她不认识这柔软的手，这烧红的面颊；她不认识这光滑的肌肤，流泪的眼睛，胸壁上绽开的坚实的乳房。

她就那样孤零零躺在床上，她不认识这柔弱绵软的身体，她不知道自己在认识什么……

这个比我大将近二十岁的男人，忽然之间在我眼里英俊挺拔起来。

周末，无论他的女人是否和他有战争，她都是要抱着小儿子回娘家去的；周末，母亲肯定是要在"半夜鸡叫"以后才回来；周末，我们这些面临高考的书本的苦役犯，肯定是要放假整整一个晚上的。

有一个周末，晚饭后我来到他的房间看电视。我们并肩坐在一张长沙发上，我穿着一条月白色的柔姿纱花纹长裙，他把电扇调到最低挡，徐徐的风在我和他的身上流连往返、荡来漾去，我的裙子便在身体上鼓荡翻飞。平时，我很不喜欢电风扇，那种人造风使我全身发紧，头疼而烦躁。但是，这一天晚上，柔软的长裙在我身体上像一只最轻柔的手臂，我觉得惬意无比。为了避免蚊子，他熄灭了房间里的灯，只有电视屏幕上五颜六色的光在我们身上和空气中闪烁不定，左右徘徊。

当时，电视里正演着一部美国西部片，是一个古老的爱情故事。一个城市里的白种青年迷失了方向闯进一个原始野蛮的部落里，部落首领要杀掉他来表示他的权力的不可侵犯。可是，首领的女儿——一个野性十足的美丽姑娘看上了这个文明世界里的年轻人。夜半，首领的女儿偷偷闯进他的小破屋，强迫他和她好。她欲望无穷，一遍又一遍要求他，她简直天生就是为做这件事而生，为他而生。后来，渐渐地，那白种年轻人发现她不仅只拥有野性，而且胆大中有心细和智谋，她一次次蒙骗过她那首领老子，一次次救了这白人的命。最后他终于爱上了她。他们逃到了一个杳无人烟的荒野，他们自封王子和王后，大地黄沙就是他们的温床。他像一个真正的原始人那样撕去她的衣服，他们狂叫着歌唱着……

这时，一只手从我的身后插过来，揽在我的腰上，我紧张得一动不能动，也不能喘气。隔着薄薄的裙子，我感到那只手在颤抖在出汗。那只手在我的腰部好似一个灼热的支点，把我全身的疲倦牢牢地撑住。我多么想顺势倒下去，永远不再起来，让时间永远静止，让身体永远沉睡，沉睡得像死去一样。我感到心脏不跳了，肌肤冰凉，房间里的黑暗像潮水倾压在身体上。昏暗无边无际，房顶和地板消失了，墙壁消失了，窗子是空的。

我一动不能动，也不出声。悄悄地，我用一只手把紧紧揽在我腰上的那只滚烫的手拿开，然后继续凝视着电视屏幕。然而，那只手又探寻过来，放在原来的位置上，我便再一次把那只手拿开；又探寻过来，又被拿开……这反复的一切都是在悄寂无声中进行，仿佛房间里还有着另外一个人或两个人，仿佛黑暗是一双沉沉睡去的眼睛，我们不能惊扰它们，否则将会被什么无形的东西发现；好像一切都不曾发生一样，仿佛我们一直都专注地坐着看电视，我们的手什么也没有做。

……那个白种男人撕去了首领女儿的衣服，她赤身裸体站立在黄沙之上。他们互相凝视，眼睛里流溢着光彩。他把她放倒了，她胸前挺拔的乳房也跟着坍塌，向四周倾倒，她的身上覆盖着白种男人裸着的臀部……

我不知该把眼睛放在哪儿，羞涩使我低垂下头，我不好意思离开也不好意思再看。我呆呆地低头看着自己那在白纱裙覆盖下的纤细的腿，也看紧挨着我的那双坚实而修长的男人的腿，那双腿使我感到生命和力量，感到运动场上男运动员腿上滚动的肌肉和线条。在那双腿的顶端仍然是那条我熟悉的运动短裤。

他一把把我拉倒了，我的脊背平躺在他的大腿上，他的大腿上无比坚硬，不停地动着，像一只巨大的螺丝钉，仿佛要钻透我薄薄的背。他粗粗地在喘着气，俯下身把头埋在我的胸间，我觉得憋闷、窒息、眩晕。我说："别。"

他说你别怕我喜欢你我不会真的碰你。

我说你已经碰了我。你不该这样。

他说你真是个孩子我喜欢你一直就喜欢。

我说我怎么不知道。

他说因为你不懂得男人。

我说这样我很不舒服我喘不上气来。

于是，他便把我抱到床上，像小时候母亲给我脱鞋那样轻柔地脱掉我的鞋。然后他跪在我身边，一只手抚摸我的眼睛、脸颊和头发，另一只手在我的胸部一下一下向下划。

黑暗使他的身影看上去像一幅剪影，我看不清他的脸孔和眼睛。

他问我是否觉得舒畅些。

我点了一下头，然后又摇了一下头。

然后我就莫名其妙地哭起来，抽泣和紧张一时间使我头晕目眩。他抱住我，一连气低声说着别哭我不会伤害你好我的天使你别害怕，我喜欢你一直就喜欢，我想要你但我不会那样做不会真的碰你，你别害怕……

我越哭越伤心，便坐了起来，他让我靠在他怀里。我们就那么静静地坐着，什么也没做，什么也没说，等待我平息下来。

他说，"你哭完了吗？"

我说，"我在想我的家我的母亲，我说她早晚会丢掉我去找一个男人。"我告诉了他关于我母亲和那个混血外交官的事，我把这事当作一个秘密告诉了他。

他说毛主席都说："天要下雨，娘要嫁人。这很自然，古今中外，概莫能外。"

我说，"毛主席虽然有经验，但肯定也会有疏漏不周全的时候。比如我母亲就应该是个例外，她虽然是女人，但我想象不出她是一个男人的女人的时候什么样子，她不该那样，她只是我母亲。"我说，"如果我母亲最终要抛弃我而去找那外交官，她也应该告诉我而不应该瞒着我，我会让她走，因为我爱她。"

他也告诉了我一个秘密，他说他还有一个儿子，十一年前那个儿子在刚刚出生不久，中国大地正是冉冉升起一片红彤彤的大字报的时候，被他的当骨科专家的老父亲带到台湾去了，他们的潜逃给他带来了许多许多的不幸。说着,他从一本书里抽出一张照片,照片上是一个英俊少年,大约九岁或者八岁,纤细、羞涩、清秀,他望着每一双凝视他的眼睛,又逃避着每一双眼睛。望着他,我忽然想起我童年时期的哥哥,我莫名其妙地仿佛觉得那少年应该与我有着什么血缘关系。那照片在我手里放大又缩小,一晃就变成多少年以前,一晃又变成多少年以后。那少年一忽儿变成我的儿子,我的兄弟,一忽儿又变成我的父亲,我的祖先。当我把照片交给他的时候,我眼睛里的瞳孔好像把那照片已经翻拍下来,那少年已使我终生难忘。

在这个被电视里不断打闪出五彩光亮的黑暗中,我继续靠着他。他在我的脊背和前胸肋骨上抚摸着。他说,"我的天使好孩子,你要多多吃饭,你看你瘦得快成一把竖琴了,你要胖起来,才有个女人的样子。"

我说你永远也指望不上我能胖起来,永远也期待不到有一天我忽然变得无比丰满。因为我心里的悲戚和忧伤太多太多,它们从我一出生就占领了我的胸腑,它们要占领我一生,我无法再吃下其他更多的东西。我说,"我总想到死,想到仇恨,我没有一个朋友,孤独无伴,我从来也不喜欢男人,我只想有个人来分担我。"

说着,我越发难过。靠在他宽大的怀抱里,我觉得自己像没有了一样。他不停地用双手在我的由于哭泣而颤抖的身体上抚摸着。那样靠着他,我心里想到了许多词:温情、依赖、大海、沙滩、沉睡、死亡、融化、伴侣、秘密……但唯独没有想到情欲这个词,在我那个年龄的词汇里,这个词还不存在。

我说我痛恨考试厌恶背书我从来也不想上什么大学,可我整天干的就是背书和考试这件事,我怀着仇恨一心一意在通往大学的路上走着。我说我其实只想当一个电影导演,因为我不像自己期待的那样美丽，所以我无法当一个女演员女明星什么的，无法去演电影，只好去导电影。我只想做这一件事。

他说你美丽得像天使。

我说我一点也不好看。

他说你无论演电影还是导电影你都得先上大学，你一定能成功，你聪明得让我羡慕，忧愁得让我心疼。这种忧愁的日子不应该属于你。

他把头埋在我的颈下亲吻起来，我便像小狗贪婪地渴望主人挠痒那样，舒服地仰起头，把胸挺出来，尽情地让他亲吻。我闭着眼睛，我听到空气在我的体内发出撞击声，听到细胞在慢慢游离，床在旋转，房顶在旋转，我自己在旋转，我轻轻地压抑地呻吟起来。

那样的一个天高月黑的夏日的夜晚，电视里的爱情成为旁观者，太阳和月亮一同在天空燃烧，黑暗没有了尽头。一个成熟的大男人和一个正在长大的小女人组成了宇宙的空间；他们不知疲倦的动作，流动成宇宙的时间；她才知道，妇科学里的性知识并没有给这"宇宙"里的一切命名。黑夜里天国的阳光照射在她树叶一般轻柔的身体上，她在海洋上漂荡，她变成了一条美丽的白鱼，潮涌而来的海水抚弄着她的面颊，撞击着她的肌肤，她浸泡在黑暗的阳光里。黑暗中他把一种不曾命名过的感觉吸进体内，从此便有了一种东西不再朦睡。

在她压抑的呻吟中，他解开她的裙带，恳求她像电视里的女人一样裸身躺在床上。他说他保证不真的触碰她，他决不会伤害这可怜的小女人，他只是恳求她让他看看那身体和轻轻地抚摸它。她说这样不好，不应该这样。他说长大了的男人和女人都这样。她不置可否半推半就地变成了电视里那裸体女人的模样。她说是否她母亲和那混血外交官也这样，他不说话，只是贪婪地在她光滑如鱼的身体上浏览、抚摸，眼睛明亮得可以照亮他和她的面孔。他从她的头发一直吻到她的脚趾，一遍又一遍，这小女人的身体像一块珍宝使他流连忘返乐此不疲。然后他压在了她纤弱的身体上，在他激烈的冲撞下和急促的喘息中，她感到一股热热的液体从他的身体里流到她的大腿上，她惊讶又紧张，忽然有种厌恶感。待暴风雨刚一停息，她就坐起来，她望着他默默不语地给她擦着，惭愧和不安一起涌到他的脸上。她便什么也不说了，只在黑暗中找摸她的内衣和裙子。她想回家了，她忽然觉得害怕。

　　他拉住她，用手抚摸她，说别这就走，他说好孩子你其实已经是一个女人了，你不知道你需要什么。她说我有点害怕我该回家了。他说你要相信我是个有责任心的男人，不会让你出事，我要让你也感到欢乐，让你享受一个女人最大的欢乐。她说我害怕那样会有了小孩子。他说并不是真的那样，不会有小孩子的。说着，他把他自己的身体向后退了退，跪在床上在她的身下亲吻起来。她先是与羞耻的感觉坚定地抗衡，抗衡了一小会儿，她就崩溃了，一只小鸟在她的体内鸣叫，叫来了许多许多阳光，那光和她的灵魂一起在小鸟的嘴里鸣叫。她垮了，她不要他离开，要他永不停歇。在那没有了思维没有了时间与空间的死亡里，那个本性怯懦、孤独又高傲自尊的小女人变得毫无廉耻，要求着。世界正在耳畔轰鸣，世界正在耳畔死去……

　　我已不记得那是哪一个月的哪一天，只记得离开时电视的晚间新闻正在说"今后的十年是关键性的十年"。可是，这对于我记忆起那个最初的日期没有丝毫的提示意义，我从会说话就已经开始听说这句话了。

　　出于羞愧，我那由我母亲给予我的冷落和背叛而引发的不满情绪缓解下来。我的母亲压抑了十几年的情怀之后，在度过了绵延无际、孤苦无告的荒漠之后，现在终于沉浸在一种温情里。她丝毫也没察觉我对于她的愤懑和不满,也没察觉出这种愤懑和不满的缓解,她眼睁睁空茫茫地看着我,而我的变化她却一无所知。

终于有一天,我母亲把一个男人带回家,他个子高得像个电线杆,满头黄褐色头发,眼珠像波斯猫的眼睛一样呈银灰色,太阳一照便蒙上一层暗红的光芒,它深深藏在很长的睫毛里边。他挺拔、端庄、高贵,使我在见到他的第一秒钟里就断定了他就是那个使我母亲一天比一天回家晚的混血外交官。

我母亲的面颊泛着淡淡的红晕,眼睛里盛满一潭春水,顾盼流连,神态高雅而妩媚。我平生第一次发现我的母亲不只是被我忽略了性别的母亲,她是一个纯纯粹粹的女人,非常性感。

我像一个陌生的旁观者一样审视这女人:她已然是个中年妇女了,半生岁月的沧桑并没有完全夺走她的风韵,她比我丰满得多,但她依然苗条,线条柔美,绰约多姿。穿透她的外衣,她的乳房使我想到自己的乳房,她的体态使我想到我的未来。她嫁给我的父亲的时候,像我现在一样单弱而无知,她孤独寂寞,优雅淑静,她拥有良好的教育和修养,她会弹琴作画还会写书,她把知识传递给我,也把性别传递给我。我记得那些含辛茹苦、忧愁压抑的岁月,她把疲惫和灾难撑在自己单弱的肩头。她对不会说话的我说话谈心,为我的哭泣而哭泣。她把眼泪遗传给我,或许是我把眼泪传染给她;她把悲戚遗传给我,或许是我把悲戚传染给她。我曾伏在她的怀里,那里只是妈妈,而不是女人,她讲述她简单的婚礼,她的母亲只送给她一面小镜子,她甚至还没有一只手表可以戴在腕子上,她更不知道也不想知道她的男人一个月可以挣多少钱,她从学校的大门出来就迈进了家庭的大门,一切简单又简单,什么也不想,只觉得新鲜和那最初的日子里的幸福;她讲述后来的苦痛、屈辱,她的内心曾经疼痛,她的肌肤曾经干枯,她的视野曾经是荒漠。她的往昔是我的前世,我的生命是她的延续,她的痛苦在我身上加剧。

她的胸膛是大山,使我免于灾难;她的胸膛又是大海,是我全部忧愁的发源地。她是我强大的母亲,她是我弱小的孩子。我们以同一种方式吃饭和排泄,以同一种方式要求男人,我们拥有同样的秘密。

她的身体隐藏着伤口,她勇敢地拒绝着往事,拒绝着衰老,拒绝着年龄。有什么东西正在她的身体里复苏。她的美丽使我衰老,她的光彩使我失色,她的妩媚使我目瞪口呆。她的身体在说:我是一个女人。

外交官走过来和我握手,并俯下身亲吻我的额头。他的高贵,使我把小心眼儿里隐藏着的不满驱逐得无影无踪;他的风度,使我把天性中的傲慢与高贵全部调动到脸上。

我叫了他"伯伯"。

他叫了我"孩子"。

他说你陪妈妈受了许多许多苦孩子。

我矜持地说了声没。

我想离开。转身的时候我几乎哭了。他叫我"孩子",可父亲从来没有这样叫过我。我想念我心目中的父亲,我从来没有心目中的父亲。

我躲到庭院里一片浓浓的树荫下背书去了,把那简陋昏暗的小屋留给了我母亲和外交官。我看着书本,脑子里转动着那个天高月黑的夜晚我和我的男邻居的事情,冥冥中在他雄浑的体魄下,那个柔弱、倦怠、渴望着他的温情蹂躏的小女人变成了我母亲非常丰满而且非常女人样的身体。

天慢慢黑了,我饿了,想回到房间去。我变得礼貌十足,有教养得要命。我敲了门,并且等待母亲说可以进来以后才打开门。我说我只是来取一本什么书,我还要去背功课。我母亲说咱们今天留伯伯一起吃晚饭。我说那好。

家里依然一无所有,但我们已经有了面板、菜锅、饭碗等生活必需用品。邻居家的厨房随时供我们使用。离开"那个家"之后的艰苦和匮乏纵然使我们的生活蒙上一层阴影,但拥有自由比拥有什么都使我们富有。

晚饭极其简单,我感到难为情,但我母亲却是一副满不在乎的神情,笑着吃着。她的笑声在我心中弥漫,那笑声慢慢遁去消散,我的神思穿过了岁月,再一次看到了往昔我母亲和我那忧戚的脸孔……童年总是有着发不完的愁。有一天,我听邻居家的小孩说:"你知道吗,你爸妈分家了!"这真是晴天霹雳。我是那么自卑与骄傲。我无法接受从一个小伙伴嘴里说出的话。后来我问母亲,才知道那时的"分家"只是经济上分开过。母亲养活我,父亲每月交一点生活费养活我的小哥哥。以前家里是阿姨过日子,所有的钱都交她,她被赶回了老家,我母亲自然没有经验,只想到了吃饭需要钱,只向我父亲要一点伙食费。可是,生活中日常消费多如牛毛。结果经常是香皂、卫生纸、牙膏、擦脸油等等没人买,母亲心疼我和哥哥,每每总是拖不下去自己花钱去买。我和哥哥的衣服、书本、学习用具、医药等等费用自然也不包括在伙食费中,一旦出了问题,我和哥哥只能等待我们父母中那个爱心重、不忍心拖来拖去的——去解决。我和我的小哥哥从小就会看父亲和母亲的脸色,我们知道那些,所以几乎不提什么要求。这些,在我童年的心理上造成很大很大的阴影。我还想起有一个星期天,我父亲那边的一个伯伯家的小孩子来我们家里,中午吃饭的时候,桌子上只摆着几碗面条和一碟小菜。我母亲一向为人大方潇洒,每次叔叔伯伯那边的小孩子们来家里，都要做上几个炒菜，临走还要送一样小礼物留念。所以多年后，在我父母早已彻底分离的时候，有时走在街上碰巧遇到久已不再联系了的叔伯家的哪一个孩子，那孩子仍然难过又拘谨地叫着我母亲：婶婶、伯母。那一天午饭前，趁我父亲不在，母亲低低地对我那伯伯家的小孩子说："不是婶婶变得小气了，因为你叔叔每月只交一点伙食费，这日子没法过。"那天的面条我不知道是怎么咽下去的。这件事那么小，甚至可以说微不足道，可是它当时在我心理上却影响那么大，大到了绝望的边缘。我说不清这其中的缘故。现在当我回忆起那一幕，仍是无法解释为什么这件小事给予我如此之大的影响。那一天午饭中，我一句话也没讲，母亲的话句句都印在我小心眼儿里。母亲永远也不会知道这一切。

天，渐渐昏暗下去了。我母亲、外交官还有我把那简单的晚餐吃得无比漫长和香甜。

那一天在我母亲的笑声中结束；那一天我母亲变成了小女孩，她终于找到了一个避难所，她把往昔沉重的生活碎片一点一点全都扔到避难所里。在和那些碎片片的分离中，我的母亲再一次诞生为女人。

高考的日期一天天逼近了，最后的时刻就要来临，我压力重重，寝食不安。我的男邻居对我越发关怀备至，当着他女人的面，一会儿给我送一碗银耳汤，一会儿又拿过来一瓶酸牛奶。我头也不敢抬，心里乱七八糟。对着他的女人我从心底产生一种罪恶感。我是一个坏女孩吗？我是吗？偶尔从母亲带回家的报纸上看到《浪荡女插足充当第三者，负心人再现忘恩陈世美》，我的心就怦怦狂跳半天。我发誓再也不理他了。

那时候我十七岁，虽然已浅试初尝男女之事，但头脑里却天真简单得一塌糊涂。我开始冷落他，走到对面就像没看见一样忽略过去。

但是，这种疏远所带给我的欠缺使我更加烦躁不安。于是，我就躲到日记里和他谈心，让他分担我的忧虑和紧张。

我所就读的学校是一所十年制的名校，教师们对学生的要求非常全面。语文老师不仅让我们背诵诗词、默写古文，而且还要求我们每日写一篇"观察日记"。在所有的功课中，写观察日记是我唯一发自内心喜爱的事情。

就在昨天，我翻出了那本我十七岁时的观察日记。那稚拙的字迹整齐得令我感动。看着它，我的泪漫漫涌出，一只来自遥远的往昔的手臂抚摸着我的内心。我真不相信那些字是从我的手下流出的。那个头脑简单又多愁善感的痴情女孩子把她对于一个几乎可以做她的父亲的男人的迷恋偷偷地跃然纸上。

六月十五日：

……我和他很说得来，他和他的妻子的对话无非是"孩子今天吃了什么"，"明天又要加班开会"。而他和我说的话则是人生、社会、家庭、电影、爱情，我们无所不谈。他的话总是那样深刻，富于哲理。他看着我的时候，我的眼睛就被他死死抓住，其他的什么也看不见；他的呼吸就是我的呼吸，他的心跳就是我的心跳，我不再需要空气；当他的很热的手一放在我的肩上，我的心干脆就没了，不知跑到哪儿去了。

我最大的弱点是情绪不稳定，忽冷忽热。有时为了学业上取得点滴成绩而高兴得不得了，有时因为家庭的忧愁而情绪低落，有时为睡不好觉或生病或沮丧，有时为了前途渺茫而惆怅。无论我血液的温度如何，只要他一出现站在我面前，我便开始恢复正常，他像一只调温计，及时调整我血液的温度……

接下来是一大套关于爱情和自由的理论。我简直不知道那个十七岁的小女孩的脑子里都装了些什么,那些幼稚的大道理从何而来。

再下边是我的语文老师用红色钢笔写下的批语:"感情这东西,有时候不太能自制。有一句话是大家公认的:男女无朋友。所以,不能让感情这个东西太自由,仍然需要理智。"

记得,当时老师发下观察日记本的时候,我觉得这老师的批语可笑得要命,认为他根本就不懂什么是爱。其实那老师已是年近半百,满头灰白头发了。今天再看时,我才对那个早已被我忘记了姓名的老先生充满了感谢和感动。我希望他可以看到这篇文字,看到他当年的一个女学生是在十一年后才看懂他的批语的。我想,他也许会记得这个在当时很"出名"的事情,因为他为了我和我的男邻居的事,还和我谈了话。

七月,太阳白得耀眼的七月,在绵延不绝的淫雨中消失,雨下得像黄金一样,润湿人们干旱的肌肤和情感。尼姑庵瘴雨蛮烟,不仅看不见了蓝色的天空,连绿意纠缠的树冠也难以看到。愁闷的雨雾弥漫了一切,飘逸着郁悒。那雨敲在门窗之上,然后顺流而下。流动的声音从天国一直浸入我的内心。

高考,给我这不很长久的生命留下了无穷无尽的噩梦,正像曹雪芹的《红楼梦》使后人探之不尽解之不完究之不厌一样,只是高考和《红楼梦》留给后来的探寻,在感情上是相反的梦。那一次高考成为我后来十年来梦境的又一源泉。常常,我在夜深人静、万物沉寂的夜晚从浑浑噩噩的睡梦里突然惊醒,醒来一身冷汗。我梦见在骄阳似火的七月里,我坐在考场上流淌着汗水解答着像一条街那么长的试卷,那条柔软雪白的"街"在我胸前的课桌上一点一点向前滚动,滚动过去的地方就印满了我密密麻麻的字迹。它一点一点从课桌上滑过，慢慢垂落到地上，后边还有整整半条"街"等待我去着墨，我走笔如飞妙语连珠，手里的钢笔是一匹脱缰的野马，那马蹄一路踏出湛蓝的花朵。我不住地观望后边的空白处，担心着我写不完而结束的铃声就会响起。担心着焦虑着，那铃声就哗然而起，向我逼来，我就醒了。

或者，正当我和一个学友在监考老师转身的一瞬间，互相传递纸条的时候，那监考老师突然转回身来，他的目光当场抓获我们正在作弊的手。

有时候，清晨钟表的闹响声，我会忽然以为那是考场上的铃声。从沉沉的睡眠里忽然惊醒，那声音被黎明的到来夸张得响彻周身，弥漫四方。那铃声，在我远离了考场，远离了大学之后的一些年里，仍是不绝于耳，余音无穷。

强记硬背从来也不是我的所长；只有一种途径的途径从来不会使我发自内心；充满无数只监视者眼睛的不许人乱说乱动的地方从来也不适合我的天性。过分的紧张、忧虑和哀愁，使我把那一切放大成一场灾难。

现在，当我回忆起被我视为灾难的无数场考试的时候，我知道那灾难本身并不是灾难，灾难只在于我自己。那些，在人的一生中其实是微乎其微，微不足道。

此刻，这种回忆使我感到劳累和厌倦，我并不喜欢叙述事件。当我写到事件经过的本身时，我感到笔墨生涩而钝拙；然而，当我写到由事件而引发的情感和思想时，我就会妙笔生花得心应手兴味十足。我手下的一张张纸变成了商鞅变法推行的井田制土地，在这一页页像是被绿色的田垄分割成方块块的白色土地上，我耕耘、播种。我喜欢在诉说情感和表达思想的地方驻足流连，无尽无休地梳理品味。

实际上，多年以来，我的最富于情感和哲理的文字并不是伏案耕作时产生，它们是在我散步或步行去办事的途中产生的，当我的双脚不住地在大地上移动时，我的大脑就会相应地运转开来，浮想联翩，创造性达到最佳竞技状态。这种条件反射已成为一种惯性。所以，我走路的时候，一般是看不见谁是谁的。但是，这时候产生的我一生中最美好的文字永远无法保存下来，它忽然产生又忽然消失，转瞬即逝。等我回到家里坐在桌前的时候，它们早已九霄云外。

这个特点可能是从我母亲那里承袭而来。从我在尼姑庵里第一次见到那个混血外交官的几年以后，那时我正面临大学毕业，也刚刚认识再一次燃起我的爱情的老巴不久，那外交官死了，死于癌症。这对于我母亲不幸的生活又是一场晴天霹雳。那个本应在我出生之前就该归属于她的避难所，好不容易在她经历了政治的、情感的无数灾难之后重新营造起来，可是他的死，使这避难所再一次坍塌，使她重新面对沙漠、孤独无伴。

有一天她对我说，她走在路上总是在心里给那死去的外交官写信，信很长很长，写了几年都没有写完。于是，她终于下决心真的坐下来写一封信寄到他的陵墓，以了此习惯。可是，坐下来那些话就没了。她没有写，至今也没有写。她说，他已经死了，隔着阴界，他无法再安慰她。任何一个存有理智的人都不会真的写这种信。她说，时间会使那习惯消失，时间可以使一切消失，她说这就是生活，这就是人类的属性。

这些，当然是后来的事。

七月，在那个淫雨缠连的烦躁的七月，在绵绵的流淌中，我终于熬完了高考。本来，我以为自己在突然卸下千斤重负之后会轻飘得像雨丝一样，把所有压迫我的功课一脚踢开，让内心充满温馨的情感，然后昏昏睡去，睡他个昏天暗地，把全身的骨头都睡得像棉花一样。在梦里，那雨水肯定会变得香甜，喝一口以为是灿灿的蜜汁；庭院里绿草的气息肯定会比丁香还好闻，幽幽地浸入肺腑；那死气沉沉的庵堂也不会再弥漫阴魂，而肯定会飘出幸福的仙女。

然而，欲望就在与我一墙之隔的另一个房间燃烧，那种燃烧使我无能为力。我躺在床上，困倦得想死去，内心的灼热又使我好似已睡了整整一生，再也无法沉睡。我不知道是否整整一个暑假我都要这样在床上翻来覆去，辗转反侧。

我想起那个夜晚，为了看得清晰，我闭上了眼睛。我看到了那个十七岁的倦意十足的少女像南豆腐一样鲜嫩白皙，被那个本性强健然而变得格外小心的男人温柔地蹂躏，他把她吃进嘴里，咀嚼她，撕咬她。她在流血，她在哼吟。她希望自己变成他的食物，永远被他啃噬，被他吞咽。太阳永远也不升起，天空永远挂满月亮。黑暗中他们互相裸露秘密，互相观望，她还没有见过他的身体，但她的身体触碰过它，她感觉过它的温度和力量。她害怕它，它是她的疼痛的同义词，但她又渴望着。我看到一个十七岁少女的乳房正悬挂在黑褐色的树干上，它银亮灿白，含苞待放。那个触摸过这乳房的男人焦急地站立在树下，等待它凌空开放，等待天空永远弥散这花朵的芳香。

我闭眼正看着就听到了敲门声，不等我回应，那门就开了。我的男邻居一闪身就走了进来。

他立在我的床前，低垂着头。我从他的脸上看到了惭愧、负疚、无地自容。

他说，"好，我很对不起你。"

我不吱声，静静地用胳膊撑着上身斜坐在床上。

他说，"你好久都不理我了，我只想看看你，我决不再碰你。你病了，你在出汗。"

我说，"我没有生病，我只是在想事情。"

他哭了，眼泪无声地溢出眼眶，流淌得七零八落。他说，"我的天使好孩子告诉我怎么办？"

我一滴眼泪也没有，我忽然变得清晰。我不知道是什么东西阻碍了我的眼泪使之与他同洒。我只是迫不及待地等待什么。

他就那样愧疚交加地立在床边。他开始用浸湿的毛巾为我擦汗，他擦我的额头、脖颈、胳膊，我闭上眼睛任他擦洗。凉爽使我惬意起来。我一心一意等待着他，只有等待。他开始擦我的胸、背和大腿。

他说我真是一块完美无瑕的良田，没有一点斑痕，正像此刻我手下还没有着墨的白纸；他说他其实是一个很好的耕作人，乐此不疲，他那种自信正像此刻我相信自己能够在纸页上很好地耕作一样。他发誓他要好好保护这良田，让我做一个完整的处女去嫁人。他说功课使我太劳累了，要我好好休息。

我凝视着他，等待着，只有等待。终于，我说，"我需要耕作。"

他迟疑了片刻，就做了起来。在那个绵雨敲窗的午后，我们缱绻在单人床上做着不彻底的"游戏"，一次又一次重复那第一个夜晚的事情，每一次全是新的。也许人们会称这种节制的"游戏"为一种病态，但一个拥有着许多许多古老观念的男人，一个几乎可以做我的父亲的大男人，对着这样一个情欲初绽的小女人也只能如此了。他要恪守他的誓言，他为着他的誓言而克制欲望，他是痛苦的。而那个不曾拥有更多经验的小女人，不用付出一滴鲜血一点疼痛，便也舒服无比。

夏去冬来，随着"游戏"的升级，我们殢雨尤云，暗度陈仓，日子一天天在醉意朦胧中过去。火红色的炎热退尽了，光秃秃的凉意侵入身骨。荒凉而忧郁的十二月在几场凛冽的大风刮过以后降临，这严酷的十二月便把我那父亲般的怀抱夺走了。

随着我的男邻居的女人的一声彻骨的哭号,这一切终于宣告结束。

不久,我的母亲被第一次落实了政策,我们搬出了那让我忧虑又紧张、让我留恋又痛恨的尼姑庵,搬出了那绿意绵延的天空。在这里,我熬完了折磨人的高考和大学里最初一年的大大小小的考试;熬完了我作为一个少女的天真无瑕。这时,我已是个心不在焉、落落寡合的大学生了。再见,尼姑庵。再见,处女地上的耕作人。

回想起来,我从来不以为自己充当过报纸上说的那种"第三者"。早在我和母亲搬进那个尼姑庵以前,他就已经不爱他的女人了;在我和他分开之后,他依然不爱他的女人。他跟我一样,其实只是一个人,活着,活着。如果他那时候单身,如果我那时的年龄满于婚姻法认同的结婚年龄,我会顺着那糊涂劲与他结婚、成家、生育,因为我还不真正懂得很多。无论我是否真正爱过他,只要与他在一起,我现在肯定会有一个宁和的家,有一个父亲般时时精心保护我的男人。但是,时过境迁,长大了,那稀里糊涂的火候过去了。爱情不来,婚姻难再。

我在搬出那尼姑庵以后,再也没有去找过他。在最初分开的时间里我偶尔梦到过他,我梦见在很久很久以后的一天黄昏,我在街上无意间碰到一个男人,确切地说,是我的背影最先感觉到他的存在的。我心情沮丧地正从一个报社走出来,我是去联系工作的。这时,我忽然感到一种久违了的气息正从那个阴湿隐蔽的尼姑庵向我的后背袭来,那气息越过薄雾、村庄、丛林、山野、余烬、大水以及死去的年华,越过许多年的喜悦和哀愁的时光,向我的后背靠近,靠近。我回转身,于是就看见了他。这男人的头发全白了,大腹便便,还戴了眼镜。也许是花镜吧,脸颊也臃肿不堪。他手里提着什么东西,好像去探望什么人,我没有问。我知道,那就是他。其实在我回转过身之前就已经知道了是他。

  他开门见山，说了一句每天都能见面的人们才互相说的一句话，好像我们之间并没有隔着许多许多年的如梦岁月，他说了什么，我没听见，我只顾端详这个熟悉得不能再熟悉然而又陌生得不能再陌生的男人。后来他说，我依然那么年轻那么单弱，也依然哀愁，什么全没变，像我十七岁时一样。我说，怎么可能呢？我经历了许多。他约我什么时间去找他聊聊，我望着他，长时间凝视着，我从眼前这个臃肿老态的男人身上一丁点也找不出当年我可以委身于他的理由了，更找不到一丝爱情的痕迹。从他的衰老，我知道我肯定也衰老了。他问我有没有结婚，我说还没有。他说，这个世界无论什么事情都不能太理想化了，温馨快活，很好；乏味无聊，也很好。拥有爱情，很好；孤独无伴，也很好。年过四十就不会再吵闹了，年过五十就不会再想死亡，年过六十就不会再忧愁，到了七十岁就会重新变成小孩儿。世界多么好。我说，您说得很好，但我不适合这个规律，也很好。

  我问候了他的女人，然后就准备离开。可奇怪的是他提起了他的那一个儿子，就是我曾经在照片上看到的那个英俊少年，他为那少年而自豪。由于他的思维落到了这少年身上，他的脸颊放出光彩，重现了早年他第一次引导我作为一个女人时的表情，重现了我们醉意缱绻在床上时的惬意之态。

  我这梦境以落到那少年身上为终点。

  睡梦里每每总是并不爱他，醒来却是泪水涟涟。

  有时，我也思索那少年到底与我的来世或者前世有什么牵连。想来想去，什么也没有想出。大概那千丝万缕与我的神思割舍不断的牵连只来自于那少年的父亲，于是，便不再想。

  后来，随着岁月的流逝，连这种梦境也一去不返了，遗忘了，消失了。

接下来的几年中又有过好几年"春天"在我面前驻足,然后是掠过。然而,这个季节的魔力有如过眼烟云,滚涌而来,又悄然消失,都没有在我心中永久扎根。我领略了这一切之后,终于知道,我内心深处温馨而绚丽的真正的春天,与流动的季节并无多大关联,与颤动不定的阳光也没有多大关联。那个真正的春天在我内心膨胀,又如此姗姗来迟。

许多的日日夜夜流逝过去,尼姑庵里的男人也随着岁月流淌过去。

记忆其实并不是真的在岁月的延续中退缩,那些令人疲倦的振奋之情,终究是使人有些羞愧难言。因此,保持自我的最好的方式就是将它们遗忘,遗忘,再遗忘。

永别了,巴斯海峡

绚丽,灼热,灿红。

阳光最烈的正午,那根长的针就会将短的针覆盖、重合。太阳没有嘴,可它说:这就是爱情。

光阴荏苒,时间似水。五年的大学生活过去了。那一年的夏天,我已经拥有了一位正当的男朋友了,他是一位英俊清秀的男孩子,当我挽着他的胳膊漫步在海边沙滩上时,我们的头发被海风飘扬起来,纠缠在一起,令人羡慕、赞叹。那一个夏天,正是我毕业的最后一个暑假。

应该说,我从小就已经渴望着那样一条小路了,它远离闹市,倘徉在大海身边，它浑身披满落叶的金黄，挺拔高耸的树干笔直地矗立在小路两旁。它发源于海水轻吟、浪花飞溅的海湾，然后蜿蜒而上，向着隐蔽的山林盘旋。它的性情幽静、含蓄、深奥，我生命中最美好的东西就是从这样一条小路上诞生，我渴望着在这里迷失。

在毕业考试的时候，我已经心神不定、魂不守舍地渴望那条海边小路了，我要只身前往那金黄色的沙滩，我的前面将是一望无际的蔚蓝色的大海，望着它那平缓而博大的呼吸，我会觉得自己所有的烦躁和忧愁被一洗而空。那海洋大得使人没有办法，除了放弃自己，再也没有第二种选择使我可以和大海的精神去抗衡、去较量。静静地坐在海边，波浪如一只柔软的手臂抚摸我的皮肤，洗掉我五年来在大学里浑身浸泡的古朽之气，洗掉我性情深处所有的孤独和忧伤。在沙滩的背后，那条小路就那么静静地隐匿在远去的海水曼声而歌的吟唱中。

小路是和这个英俊青年一同走向我的。他的四散而垂的头发飘扬着向我涌来，他的那只对于东方人来讲略显得挺拔的鼻子向我涌来，他的那双典型的亚细亚式细长清秀的黑眼睛以及瘦削的下巴向我涌来，他的长长的庞大而富于弹性的手指向我涌来，他的温情的拥抱和着海水向我涌来……他使我觉得似曾相识，好像是从过去岁月里使我铭记不忘的某一日走过来，从一张带着岁月枯黄年轮的画像上走过来。从我看到他的第一眼就知道了我的情感就无能为力地归属于他。

第一次见到他，是在北戴河海滨的一个幽静的咖啡厅里。当时盛夏刚过，旅游旺季已经过去了，空气中弥散起早秋的凉爽。一个刚刚大学毕业的并没有多少钱的女孩子，独自离开家，独自坐在一个海滨的咖啡厅里沉思默想，这个情形对于那个年龄的我充满了流浪般莫名的诱惑力。咖啡厅里正从墙壁的各个角落慢慢溢出乐声，这里的音乐大多是流行的，缠缠绵绵，悲悲戚戚；间或也有几段令人心情激荡的爵士乐和摇滚乐。我静静地聆听。我注意到远处角落里的一张桌子前正坐着一个年轻人，他和我一样，也是独自一人。他正向我这边频频凝望。矜持，使我转移视线。我去看各个角落，唯独不向他那边观望。这样，过了一段时间，我的余光就看见他向我这边走过来，然后站立在我的桌前。他问我可不可以和他跳一支舞。我望着他的脸孔，嘴里说着我跳得不好，身子却鬼使神差地站了起来。手放在挺拔的肩上，我发觉他其实比我紧张，于是就放松起来。跳完了一支舞曲，我们就都坐在了我原来的那张桌子前。坐下来半天，他说了声谢谢。我问谢什么？这时服务员小姐的微笑就在我们眼前绽开了，他要了一听啤酒，给我要了杯可乐加冰块。他举过杯子在我的杯子上轻轻碰了一下，说："认识你我很高兴。"我惊讶地发现他说话磕磕绊绊、僵硬而吃力。"我和你一样。"我把杯子端起来冲他照了一下。

他脸部的侧影儿棱角清晰，格外英俊。杯子在他长长的指间轻轻摇荡，冰块便把玻璃杯荡出悦耳的叮叮声。我欣赏着他的还带有几分稚气和羞涩的脸孔。

那一天夜晚，尽管我的理智一再提醒我，不要对第一次相识的男友谈得太久，但我们还是谈了很多，比我预料的要多得多。

他说他完全是中国人，可他已经忘记了大部分国语怎么说，但他能够听得懂我的话。他说他从小在台湾，五岁就去了澳大利亚，住在古老的巴斯海峡。他说巴斯海峡那边要比中国的天气显得"雨"。我问他什么是显得雨，是不是那里经常下雨。他说不是。于是他就开始比画，"雨，就是……空气里面……显得……雨。"我无法明白，就笑了起来。这时，他慌慌地说了句英文：Wet or damp. 于是，我就更笑了，我告诉他那是显得"湿"，而不是显得"雨"。他的脸微微有些泛红，透过这红晕，我看出他还是个男孩子，也许比我小四岁，也许比我小三岁。这并不重要,我喜欢他的羞涩。他告诉我他的英文名字,很长;于是,为方便起见,给他起了个新名字,很短。也许是为了补偿他的年龄吧,也为了记住巴斯海峡,我叫他老巴。

我们用中文和英文混合的句子交谈,他说他是和祖父一起回中国探亲的,他说他非常想念中国,渴望学会说国语(即汉语)。他诉说他的想念和渴望的时候,眼睛里涌满了伤感。他说的话磕磕绊绊,实际上我们不用说什么,只消互相望着就会彼此沟通。我望着这个忘记了中国话怎么说的中国人的面颊,内心里充满怜爱和伤感。我答应了他做他的国语教师。

接下来的日子,我们天天都见面,无论在饭厅还是在海边,我们都会感到彼此的存在。这种感觉我曾经体验过,这种感觉我也从爱情书里读到过。后来,我预感,一个古老得不能再古老的故事要诞生了。这一切是那样的自自然然,那样的顺理成章。

那条小路,那条盘旋在海浪轻歌之上的林荫小路,使我终生难忘。我教给他中文的时候,他看着我的嘴,看着我的身体,他的眼睛仿佛永远思念着一种遥远的东西。他说,他喜欢听"故乡"这个词。他说这个词的时候,眼睛里亮亮的,流出光芒。我们一起游泳,当他躺在沙滩上休息的时候,他的漂亮而略显纤细的肢体便在阳光下一览无余。我喜欢他身体上每一小块肌肉和线条,他的骨骼虽然还没有显示出一个成年男子的重量,但却散发着一种轻盈鲜活之感。他说他和祖父一起长大,那时候在台湾。我请他给我讲讲台湾,问他台湾是否管大陆上的人叫"共匪"。我说起我母亲的一位老朋友,那朋友怀着孩子的时候,她那在黄埔军校当军官的年轻的丈夫就随着蒋介石去台湾了。四十多年后,统战政策才使这对年近古稀的夫妇在香港得以见面。我母亲的那女友,涕泪滂沱,几十年的恩恩怨怨只化作无声的泪水。可是，老夫妇俩正互相安慰着没说一会儿，这女人就"翻车"了，原因只是那老先生的体贴话中称共产党为"共匪"。这个为了她的当国民党军官的丈夫受了多少年政治压力、吃了多少年苦头的女人立刻把身子从他的臂弯里脱出来，说："我叫你们蒋匪你爱听吗！"那老先生慌忙解释，他对共产党并没有成见，只是听惯了台湾的广播，叫习惯了。

老巴笑起来，他说那是老人们的事情了。他说他对台湾只记得"一小小"。我纠正他那叫"一点点"。

他说起他刚到巴斯海峡的事情，祖父把他丢进幼儿园就工作去了，他望着身边一群小洋狗似的当地小孩，只想哭，一哭就尿裤子，因为他不会用英文说厕所这个词。我们就又乐起来。每一天我们都有许多事情乐不完。

终于有一天，就在那条小路上，那条通往海边与山林的小路上，他羞涩地说，他很想亲一亲"故乡"。然后他就把我拥在他的胸膛里。他亲我的脸颊、我的嘴唇，他那滚烫而颤动的嘴唇在我身上寻找。终于，那灼热的颤动停滞在我的胸前。他流了泪，他说那一双乳房，只有那一双乳房，才是他日思夜念、魂牵梦萦的"故乡"，他的归宿。

身下的大海在这林荫小路的俯瞰之下隐隐退去，然后又轻轻涌来，无尽地往返。他说他必须永远抱住我，永远贴紧那"故乡"，才不会觉得孤单和被遗弃。他的嘴唇长时间地在我身上流连，这嘴唇，这年轻而慌乱的嘴唇使我想起另一个嘴唇，尼姑庵里那一个嘴唇举世无双，它曾经在我身上所向披靡，它是一只猎犬的牙齿，吞噬着他身下的每一方寸猎物；眼前这躯体，这单弱而轻盈的身体将我覆盖，这覆盖唤起我曾经拥有过的另一个沉重的覆盖，那一个已经遥远了的覆盖将我第一次唤醒，然后又与我分离；我渴望这一个稚嫩的身躯变成那一个身躯的重压，永远覆盖于我，这静谧幽深的海滨之端就是我们的软床，这年轻的身躯就是过去那不能延续的欲望的延续……

老巴和过去的那男人显然不同,当他轻盈地将我覆盖的时候,他无法自持,疲惫不堪。他其实并没有真正要求什么,也许是出于羞涩,也许是毫无经验,总之,他还是个男孩子,他并没有真的那样。在这样一条林荫小路,一个幽僻的海滨处所,我们躺在松软的青草之上,那些青草有些已开始发黄,我们的头顶是闪烁不定的繁星。我望着那高邈的天空,感到一种遥远的欲望正来自天国,那欲望在小鸟的伴唱下进行,那吟唱令人心荡神怡、心醉魂迷。我喜爱眼前这羞涩清秀的面孔,这个永远沉思默想的面孔。这面孔有待于我的诱导,正像过去那个男人对于我的诱导一样。这诱导义不容辞,非我莫属,迫在眉睫。我们那样做了,他很快冲动又很快平息。像一个淘气又胆小的男孩在众目睽睽之下想要尽快去做完一件坏事情一样。我喜欢这烧红的面颊,这孩子般急切浸淌的汗水。

他请求我等待他三年,他要回去完成他的学业,他正在墨尔本大学攻读数学专业,他说他的一生离不开的只有我那"故乡"和他神秘的数学王国。他说起数字来像个大将军,运筹帷幄,胸有成竹,所有的数字都听任他调遣和布局。他不断地要求"故乡"、"故乡",这个词从他的嘴里像音乐一般不断地涌出。当"故乡"贴在他的脸颊上时,便平息了他所有的欲望——作为一个男人的,作为一个远离故乡的人的。

暑假似乎转瞬即逝,我们的恋情刚刚开始,就到了分手的时候。我们坐上了开往北京的火车,他清秀的头颅微微低垂,脸上满是由分离在即而引发的天真的忧伤。

不久,他就返回了墨尔本。日东月西,远隔两地,我们便开始了一场漫长的柏拉图之恋。我们鸿雁往来,纸上传情,顶多我把嘴唇上的口红亲在书信里他的名字上边。

我每周二给老巴写信,星期三发出,去赶首都机场星期五起飞的飞抵墨尔本的航班。再到下周三,我的信就可以安静地躺在他的信箱里了。我的信像钟表一样准时。这是我花费了一年多时间才摸索出来的最快邮程。

近两年来,他的中国字越学越多,居然学会了"何其相似乃尔"、"不可同日而语",甚至有一次用上"拈花惹草"这个成语。我经历了很多,分配工作,去农村支边,然后又回到了报社当记者。一切按部就班,一切平平淡淡。远离于他的日子,便有了遥远的思念。等待,依然是等待。我早已习惯了用生命去等待。

我和我母亲几经搬迁,她被落实一次政策,我们就搬一次,我母亲的问题是一点一点被落实解决的。她满足极了,半生的积怨和愁绪一扫而光,她动情地与那个早年失之交臂的外交官开始了迟暮之恋。她从不记恨我父亲,甚至当她听说我父亲后来变得温情和顺并且娶了一位年轻貌美的夫人时,我母亲长长出了一口气,说这下她总算可以放心了。我的哥哥在部队里当了一名年轻的军官,他长了胡子,却依然英俊飒爽,小时候环境熏染给他的压抑的性格已经积淀成为一种老成持重的深沉。

生活有如一潭静水,安宁和美,忧愁随着岁月的流逝而殆尽。要不是我异想天开去澳洲旅行,这一切都会完好地持续下去。那将发生的一切,首先开始于我的一瞬间的精神流浪,接下来哀愁也就接踵而至了。

那时,正是两年前。

夏天在我的身体上起了明显的反应。阳光像一只灼热的手臂在我身上跳跃,把我仅有的那一层薄薄的脂肪也拿走了。

我母亲建议我不要再喝茶,她说我浑身上下都是一根根肋骨,完全是喝茶太多的缘故。

晚上,我在卫生间洗澡的时候,回想起我母亲的话觉得可笑,肋骨怎么可能浑身上下都是呢?我把手指轻轻在肋骨间滑动,白皙细润的肌肤透发出一种勃勃的生命力。在紫罗兰浴液的浸润下,我的身体光滑得像一束阳光。热水的蒸汽腾满卫生间,雾气,我感到自己的身体被虚化了。

母亲说我苦夏。我觉得一个人如果她可以在某个夏天消瘦而在另一个夏天胖起来,那么她的胖瘦就与夏天无关。我正是这样。我身体里的季节与大自然的季节无关。

我在自己的房间里像在游泳池似的,穿着胸罩和一条小得不能再小的三角内裤,走来走去。我母亲生气地望着我,毫不掩饰地把她的头沿着她的目光摆来摆去。然后说,任何一个男人都能把我的胳臂和腿还有腰毫不费劲地撅成好多截,装进皮包里。并且,再一次规定我的饮食方案。她说着,我却转身走进卫生间站在镜子前观看自己,我并不以为意。我欣赏着镜子里那最夺目的地方——挺拔而温暖的胸部。那么年轻地向往着生命,一点也不因为夏天的消瘦而动摇。我离衰老还遥远。我还没有和老巴结婚,怎么可以衰退呢。

当母亲向我宣布完饮食方案回过头望着我时,我正从卫生间出来站在她身后。

"听清了没有?"她说。

"当然。"

我随手关上自己的房门,把我母亲还在说着的话关在门外边。

门上是一张世界地图,我望着澳洲那硕大广袤的地域,望着那幽静缠绵的巴斯海峡,内心充满了思念。我原地站着,精神却开始了遨游。我想象当夕阳慢慢消失的时候,我和老巴伫立在维多利亚沙漠金黄色的空旷里,我们背风而立,我长长的黑发在耳畔飞扬起来,袖管和裤腿鼓荡出凄厉的风声。阒寂中,心脏在我的一根根肋骨间弹拨出竖琴一般悠长而动听的乐声,这乐声弥漫在空中悠荡。还有那些神秘的土著,在漆黑阴森的夜晚,月亮极淡极柔,土著们赤脚在荒原之上踏出的鬼魅般的足音会使人毛骨悚然,感到那空灵的神祇真的在叩击你的心。这样一幅幕天席地的画面吸引着我,感动着我。我给老巴写了信,让他想办法使我们可以在澳洲团聚。

　　晚上吃过饭,我准备出去发信,我母亲建议一起出去,顺便在楼下的街心公园散散步。我在房间里闷了一天,一走到外边便感到傍晚的好像是在蒸锅里凉凉了的空气格外清爽。在楼下林荫路的栅栏边,坐着一溜老人,各自摆弄着手下大大小小瓶子里的各色品种的热带鱼,那些鱼儿娇艳妩媚;还有几只玻璃瓶里浸着鲜绿青翠的水草,那水草有的灵秀薄嫩,有的肥硕宽厚;青蛙在一只褪了色的木盆里聒噪喧哗。老人们在悠闲迟缓地叫卖着各自的货色,透着一般清淡。我母亲站住,盯着一只漂亮的空鱼缸。我真担心她忽然动心把它买下来。我母亲心境格外好,生活的趣味也多起来。家里有十几条小花鱼,"男女"比例谐调,它们被分别装在大小不一、形状各异的玻璃瓶里。我母亲总觉得不规则,一直盘算着要给它们买一个大玻璃缸让它们住在一起。可是,我自始至终认为鱼儿们各自住在不同的玻璃瓶里挺好,这样可以保持个性自由。我以亲身的经验跟我母亲说,如果没有一点独处的余地,那么就会很孤独。被剥夺了内心空间的热闹,是一种更深刻的孤独。

　　我母亲说,"那么你到澳洲干吗去呢?澳洲和这个玻璃鱼缸在某种意义上是一回事。"她又说,"不同种类的鱼在一起也许能生育出新鲜品种的小鱼。"这是吸引我的说法。我喜欢杂种！任何一种杂种，你都会感到那是一种创造，而不只是一种简单重复的繁衍。

我们望着石阶上那只漂亮的空鱼缸举棋不定。可是，望着望着，那只鱼缸忽然碎裂开来，我们和卖鱼老人彼此看看，面面相觑，都很吃惊，不知从哪儿来了一股神力将它击碎。

夜幕慢慢垂将下来，满目林荫绿色变得黯然。我母亲一边走一边说："这很不吉利。"我不想说话。此时，正是北京夏日最令我神往的时光，我感到一种莫名的惆怅和遥远的思念。夜晚的昏暗，给人们的面孔涂上一层保护色，心神躲在这朦朦的保护色里也就自由起来，可以安然坦然地沉湎于内心了。

哦，北京—澳洲，多么遥远。无论你把想象的手臂伸得多么绵长，你都没办法真正触摸到南太平洋的气息。然而，这横亘在我和老巴之间的思念，总有一天，我会用不到二十四小时的航程就把它走完。

此刻，那里肯定也是一片茫茫星空吧。

天气沉闷无聊，凝滞得纹丝不动。这种天气即使你把窗子全部打开，也不会从外边流进来一点鲜活的色彩与气息。

老巴寄来了一封厚厚的信，我每星期五或六可以收到他的信。他的中国话仍是磕磕绊绊，但总能冒出一些新词出乎我的想象和意料。看得出为了写信他付出了很大努力。但他毕竟还是个男孩，在心灵方面单纯得有如一张白纸。比如，这次信封里，除了一份"来澳大利亚旅行者检疫条例须知"，就是一封长长的先是情意缠绵而后是义正词严的信。他问我为什么他把心都给了我而我还孤独。我叹叹气，只好再写信去解释。他不会懂得孤独感于某些人来说与生俱来，经年不去。我只想告诉他，这与他毫无关系，与我们俩的关系毫无关系。

我母亲刚刚洗完澡出来，她裸着的上身使我想起小时候与我的哥哥养在纸盒子里的透明的春蚕,她的沉甸甸的乳房像悬挂着的圆润的沙袋。她平时也对我称它们为故乡,说我是吃故乡的奶长大的。于是,我的思路就又落在老巴身上。

我母亲问:"你们是不是有了战争?"

我说:"没有。战争属于十八岁。"

然后,她开始炫耀她这大半天的工作成效。她从早晨一睁眼就坐在书桌前审理稿件,不吃不喝,一天干了一星期的活儿。她说:"今天的效率之高像是在资本主义国家工作似的。"话语间的神情充满了对大锅饭主义的迷恋。

说真的,我一直无法认同她那样认真投入的意义。她被落实政策后就担任了《育苗》杂志的主编。这本杂志里尽是关于德育量化的文章,教育孩子们这样做你的德育是多少分,那样做你的德育又是多少分。我对此不屑一顾。我觉得这太公式化、太共性化了,以为她实在是浪费国家的纸张。我对她曾谈到过那种"肯于自我牺牲的骗子,性情温良的小偷,以及把收一分钱付一分货视为荣誉攸关的妓女",我问她这怎么解释?怎么打分?她说这与孩子们无关。我说:"助人为乐与孩子们有关。助人为乐本来应该成为人们的习惯,没必要做点应该做的好事就非要孩子们去刨根究底地挖掘什么指导思想。"

我母亲并不反驳我。

她只认定我从小就是个"问题儿童",过于偏激,爱走极端。也许她是对的。世界其实就是这么简单。

这会儿我自然没有想这些问题。我的思绪一直沉浸在由我母亲刚才赤裸的上身所引发的遐想中。我盼望着与老巴团聚的那一天早日到来。

十月,在北京秋雨茫茫的那个十月,我终于坐上了飞抵墨尔本的航班。老巴的祖父在悉尼,但老巴在墨尔本大学上学,所以我还是先去了墨尔本。飞机带着我轻舒银臂,高昂着头颅,腾空而起,越过无数朵白云和五彩的飞鸟,以拥抱的姿势飞向他的怀抱。

墨尔本正是春末夏初,清晨的薄雾散发着绿草和丛林的芳香,空气是潮湿的,抚在肌肤上给人一阵沁人心脾的感觉。

一双大手就带着这种芳香和潮湿猛然拥向我,当我看见他那秀美而羞涩的面颊的时候,我的身体已被他的胳臂悬在空中……

我们在机场通往市区的高速公路上风驰电掣般地奔驰。昨天我几乎一夜没睡,过分的激动使我无法安宁,此刻我头疼极了,车子飞一样的滑行使我一阵阵要呕吐。车窗外的街上空无一人,两旁辽阔的草茵和繁茂的树木变成了绿色的晨风飞掠而过。我们想说的太多,不知从何说起,干脆先不说什么。胸前的安全带使我感到憋闷,我把它拿开了,疲倦慵困地靠在他的肩膀上,竭力使自己从不适中宁静下来。

现在,回想起来,澳洲那边在我的脑子里除了是一张用金黄与浓绿涂抹的地图之外,其他记忆一片空白。除了市区街道的繁华以及澳洲南端湛蓝的巴斯海峡和洁白的海鸥,我并没有听一听维多利亚黄金般的大沙漠里风儿鼓荡出的清寂乐声,看一看土著们在荒原之上踏出的鬼魅般的足迹,甚至没有来得及与老巴一起品尝一下那五彩缤纷、眼花缭乱的墨尔本的夜生活。在我还没能来得及从他那美妙的怀抱中抽出身望一望外面的蓝天和绿地的时候,我已经坐上了返回北京的班机。

那一天,我们先去了坐落在墨尔本南端巴斯海峡旁边的他自己的公寓。站立在公寓的百叶窗前翘首南望,巴斯海峡风平浪静,微波涟涟,清漪缠绵,船舶荡在水中显得格外悠闲。隔水望去,正好与塔斯马尼亚岛遥遥相对,海风柔柔地迎面而来。我洗过澡,吃了一片自己随身带去的舒乐安定片，便上了床，我想先睡上几小时消除一下疲劳。他说他也要上床躺在我身边。望着他那无法拒绝的孩子般的坚定，我顺从了他。躺在松软的床上，他把我紧紧抱着，我闭上眼静静听他慢声诉说。他说他已经买好了当晚去悉尼的机票，他回祖父家安置一下就回来接我，他想把我正式介绍给他祖父，然后我们就结婚，以后再一起回中国探望他父母。我问他悉尼有多远。他说飞一小时就能抵达。身在异乡，我只有听任他安排，便不吱声，蒙蒙眬眬似睡非睡。渐渐地，我被倦意和身边的柔软所完全占领，就昏沉沉睡去。

也许睡了二十分钟，也许是半小时，我被他低低的然而急促的喃喃声唤醒。他在说"故乡"。他见我清醒过来，又马上开始道歉。我端详着这近在耳畔的英俊的身体，他比两年前健壮了，肩膀略微宽了些。可他的神情依然羞涩，他的眼睛依然像是思念着一种遥远的东西，使我无法抓住那思绪的终点。他依然是用磕磕绊绊的中国语言表达他的愿望，然后等待我的身体做他的诱导。那海滨之夏最初的情形在我和他之间已经形成了一种惯性。我并不适于这种角色，但为使他安于他的角色，我愿意适应我的角色。我多么喜爱眼前这痴痴的少年般的羞怯之态啊，这情态就是我愿意为他付出身体和怜爱的全部动力，这情态就是调动起我周身欲望和恋情的全部源泉，这情态就是使我产生情欲之外的感情的全部缘由。我愿意为这情态放弃我所有的矜持和骄傲，放弃我骨子里面的尊严与高贵，放弃上帝赋予每一个男人和女人的爱与被爱的规律。这柔情正是我渴望得到的，满足他的需要就是我的需要。一阵感动，正像旅途上的倦意一样强烈，涌在血液中。

我把头埋在他的胸膛上不住地亲吻，并且要他也这样对我做。他就听话又急切地做起来。他的喃喃声又响起，他说他每晚都假设我躺在他身边，他总是想象和练习，希望见到我的时候可以做得像一个真正老成的男人。他渴望我看他的身体,看他到底有多么大,以证明他是个完完全全的大男人。他没有任何秘密,像阳光一样简单透彻,像他的数字一样清晰准确。他说他无法看清我脑子里闪烁不定的忧悒与欣喜,他无法弄懂我身体里跌来荡去的谜语与隐秘,他无法消化我过于复杂而混乱的情感。他说他不想再活在对于"故乡"的幻想里,更不想面对于我的时候永远在惯性里沿袭。他说他每一天的努力就是发展他的头脑和体魄,战胜自己,以理清远在北半球那一边的那个女人。

他不住地诉说,急急切切,我听得清晰。他匍匐在我身体上,我只能利用机会才能喘息。后来他停止了诉说,我才想想他急切的时候说的是英语。这可怜的与我同一血统的人一着急就只能说英语。奇怪的是,我全听懂了,我从来也没听懂过这么长这么长的英语。

在这样一个远离中国的由巴斯海峡环抱的一所公寓里,百叶窗阻挡了灿白而锋利的阳光,窗幔的颜色显得格外黯淡。两个属于地球那一边血统的异乡人沉醉在爱情的奉献里。她为他感动得泪水盈盈,他的需求就是她的需求,他的愁绪就是她的愁绪。在她的心里对于地球那一边的国度有着太多太多记忆,关于童年,关于家庭的废墟,关于尼姑庵的秘密,关于在那片大地上一波未平一波又起的风风雨雨和令人眼花缭乱的动荡。她想向他诉说,但她无从说起。他来自那里,却对那里一无所知,他没有历史,他的心灵单纯洁净得像一张白纸。她为这张充满渴望的白纸怜惜,为它感动,为它奉献。她无法说清自己对于这个年轻英俊、羞涩怯懦的脸颊的迷恋来自什么,那脸颊使她崩溃。他身上仿佛存有一种无声的呼唤,那呼唤使她忆起已经远远遁去了的岁月,使她无法自制地必须发动起自己的身体,也调动起那久违了的情欲之外的东西。他是用他的羞涩和稚气得到的她,而她却把他当作她自身的某一种东西的延续。他把她紧紧搂抱着度过了一个下午,他简直就是专为她而生，他一遍又一遍对她说"来"，"再来"，她只会顺从。她的思想面对这样一个单纯稚气的头脑无能为力；她的情感与头脑的复杂混乱，天生就是这简单明了的男孩的俘虏。

月亮已经升起了，房间里的一切开始模糊，他和我的疲倦的身体沐浴在月光里，这氛围给我们的事情平添了一种美妙绝伦的意境。

我仰望着窗外的星空，暮色中我可怜的母亲、绝望的父亲以及早年我的露着豁牙的小哥哥的面孔一个一个向我涌来。此刻，我们同顶一个硕大的夜空，可是他们离我有多遥远呢？我无从所知。窗外，闪烁进来一道道黄绿交加的什么光芒，这光芒使我看到了早年尼姑庵里绿意缠绵的天空，那个面孔，那个遥远了的影子穿越了大洋，穿越了年华，在我眼前闪烁。我越是想遗忘的东西，越是在这宁静时刻变得清晰。我疲倦不堪，闭上了眼睛。

这时，他问我"好不好"。

我说"要死掉了"。

窗外宁静得要命，没有一丝嘈杂声。我们没有打开灯，只是聆听那凝固的时间在空气里喘息、徘徊、悠荡。

晚上九点一刻，他去赶飞抵悉尼的航班了。他说他多么不想这就离开，他要我等待他两天，静静地等待，然后我们一起去悉尼结婚，就住在他祖父家里。他孩子般忧郁着磨磨蹭蹭，他说一路上只想着我，不给任何一个人一丁点空隙。

墨尔本街头洁白如洗，风光旖旎。只是人影凋零，空荡肃然。住在距市中心只有十五分钟路程（小汽车行驶速度）的街道上，已很难遇上一两个路人，除了奔跑的小汽车，就是辽阔无际、绿草如盖的草地、树林。苍蝇花花绿绿，美丽而硕大，人们把草坪上的飞舞的苍蝇视为小生命，大自然的装饰物。

有时候我穿着长裙在草坪上散步，会遇到一两个人带着狗闲闲地走路。他们会走过来非常友好地搭话。他们问我是不是日本人，神情里有一种对日本人的欣赏。这使我有点不快。我说我是中国人。如果对方是个老人，他就会有许多话题可以和你攀谈，他会说你的长裙如何漂亮，东方女人如何温柔。他还会用僵硬的中文说出有名的天——安——门。我知道澳洲人多是孤独寂寞，但置身异乡，单身一人，总有不安之感。每每总是说几句话就设法脱身离开。

只有一次我在街上遇到一个澳洲酒鬼，他向我要酒钱。我说很抱歉，我无法帮助你。他摊开两只手，耸了耸肩，做了个遗憾的姿势。然后他问我是哪国人，我大声地告诉他：Japan（日本）！终于有了个机会。

黄昏时分，我独自去距墨尔本大学很近的一个坟场观看，坟场里面没一个人，五彩斑斓的各种各样的石碑大如宫殿，小如水杯。色彩之纷呈，造形之迥异，环境之静寂，表现出澳洲人对于死亡的态度，那种超然、轻松、自由与肃穆之感与我们东方的黑白两色、哭号叫唱很是不同。那坟场很大很大，我匆匆转转，就出来了。在坟场门口，遇到一个日本男人，我一听他那种像身上的西装一样挺括僵硬的英语，就断定他是日本人。我们攀谈了几句。后来他问我是否愿意同他去喝点什么。老巴不在，我正想有点事情可以消遣，就答应下来。他的眼睛里立刻就涌上色迷迷的光芒。看得出这体态臃肿的男人正面临一种饥渴。可是，他却直挺着腰板，走路呼呼生风，透着一股日本大男子的风范。我忽然不知从哪儿冒出一股无名的邪火，我微笑着问他，日本侵略中国的时候你多大？来中国没有？他一时语塞，吭吭哧哧半天。最后，他终于站下来，他说他那时候还小，他为那一场战争深感歉疚。接着他垂下头，鞠了个九十度的大躬，说着对不起对不起就离开了，好像那一切都是他的罪过。

说实话,我至今也无法弄清当时是什么缘由使我在那一天忽然变得毫无礼貌和度量。

晚上,我躺在老巴的公寓里就思念起我们一起的事情。大约晚十点钟,他来了个电话,他说明天中午就可以赶回来接我。他说只要听到我的声音,隔着电话线也能感觉到我闻到我。他说他昨天学会了一首台湾的歌,叫《故乡的云》,明天一见面就唱给我听。我让他在电话里就唱给我听,于是他就唱了,唱得东倒西歪不成调,忘记了的和难度大的词,他一律用"啦啦啦"代替。我心里乱七八糟,有点感动。

过了一会儿,他又来了电话,说忘了告诉我柜子里有他的相册,让我拿出来看。

夜深人静之时,我捧着载有他童年足迹的相册翻看起来。那时候他在台北,那张三岁的照片摄于淡水溪,还有一张摄于基隆,但没有注明年岁。他大多数的照片都摄于澳洲。他的童年并不清苦,但没有笑容,那一张张稚嫩秀美的面庞,使我联想起我和我那个当了文艺兵的哥哥的童年,过去了的岁月又在眼前弥漫……

那时候在北京城南,我常为一些很小的事发很大的愁。记得我和哥哥——我唯一的哥哥,我们那时候系布腰带,而学会用布带系一个活扣对那时候的我来说简直是天底下最难的事情。系不成就成了死扣,到时候便怎么也解不开了,于是就哭起来。我对任何一个事情的想象与夸大的习惯从小就有,解不开腰带扣这件事让我害怕,那个年龄我想象不出要是很久很久仍然解不开这个死扣我会怎么样,这与灾难和死亡有什么关系。于是,便哭着跑去找哥哥,老远地就把上衣掀起来,到哥哥跟前什么话也不用说,这已不是两次三次了,哭就是我的表达,哭的程度就是情况到底有多么紧急多么严重的测量计。我的哥哥才比我大两岁半，他就那么蹲在地上解呀解，解呀解，解到我学会系活扣的时候。

那时候，他一跟我打架，就开始反复地说一句话：扣子解开了的故事扣子解开了的故事……说累了就开始出怪声或者干咳。我的哥哥跟我打架的花样很多很多。而我的法宝只有一个，那就是我有妈妈，妈妈永远站在我一边。我可怜的小哥哥最自卑的就是妈妈总是为我撑腰。于是，他自己为自己撑腰的小花样越来越多起来。比如，他在干咳嗽、出怪声之后，又开始唱歌，他的童音银铃一般气人。唱歌唱累了干脆不出声了，只一个劲儿地往地上吐唾沫。而我把这一切都看作是他用来欺负我的花招。我花招不过他，就开始无能又委屈地泱泱哭泣，往往一直要哭到母亲下班回家为止。那时候我还没有时间观念。有时候下午三点钟就开始哭，而我母亲要到傍晚六点钟才回家。于是，家里的阿姨就过来说："濛濛，这会儿离你妈妈下班还早着呢！五点半再哭。"

后来，有一时期，我记得我父亲被剃了一种很怪的发型，叫阴阳头（在澳洲的街头我惊奇地发现两个非常时髦的青年正剃了十几年前我父亲的那种发型），他去农村种庄稼去了。我母亲蒙上一只大口罩，在学院里扫地冲厕所，每天天一亮就离开了家。家里的阿姨跑回老家去了，没了下落。我和哥哥自然弄不懂大人们闹革命的大事情，也就不问什么。可是，我梳不上小辫这件事又成了发愁的事，那时候，这件事于我简直是天大的灾难。我的小哥哥从此就挑起了为我梳小辫的重任。光秃秃的门牙、张着惊恐的大眼睛、亮着童音把李玉和和杨子荣戏里细微的唱段都学得惟妙惟肖的我的哥哥，烧饭、洗衣、打水、为我梳头发，已充当起家里顶天立地的男子汉。我的长长的发辫在那样一双小手里梳呀梳，梳过去了早晨八九点钟的太阳，梳过去了我那无端的愁绪……

终于,有一天我母亲看不下去了,把我的小辫剪掉了。一直到小学五年级,我一直都梳着短短的小分头,像个男孩子。

那本相册在我的回忆中被翻得很慢。墨尔本的夏天的夜晚非常凉爽,白天在阳光下还是三十八度,骄阳似火;晚间,太阳退去,海风习习,气温一下跌到二十一度。我感到凉了,披上一件外衣,继续埋头在那本相册里。

我知道,总有一天,那一唤即来、弥漫不去的往昔,将会把我彻底吞没、击垮。然而,所有的往昔,无论是欢乐还是忧伤,我都将无能为力。

……

忽然,那一张英俊、羞涩的少年的照片,那一张早年我曾在尼姑庵那男人手里看见过的少年的照片,从相册里向我姗姗地走来了,我全身一下子冰凉。他从相册里凝视着我,怯怯的,就像我羞于看见他一样。我无法正视这面庞之下那确切无疑的中国名字,无法正视这凝固在照片上的少年的身体里正流动着他父亲——尼姑庵那男人——的血液。

这突然而来的意外使我一夜无眠。我想起了那一年我第一次望着大海时所感受到的无能为力,那大海翻腾着纷至沓来,在我身旁翻滚颠簸,我瘫在了床上,眼前一片昏暗。这昏暗使我消融在自我灵魂的窥视里,这窥视使我愧疚交加,怅然若失,使我被一种莫名的罪恶感死死缠住。那混合着肉体享乐的羞耻与惭愧,使我无地自容。

天快亮了我才昏沉沉睡去,夜已是尽头。

老巴一清早就赶了回来。一夜无眠使我惝困憔悴,疲乏不堪。他带着孩子般的兴奋向我扑过来,缠住我喃喃低语。他躲在英文里请求着我身体的诱导,他像一只柔软的小猫卧在我身边。我把他揽了过来。我的角色已经注定,那一切仍是按照惯性重复又重复。

他说,我们明天就可以去悉尼,在教堂举行结婚仪式,他的祖父做我们的证婚人,一切准备都已做好。

他在我的怀抱里像婴儿一般贪婪地吸吮探寻,幸福与安全之感淌在他稚气的脸上。

忽然,这秀美而羞怯的稚嫩的面颊,一晃变成了一张刻满了岁月年轮的疮痍满目的脸孔,那脸孔带着尼姑庵的气息倾压向我,那遥远了的声音像一只手臂伸入我的内心……

顷刻间,一股近乎于乱伦的情感统占了我的周身,使我的身体本能地脱离开这种糟透了的亲密交融。

"不,不!"我推开他,"我不能……你得告诉我……你听我说……"

我哭了。泪是无形的,淌在心里,苦在身上。我忽然醒悟,我在这可怜的男人身上其实只是在找回另一个男人——那个我无法忘怀的人,那个人秘密地藏在我的潜意识里,这么多年从不曾离去。而我并不知道这一切,我的理智也决不承认这一切。

他又上来抱我,吻在我的泪上,将它们吮干。我的本能却神秘地在抵制。这可怜的人却什么也不知道。

我要离开眼前这沾满我泪水的英俊秀美的身体。我要把这种离开他的本能变为一种意志。而离开眼前这个曾经与之沉迷的身躯,对我来说是一种意志的极致。

那是从不伦瑞克地区 Park Street 延伸下去的一条长长的路,从这里一直走下去就是墨尔本大学。他每天就是沿这条长街去上学。路两旁全是一望无际的草茵绿地,每到黄昏格外荒凉,几乎见不到人迹。城市中心近在咫尺,却听不到一点喧哗繁闹的声音。如果不是偶尔在花园般的绿地之上见到一两个跑步锻炼的人，城市就像死去一样。

我们去野餐了，在一片空旷静寞的绿色大地上，石头桌凳洁净如洗。桌旁是一个投币烤炉，只需投进二十一澳分它便会自动打火点燃。我们把带去的香肠、鸡翅膀、特制牛肉以及面包都放在炉上烧烤，一会儿工夫这些食物就变得炙热、焦黄、油亮、喷香。我们坐下来吃，几十只洁白的海鸥围在我们桌旁等待着，等待着与我们共同分享食物。

我环视四周，太阳还没有退尽，草地上洒了一层夕阳的金黄。在我视线所及的前方，我看到一个澳洲的中年女人似乎仰躺地坐在绿茵上，她把身体全部迎向变得暗淡了的太阳，只戴了一顶帽子遮住眼睛。她的大腿上散摊着一些纸张，她用左手写字。我正冲着她的方向坐，我想，她也许是一位作家吧，我看不清她的眼睛，但在这样一个幕天席地的黄昏草地上，一个女人独自坐在草地上写字，独自在这静美如画的景色里思索，她给予我一种忧伤的格调，这格调使得她的所有的背景都黯然失色。只是猜测她是一位作家，就已经使我感到无比亲切，我便不住向她那边张望，我盼望她走过来和我们说说话，只消说一句你们好，也会缓解我的孤独与无助之感。然而，她没有过来。

在我身后，远隔葱郁浓绿的草地和树木，是一个高尔夫球场。我回头张望的时候，只看见几个白色人影在移动，由于距离较远，那些人影小得可怜。

看完了前前后后，我开始凝视坐在我桌子对面与我共餐的人，我看到他一直在凝视着我，渴望而又痛苦地凝视。这凝视使我欲言又止，欲说还休。

后来，我终于对他说了那一切，尼姑庵里的那一切。我的话几乎是在哀叹中讲完。接着，我们沉默了好久，海鸥在我们身前身后咕咕叫着，我不时心不在焉地把食物抛出去，洁白的海鸥们就呼啦一下子飞拢过去。

他在流泪，无声地哭泣，泪珠滚过他的面颊落在绿茵茵的草坪上。

他说，他理解那些。那些并不能成为我们的爱情的障碍。过去的事情就让它过去，他并不在意我曾经和他父亲的事，他说他依然爱我如初。

我说，尼姑庵里那男人是他的父亲这个事实不是最重要，重要的是过去的事并没有过去，那一切我无法忘怀。我说，这里的世界非常好，但它不属于我，我的内心生活只能归属于北半球的那个地方，我的情感、我的生命也只能在那儿。那里虽然并不富有，那里还有我无穷无尽的辛酸与忧愁，可是那里才是与我的生活丝丝相关割舍不断的地方，只有那里才是。我对他说，这并不意味着我要重新找回往昔，我现在离开这里正是想结束把他作为他父亲的延续，因为这种情感对他是不公平的。我必须离开。

实际上，除了离开，我别无选择。

直到今天，只要我闭上眼睛，就可以清晰地看到在那片辽阔的蓝天绿地之间，一个俊美的青年绝望哀求地望着我，泪水涟涟……

死于华年

我做梦一般地返回了中国。确切地说，当我在家里闭目反思半个月之后第一次上街时，那铺天盖地的人流与自行车才使我猛然醒觉：回家了。

那一天我是去邮局给老巴发信，顺便取一个邮政快件。

实际上，我在返回中国的飞机上就已经开始腹稿给他的信了。记得在墨尔本，飞机刚刚起飞不久，还没飞出澳洲土地的时候，有一位东方男子向我走过来，他垂下头用英语轻声问我是不是中国人。我从他那和我一样的从中央电台里学来的英语发音，在半分钟之内就断定他是一个中国人。于是，我干脆用汉语对他说："请你用中文说话吧。"我的意思并不是说倘若他只会用英文讲话，我也能应答自如，我用英语讲话就像让我吃面条一样不舒服。他问我是否可以坐在我身边的空位子上。我想，他肯定是感到单独飞行二十个小时太寂寞了。我抬头环视了一下机舱，大概正是旅游淡季，我周围稀稀落落的乘客显得凋零、冷落，许许多多的空位子使我觉得有负于澳航乘务小姐温暖热情无微不至的服务。身前身后全是高鼻子、绿眼睛，使我觉得正置身于一群花花绿绿的长毛狗或波斯猫之中。我，大概是除了他自己以外唯一的中国人了。我抬眼打量了他一下，大概是个搞艺术的人，还算得上礼貌和英俊，就说："别客气，请便吧。"

他坐下来，笑笑说："这里还是热气袭人的盛夏，再过十几个小时我们就回到中国那冰冷刺骨的西北风里了。"我忽然懊悔起来，因为我一点讲话的心思也没有。以我的心境、经历和年龄已不该仅因为这样一张搞艺术的男人的面孔就忽然变得热情起来。我甚至有点恨他，他干扰了我的冥思静想，打断了我正在进行的给老巴之信的腹稿。

到香港转机的时候，我就设法脱开了他。我喜欢独自呆着。

回到中国，给老巴的信也是一拖再拖，我无法对着那样一双忧伤不解、稚气十足的眼睛给他一个确切的解释，若躲避真实，那么无论怎么解释也无法把我的忽然离开说得圆满。所以，那信一直拖了半个月。

在邮局我先取了那个邮政快件。邮件是由悉尼老巴的祖父寄来的。这使我非常吃惊。我急忙拆开信,结果那最不想看到的意外的灾难就通过那张冷冷冰冰的纸传递给我。我无法相信,人类最大的一种丧失——死亡,简单得就像一张纸掉落在地上。他的祖父说,他的孙子那天在从墨尔本机场返回公寓的高速公路上,由于车祸身亡。

  一时间,我呆若木鸡。我的手和腿全都失去控制地颤抖起来,脑子里空荡一片。站在邮局里,身边的一切都已不复存在,墙壁没有了,头顶布满天窗,气流像瀑布从上空倾压下来,震耳欲聋。有一瞬间,我看见我自己就那么站着站着忽然头一歪身子倒下去,死了。手里的那张死亡通知单飘呀飘,渐渐在放大,顷刻间放大成一张蓝蓝的天空覆盖在我的身体上。

  ……

  在我还没来得及向他解释这无法解释的一切的时候,他就带着那青春年华,带着莫名的疑虑,带着纯真的忧伤离去了。

  人们说,生如春之灿烂,死如秋之静美。他的生命甚至还没有抵达硕果累累的秋天,死亡已经来临了。

  那一切,使我再也无一句话可说,无一个字可说。

  现在,已是傍晚,昏昏的街灯在冷风里粼粼闪着。家家户户都在忙碌晚饭,洗菜池里肯定都是水声潺潺,炒菜锅肯定都是在炉灶上喧闹,可爱的小孩子们肯定都是趁大人一不注意就抓一把刚刚起锅的食物塞进嘴里。此刻,我的房间显得异常空旷和寂寥。母亲离休后参加了一个"老人之家",那里有一些老年知识分子消闲的书籍,还有娱乐、健身、谈心之所,她仍然顽强地为孤独寻找出路,顽强地抗拒着年龄。她知道孤独是全人类的局限,她所要打破的不是那种肤浅的人际关系中的孤独,而是内心中一个更深的层次和段位。我的母亲正是这样一位最顽强的女性。

家里只有我一个人。我打开一盏落地小灯，房间里顿时涂染一层黯黯淡淡的橙红色。从隔壁邻居那边传过来一阵阵似有似无的乐声，那是一首流行音乐，不知从哪个窗子流泻出来。那种造作的忧伤使人感到爱情无非是另外一种游戏。那乐声遥远、缥缈、含混不清，像一段由于搁置太久已经无法抓住了的记忆，它使我陷入回忆状态，却又什么也想不起来。

我的大脑把我抛到除却现在之外的任何时光：过去与将来纷至沓来，交相呼应，唯独没有现在。现在，只是一具躯壳在过去和将来、往事与梦幻的空白交接处踱来踱去。长时间以来的积习早已向我证明：我是一个唯独没有现在的人。

这是我与生俱来的残缺。而一个没有现在的人，无论岁月怎么流逝，她将永远与时事隔膜。她视这种隔膜为快乐，同时她又惧怕这种隔膜。所以，她永远只能在渴望孤独与逃避孤独的状态中煎熬。

踱来踱去，踱来踱去，房间里渐渐彻响起脚步的回声。我渴望着这时出现一个分担者敲响我的房门，在我最需要的时刻我们不期而遇。我屏息等待，等待。可是，上帝知道，这等待似乎已有一万年之久，我已经等待了一生。然而，房门没有被敲响，一如所有过去了的岁月，寂然无声。

我穿上外衣走了出去，街灯在夜晚的空中开满花朵。我在街上闲荡。一个疯子在街角的暗处朝我嘻嘻笑着。我感到恐惧，跑了开去；他也感到恐惧，也跑了开去。我们互相害怕，只留下空荡荡的街。

夜晚，是情人们的世界；夜晚，是肉欲的世界。

记得在我终于能够向朋友倾诉那一切的时候，我去找了乔琳。

出门之前，我对着镜子端详，惨白的灯光使我仿佛觉得镜中那女人已是容颜消殒，她使我心头不免涌起"草木之零落，美人之迟暮"

之叹。她冲我微笑一下，以装饰那张憔悴的脸，那微笑除了是一张涂红的嘴唇，没有任何内容。只有她的眼睛依然妩媚，这是她唯一生动与鲜活的所在。

我一身寒气按响了乔琳家的门铃，里边没有动静，我又敲了敲门。半天，终于有了拖鞋踏地的声音。门开了，是乔琳。她蓬着头发，眼窝深陷，一身疲乏与倦惫，一眼便可以看出她刚刚度过了那一场难熬的妊娠反应。我们彼此经历了许多以后，再一次见面，所有的话一时间只化作默默地凝视，我们互相凝视，无从说起。她依然美丽，也许是因为婚姻生活的稳定和愉快，她消失了早年那种四处无依的忧郁以及为着寻找爱情而显现出来的孤独。此刻，她从内心里向着身体外部四溢着轻松与稳定。由于瘦削，我无法相信她已是怀胎五月的孕妇了。她说她想要这个孩子。我说那好。她说我看上去好像是去地狱旅行了一趟，神情麻木而冷漠。我说没有。

我东说一句西说一句，躲躲闪闪避开那使我一触即溃的话题。后来，我想起了在澳洲学会的一种计算日期的方法，掌握了这种方法，无论你提出以前或以后的某一年某一月的某一天，都可以计算出那一天是星期几。我老半天老半天地教给她这种计算法，好像我远道而来就是专程教她这个。

我不敢把话题落到澳洲落到老巴身上。因为一触碰这话题我就会哭出来，就会泪流不止。可我来找她的全部目的就是让她分担我的忧伤。这个时候，她差不多是唯一使我产生一部分依恋之情的朋友了。

后来我感到累了，便靠在沙发里。

终于，我还是抑制不住，我说：" 老巴死了。" 一触碰到这事，我就再也无法说更长一些的句子。

接下来有很长一段时间我们谁也没有说话，只听见墙壁上的挂钟

169

均匀而沉着地嗒嗒响着,它和着越进窗幔的远去的汽车声,把岁月轻轻向前摇去。我任凭泪水慢慢流淌,落在我的胸前,然后又滚落到地上。我说:"这事……会影响我……一生。"我仍然在拣最短的句子说。

"我知道,我知道。"她的话很慢很沉。

后来,她说,一切都会过去,时间会使一切消失。这和我母亲在那混血外交官死去后对我说的话一模一样。她的手轻轻放在微微隆出的腹部,说,这世界总会有人死去,也总会有新的生命诞生。她说有一首歌,她忘记了名字,但歌词里说:让时间从心里慢慢流过,让时间从心里快快消失,离我远去,不再回来。朋友,与往事干杯,让那一切成流水。

我的哥哥后来上了军校,成了中国新一代军校毕业的年轻军官,我对于他的亲密之情完全是来自于童年的记忆,逢年过节,我们互相投寄一张贺卡,以表手足之情;我父亲和他的新一任妻子一直与我们同在一个城市,他老了,已是钟鸣漏尽,一切都变得平静、迟缓,他渴望我常去看看他,但我去了,他又说你有自己一大堆事,不用常来看我完成任务,人老了,就变得知足了。一个生来性情激烈、难以安于现状的人,活到了说"知足",那真是令人感到酸楚的境界。

有一天,在《灵魂与生命》杂志社主办的一个会议上,我意外地与尼姑庵里那男人邂逅。他的面庞清癯,目光炯然,风采依旧,神情里有一种宗教般的深沉,一种将往昔深埋于心的宁和。与多年前的那个使我至今记忆犹新的梦境里的形象迥然相异。他确实衰老了,但没有丝毫的暮气沉沉,老气横秋。我从他的脸上又看到澳洲巴斯海峡那边的年轻人。其实,世界上没有两个人会完全相同,但由于生理遗传,会使两个人在神经类型、体态气质、心理构造诸多方面呈现出相同的特征和类型。我觉得一个人自身一旦形成,他所喜欢和需要的对象的类型就已注定。一个人在一生中也许会喜爱上几个人，但这几个人肯定是那已注定了的类型中的一员。当然，这纯属我私人的经验。

由于会议主持人在讲话，我们只是匆匆握了一下手，便坐了下来。他那手只是松松地一握，似乎已饱览世事。那一瞬间，我们彼此都从对方深埋泪水的微笑中触碰到了某种东西。我们没有说什么，会间我们传递了几个条子，他没有提及他的儿子——巴斯海峡那边的那个儿子，我也没有说。他也并不知道那一切。

至于我们条子上的内容，我无法在此公开，我想那纯属于我们私人的事情。我甚至不想告诉乔琳这样的密友。世界上有一些感觉是无法传递给他人的，它只能永远埋在自己心中，和生命一同死去。这世界上无论多么伟大的一个人，他的内心深处也会存有阴暗卑琐的一面，只不过有人常常把那些藏在他们的光辉之下，藏得像没有了一样。所以，在我的情感领域，如果我把任何一种真实都披露出来，那么人们肯定会认为那情感里蕴蓄着邪恶。

分手时，我终于有机会问了他是否还好。

他迟疑了片刻，说："天凉好个秋。"

这种回答，使我的话无法继续下去。

他见我不说话，就又说："你生在玉米地里就长不出高粱来。你要不就出类拔萃，成为那群玉米棒子之首，脱离那块玉米地；要不你就甘心情愿当你的玉米棒子，该哪茬就哪茬，该磨面就磨面，该怎样就怎样。一切就会好起来。"

多少年的话一时全堵在我胸口，骨鲠在喉，但在这样一个历尽了人间沧桑的我最早的引导者面前，在这样一个"好个秋"了的男人面前，我再说什么，也恐怕是"不知愁滋味"。便不再说。

又是冬天了，我坐在洒满阳光的沙发里，膝头摊着纸张，纸页上已经涂满了往昔的痕迹。我隔窗望去,天空、绿树、孤雁仿佛都离我很遥远。我的内心并不感到快活,也不感到不快活。

天黑了,夜深了,黎明了。明天,哦明天,仍然有一堆算不上失望的失望在等待着我。我笑了。这就对了,世界因此而正常,因此而继续。

沙漏街的卜语

所有的人都用他的十个脚趾幻想出十条路。

——作者

第一章 谁是我

我暂时还不能告诉你,在这篇小说里我所充当的角色,以及我是谁。

十五年前在我还是个年轻女子的时候,曾被人视为不可救药的冥想症患者。那时候,我势单力薄,不能被人接受和理解。在实际生活中,我像一只迷途的羔羊,胆怯而沉默。记得,我常常关上房门,并且插上门闩,我很怕别人忽然闯进来,看到我呆呆的胡思乱想的模样。

我不能够像许多人那样,轻松自如地面对一个自己之外的什么人。任何别人都会使我产生压力和紧迫。有时候,我表面装作轻松,但我心里早已倦累不堪。所以我总是躲开人群,不与别人相处,害怕总是处不好。

我知道问题出在我自己身上。

那时候,我总是喜欢侧身斜躺在软床上,一线隆冬或者盛夏的麦黄色阳光鬼鬼祟祟地从窗幔缝隙溜进来,抹在我充满预感的脸颊上和大大张开却不动声色的眼孔里。我不喜欢被任何一种强烈的光线照耀的感觉,它使我内心慌乱,觉得自己正毕露于世,或者正被什么东西所窥视,所剥夺,仿佛那一种照耀会穿过无孔不入的皮肤侵略到身体里羸弱的天性中来。

据说,白羊座的人的信念坚定得像西班牙修女圣泰雷丝·阿维拉。在我身上,这些懦弱恐惧又坚韧刚毅的互为矛盾的品质,和谐地融为一体,流淌在我的血液中。正像我的思想,在庞大的精神领域里深邃成熟,而在粗浅的现实面前往往却天真幼稚,它们分裂又融洽地混合为一体。那时候,我每天总是长时间地沉溺在预感当中,沉思默想的习性占据了我很大一部分日常生活。比如,我常常想,为什么身边的人可以理解爱伦·坡、博尔赫斯、里尔克以及卡夫卡。我想,大概是因为这几个人并不生活在我们的实际生活里。假如他们生活在我们身边,肯定也同样会遭到一些人们的排斥。这就是人类的局限之一。所以,"远离"实在是个好办法。冥冥之中,我预感到不远的一次什么事故中,我会忽然离开我生活已久的城市,到一个安全的不为人所知的小地方隐居寄生,不必再为自己与外部的关系问题而苦恼。后来,不出一年时间,这预感果然灵验。大概是心向往之的缘故吧。

也许正是这个特点,我的奇思异想、怪梦幻象才源源不断地涌泻到笔端。我习惯于枕靠在床榻之上写字,床头枕下零散地摊着几页白纸和一支铅笔。有时候,夜半梦中惊醒,或清晨半眠不清之时,便从枕下摸出铅笔,把脑中的胡思乱想涂抹到纸页上。无论纸页上那些断篇残简是笔记,是永无投递之日的信函,还是自言自语般的叙述与分析,无疑都是我的内部与外部世界发生冲突的产物。

我的这一种自我分析和预感的强烈爱好,是与著书立说全然无关的。正像欧洲有一位秉性忧郁而沉思的名叫亚瑟·叔本华的人,他每晚都把上了子弹的手枪放在枕下,陷入他个人的庞大的悲观主义体系之中。这样一位总是叫喊"假如我是一个国王,那么我的第一个命令是——'请别打扰我'的人",他枕下的手枪绝不是用来扰乱治安的。那是他心理平衡的一种方式。而我,不停地在纸页上涂涂抹抹的习惯,也是一种心理平衡的手段,它构成了我的生活方式。

回首望去,许多年前我从子虚乌有中产生的预感,在今天都得到了应验。

比如,十五年前,我根据自己的预感,写了一篇富于神秘主义色彩的貌似于侦探小说的小说。我所以说它"貌似",是因为我那篇小说的推理方式和逻辑完全悖离了侦探小说的写作规则。十五年之后,一个深患幽闭症的叫作陈染的年轻女子才写出了第二篇这样的"侦探小说"。

那时候,我喜欢在精神领域对一切事事物物原有的规则和秩序,进行破坏性的支离分解和重新组合,我的语言也极其模糊不清,言说不可言说的一些什么。

这个貌似于侦探小说的小说,是写一个叫作郎内的人的故事。小说用第一人称写,所以"我"肯定与郎内有这样那样的联系或瓜葛。结果,这个小说写完的第二年夏天,果真有一个叫作郎内的男人走进了我的生活,我们在我那篇小说里虚构的一个公园中真实地见了面。从此,他作为一个不成功的追求者在我身边若隐若现。这始料不及的一切,的确令当时的我惊愕不已。

最令我战栗不安、百思不得其解的是十五年之后的今天,现实生活中的郎内,居然完全按照我那篇侦探小说虚构的遭遇,用他真实生活的实践,走向了我小说中的那个结局。十五年来,我目睹真实生活中的郎内亦步亦趋地尾随着那个小说人物郎内的线索行事。我曾想阻止生活中的郎内,不要靠近我那个小说故事中郎内的结局。但他终于还是与我十五年前那篇小说中的人物郎内重合了。我曾让小说人物郎内死在四十九岁,结果现实中的郎内没能用他活着的双腿迈过四十九岁这一年的最后一天。

也许命运的脚步挡也挡不住,他惨死在了沙漏街一个深秋的早晨。

此时此刻,我们将要叙述的,是另外一个故事,是由郎内的神秘之死所引发的另一个故事。

沙漏街墙语:慢些,你将会快些

沙漏街很不高兴在清晨五点钟就被寥寥落落几个行人的沙哑而惊慌的低沉议论声搅醒。这条街在深秋的冷风里蜷缩着安卧了一夜,不大情愿地睁开眼睛。

很难说它安睡了一整夜,它迷迷糊糊记得夜间好像发生了什么骚动,还有一股浓浓的血腥味,那气味伴随着啤酒泡沫似的黏稠液从什么地方咕咚咕咚涌冒出来,飘浮在它的身上。随后,那声音渐渐衰弱下去,仿佛是电池失效的钟表时针所发出的惨淡余音。它已经记忆不清了,因为它正在睡梦中……

沙漏街梦见一只破损的钟表在街身静谧的肢体上咚咚行走着，步伐铿锵，富于弹性地跳着脚步。走着走着，那钟表忽然就变成了一只突突蹿跳的心脏，这只没有主人的心脏在寻求附体的急切中，等待一位路人。

这时，一个高大的男子走过来，这男子看上去大约不到五十岁。他是从沙漏街东边的角隅猛然拐过来的，看得出他原本并不想走这条街，也许他忽然灵机一动，便鬼使神差地改变了路线，很偶然地向它走来。这男子步履匆匆，像一个斗士抢先占领某块高地，以征服那种在这个古老的国度所特有的隐蔽的战斗之中暗藏的对手，这种战斗没有任何烟火气味，它隐匿在一片友好祥和、无形无影的日常气氛中，不动声色地在对手之间心领神会地完成，外人几乎无法察觉到。所以，这男子已经习惯弯曲自己的脚步，以掩埋走路的痕迹。

这是一双工于心计、稳定坚毅、能屈能伸的独步青云的脚。他一步步走过来。那颗在等待中突突蹿跳的心脏，仿佛终于等到了寄身之所，奔赴宝物一般直抵他的胸口内部。这男子继续往前走，然后，那钟表就没电了。他又挣扎着向前踉跄了几步，就像一件空洞的长风衣，扑落到碎石路面上……

此刻，沙漏街慢慢睁开黎明的眼睛，它抖了抖肩膀，路边几棵渐渐光秃的褐色树又落下来几片焦黄的枯叶，于是天显得有点亮了。它伸了伸懒腰，路面显得光滑平直起来。

这时候，那寥寥落落几个行人的窃窃低语围拢在路边的一个低洼处，他们惊慌无措的声音随着城市醒来后轰隆隆的早班汽车声一同升起。

正如沙漏街梦中所料，这里的确发生了什么。

沙漏街侧身望了望自己臂弯处灰色石墙上的一行白色大字：慢些，

你将会快些。它想，那个像一件空洞的风衣一动不动地倒卧在路面上的男人，肯定是走得太快了。沙漏街由于自己在城市里所充当的供人流车辆行走穿行的角色，所以它非常熟悉文明人类的交通规则。它认为，许多交通问题其实不仅仅是交通问题，那规则之中正蕴含人类生存的诸多哲学。

……

许多年以前，我经常在这条沉默不语的沙漏街穿行，曾经从它风烛残年的墙壁上，抄下来很多关于交通方面的句子。

比如，车子越破开得越疯。再比如，如果你顺当地找到停车场，那你就会找不到你的车。人们从那些残垣断壁上边的交通语录中，领悟了许多奥妙，从它亲眼目睹的无数件血腥的事故中，看到了许多沉重的玩笑。

秃树枝摇摇晃晃，把一些鬼鬼祟祟的怪影子投射到路面上。模糊不清的沙漏街成为一出现代剧真实的道具背景。

一只母鸡吻别了郎内

郎内局长蜷缩地倒卧在沙漏街冰凉的石板路面上，一大块尖利而不规则的多边形玻璃片稳稳地刺在他的左胸部，他的嘴大大地洞张着，仿佛是他最后一次呼吸的定格镜头。他身体四周远远近近的地方，一块明晃晃的碎玻璃像水晶一样散发着高傲的冷笑。一小摊血迹虫子似的从他的身子底下爬出来，洇枯到石板路下边去。

有一只勤快的母鸡怪头怪脑地从一垛墙红色的石砖后面探出头，摇摇摆摆晃到郎内局长的身体旁，母鸡爪踏在血浆上，然后它又兴奋地围绕着郎内局长的躯体绕了几圈。于是，鲜红的梅花瓣便艳艳地撒了一地。最后，母鸡用它染红的爪子在郎内局长庄严的唇边，灿烂地一踏，一个吻别便最后地留在了他神圣的脸颊上。

深秋的枯叶和冷风也挑衅般地侵缠着他渐渐僵硬起来的身体。这是一个弱肉强食的时节。若是在往常日子，冷风和枯叶这一类小东西从来都是给郎内局长高大的身躯闪身让道的。以郎内局长平素的威严，就是老天想要闪电打雷，若没有我这位郎内朋友的同意，你也响亮不成。

真是此一时彼一时的悲惨。人一倒，连树叶都变成了砸人的石头。

郎内此刻毙卧在一九九〇年残秋凋敝殒破的沙漏街石板路面上，他那最后残存苟活的微弱神经，依然在感慨万千。他甚至想起了遥远的一九〇五年，法国一位叫波利奥的医学家的实验。波利奥博士对一颗刚刚砍掉的头颅进行研究。这项实验导致了极其惊人的在当时并不能为所有的人所信服的结论。波利奥在报告中说：由于被砍掉的头颅颈部是平的，所以可立刻将头颅直立在桌子上，无须用手去扶。在处刑后的五六秒钟里，那名被断头台处死的男子，他的眉毛、嘴唇和眼皮一直在不规则而有节律地抖动痉挛，然后归于平静。他的颜面松弛，眼帘半开半闭，只能看到眼白。波利奥大声呼喊他的名字，于是，他的眼睛慢慢睁开了，是那种刚刚从睡梦中或沉思中醒来的眼神，平静而清醒，保持着正常人的活力。他的眼睛回视般地凝望着波利奥博士。然后，死者的瞳孔缩小了，那绝不是死人的那种冷漠和毫无表情。波利奥看到的是千真万确的一双活人的眼睛。波利奥的实验持续了大约三十秒钟，他的结论说，死者不但知道自己已身首异处，而且感到了痛苦……

郎内不知道为什么自己会在这种行将气绝身亡的毙命之际，遥想起将近一个世纪前的欧洲死刑。也许是他此刻死亡的痛苦使他在潜意识里呼应了波利奥博士的结论。

他很想伸手抚摸一下自己的胸口,因为他觉得似乎有一只麻雀正在他的怀里衔草筑窝。但是,他动弹不得。郎内急于知道自己此刻到底是一个活人还是一个死人。莫非自己从来没有活过,只是一个孤立的影子再现着遥远往昔的行为与思想?不过是一束旧时的光与声的重现?他感到一片模糊,一片没有记忆、没有时光与声音的空洞。他努力使自己保持思维,那是他残存的生命中唯一能够活动的东西。只要能够思维,就表明自己是一个活人。郎内自我判断着。

郎内感到胸口处那筑巢的小鸟变成了一条欢乐的河水在流淌,他蜷伏在水泊旁残砖断瓦砌成的河堤废墟上,渴望哗哗的水声与河泊里游动的金鱼把他搅醒。可是水声和金鱼都好像对他怀着敌意,绕他而行,只有一点点羸弱暗淡的光线流泻在他的身上。他想抓住那条欢乐的金鱼尾巴,如同抓住一线稻草色的阳光,使他脱离漆黑的死亡之谷。可是,那一缕昏暗的光线,墙壁一样挡住他的去路。他与金鱼之间隔着一堵牢固的玻璃墙。

他愤怒地对死亡大喊,"滚开,别挡我的路!"

渐渐,他失去了愤怒的力量。郎内慢慢平静下来。

……似乎有一抹虚幻的微笑和着香桉树的气味从一幢粉红色的空房里袅袅升起。郎内最后一次艰难地运转自己的思维:天堂的大门已经关闭,那是小说和电影人物才会去的地方……他想。

终于,他感到自己浑身一轻,化为一股青烟,钻入了地缝……

在这一瞬间,一个沉闷无声的雷和一道模糊不清的闪电轻轻驶来,牵住了我的衣襟。

老冷的鼻子与咳嗽的皮鞋

刑警队长史又村在离开沙漏街案发地点之后，便拨响了郎内单位的电话。

这时，清晨最初的那一缕嫩黄色的阳光正好抹在冷副局长的鼻尖上，他额头上深刻的褶皱透出一股沧桑。

入秋以来，每天，当他第二个走进办公大楼，坐在堆满各种各样的文件资料的工作桌前时，早上那一缕最初的阳光便暖洋洋地照耀在他的鼻尖上。因此，他的嗅觉格外灵敏，总能够从桌上成百上千的文件中准确无误地拿到自己所需的一份，一针见血地戳到他的对手郎内局长的致命处。

正在这个时候，他接到了史又村警长的电话。

一股非凡的震惊从他泛红的鼻子尖上猛然涌进心里。他呆呆地僵坐了一会儿，凝固的血液才从心脏缓缓慢慢散射开来，于是，他的整张脸孔全都红起来。

放下话筒，晨光已经环绕到他左侧斑驳的墙壁上，窗外光秃秃的树枝以及站立在颤巍巍枝杈上的麻雀的影子，也被投射到那块墙壁上。随着晨光的移动，冷副局长看到那墙壁上的树枝和鸟雀都活动起来，他甚至从这一块麦黄色的墙垣上听到了小鸟啁啁啾啾的啼啭。

紧接着他生出一种扑空感，仿佛身前的一方大石柱忽然坍塌。瞬息之间失去遮挡的感觉，使他习惯向前倾轧力量的身体一时难以负"轻"。他摇晃似的颤抖了一下，便衔起烟斗，闭上眼睛陷入了冥思。

冷副局长记得清清楚楚，他身边那块大石头今年四十九岁。多年前他老冷四十九岁时，并没有一个叫作郎内的人挡在他的前边。后来，

181

忽然就调来了一位郎副局长,这位年轻而胸有成竹的郎内,像是专程赶来直接进入最后的百米冲刺的,几个蹿跳就狠狠甩开了左侧右畔的长跑者,抢先坐到了局长的位置上。待老冷醒过神来,他明白那位置已永远与他无缘了,他关心的是那位置上站起来的将是与他完全不同的准则。

可是,刚刚那个电话,又一次打乱了局势,他无比沉痛地想:老天助我!

然后,他听到楼道走廊里有了踏踏拉拉的皮鞋响,那熟悉的像咳嗽一样的声音响在深秋干爽的石灰地板上,显得格外清亮。接着,在他房间右侧的一扇屋门被吱呀一声打开了。他睁开眼睛,不用走出门去,他就知道那是郎内的秘书小川。小川作为郎内局长忠实的助手,被安排在郎内办公室外边那个套间的门口处。

老冷站起来,走到房门外唤了两声小川。

小川的皮鞋在那边的地面上沉默喘息了片刻,便又踏踏拉拉地咳嗽着向老冷这边走来。

小川说,"冷副局长什么事?"

小川非常严格地没有忘记在老冷的职务称呼前加上"副"字。

老冷说,"你今天晚到了十分钟,平常你总是第一个。"

小川又说,"您有什么事吗?"

老冷说,"郎内没有告诉你今天的安排吗?"

"今天要开个常务会议,您不是几次提议要重新审理那个十五年前的情报案件吗?"小川说。

老冷心里一紧,许多年前这个屈于郎内的压力做出的言不由衷的决定,至今困扰着他。

老冷说,"这个会议今天恐怕不能如期进行了。"老冷的脸孔浮上悲痛的表情，语气沉重地继续说，"郎内他不能来了，他今天早晨……去世了……刑警队的人刚刚来过电话，说此案正在调查当中。"

小川听罢先是浑身一颤，像被雷击中了他身体上的要害部位，一动不能动。

小川这样僵立了大约一分钟，然后，在他还没来得及产生悲痛之情的时候，他忽然像是被什么怪异的东西吸引住了，于是，他神情专注，眼睛直勾勾地看着老冷，目光集中落在老冷的鼻子上。

他感到老冷的鼻子今天格外异样，红亮得几乎可以称之为灿烂，番石榴一般散发着光芒。鼻翼两侧好像是受到了什么兴高采烈的信息的刺激，擅自脱离开主人的意志控制，不住地抽动，不容分说地表达着自己的激动或紧张之情。

小川一直觉得，矗立在老冷脸孔上的这一只番石榴样的鼻子，常常是不动声色并且莫测高深的老冷的天机泄露者。平日，当他嘴里说的与他心里想的完全是两回事的时候，他的鼻子就会擅自动作起来，仿佛是一台消解他内心矛盾与焦虑的仪器。

小川换了个角度，继续观看老冷的鼻子。真是奇妙，老冷的鼻子此刻已经忙乱得一塌糊涂，上下左右一刻不停地抽搐着。

而老冷对自己的鼻子毫无察觉，他感到自己的鼻子格外安静，此刻不会有什么异常。他左手端着茶杯把手，右手轻轻抚在滚热的茶杯侧腰，然后不自觉地用手指敲出一个简单而古怪的节奏，仿佛在谋算一个什么重大问题。他盲目而重复地敲了一会儿，当他意识到自己手指的敲击声时，便突然停了下来。

小川没有提问，也没感叹什么，呆呆地又站立了大约一分钟，仿佛在专注地倾听老冷的手指在杯子上的敲击声。他在心里暗暗盘算，那貌似悠闲的敲击声肯定是用来掩饰他内心里需要隐藏的什么的，他的鼻子已经出卖了他。

小川目光躲开老冷的鼻子，仰起头望了望天花板，嘘了一口气，然后就掉身走开了。

老冷觉得蹊跷。待小川的皮鞋声再一次消失在右侧那一扇屋门里边时，老冷迅速放下手里的茶杯，疑虑地在自己鼻子上摸了一下。

资料员小花将近中午十一点半才幽灵般钻进办公楼。各个办公室的人这时已经稀稀落落地敲着饭盒向饭厅移动。尽管史刑警队长嘱咐暂时不要在单位里大面积公开郎内的消息，但显然这消息已经不胫而走。

在楼道里，小花神情颇为抑郁，却一路喧哗着诉说自己夜间忽然得了肠胃炎，这会儿才刚从医院回来。但是，她没有得到如往常一般热情的回应与安慰，大家只是神情异样地朝她点点头，丢过来一两声"啊来了，来了"的短句子，就匆匆侧身走过去。小花扭过身去看，发现走过去的人也在扭转身看她。小花心中不免生出些许忐忑。

若是往常，小花可是单位里的一位既热闹又神秘的人物。她时或欢天喜地，时或默然不语。另一个重要原因就是，谁都知道郎内局长特别"关怀"小花，除了她本人声称不知道（小花到底清楚不清楚这其中的微妙，还有待后面查清）。尤其是当小花不在场的时候，郎内对小花的照顾就越发突出。有一次调级，整个单位只有一个指标，会上大家当然都纷纷推举这个名额应该是郎内局长的。郎内断然而坚定地拒绝了。接着，他做出心事重重颇为为难的样子，提议把这个名额留给小花，他的神情似乎透出他亏欠过小花什么，但是他嘴里说出的是一串甘为人仆之类的句子。有心人全都把这些看在眼里，闭在嘴中。而小花总是一片清清亮亮，毫无察觉，仿佛全然不知的样子。有时，她背地里议论郎局长这个那个不是，别人就全当作她是故作姿态，谁也不敢呼应什么。

这会儿，小花感到有点没趣。她蔫蔫地朝自己的办公室走去。

资料员小花从皮包里摸出钥匙，一抬头发现资料室的房门已被打开了，铅色的铁门虚掩着。小花疑惑地推开门，一眼望见她的办公桌上摆着一双大脚，确切地说，是一双满是土灰，皲裂地绽开许许多多缝隙的皮鞋。

小花定睛一看原来是秘书小川，就很不高兴地说，"你站在我桌上做什么？"

小川急忙赔笑脸，说，"我等了你一个上午，急着查找一份资料，就先从总务长那里拿了钥匙。"

"怎么是一个上午？"小花依然为自己桌上的那一双脏皮鞋不高兴着，就说，"好像我是下午才来似的。"

"不是不是，你吃饭前到的，算上午嘛。"小川说。

小花别扭了一会儿，问，"你到底要找什么？"

小川说，"我在找十五年前的那一份情报事故的材料，那上边有冷副局长的批示和建议。我想看一下。"

小花有些不耐烦：" 你有什么不清楚，问一声老冷不就得了，还至于大中午的饭不吃，悄悄摸到这儿来查。"

小花平时就对川秘书看不上眼，觉得他总是那么探头探脑、鬼鬼祟祟。昨天，他提了一笔大款，准备和郎内局长外出办事，见小花正在郎内的办公室里说话，就吭吭哧哧说你们先谈你们先谈，退了出去，满脸的诡秘，好像她小花有什么见不得人的事。小花觉得，这种人满肚子鸡零狗碎的小算盘，加上给局长当秘书这一身份，每天点头哈腰，显得忠心耿耿的样子。因而她背地里就常常叫他"日本村里的"。

小川很是压抑。

这时，川秘书从桌上跳下来，一只手拿着那一份材料，另一只手摸进上衣兜里，从皮夹中捏出一株半枝莲鲜嫩的标本。

小川说，"上午在院子里等你等得心焦，阳光正好绚烂耀人，我就采了一株半枝莲，回房间弄成了标本，给你吧！"

资料员小花不屑一顾地接过来，顺手把它丢在桌子上。

小川正欲离开，忽然，小花大喊一声："站住！"

小川转回来，看着小花。

小花目不转睛地盯住小川的皮鞋："你这双皮鞋到什么地方去逛了？看看看，"小花敲着桌子，指着那一片污浊的鞋迹，说，"多么丰富，土灰石头子草末，还有——还有一块亮晶晶的玻璃碴。"

小川的脸一下子涨得通红，他的脚在地板上躲躲闪闪挪动着，发出咳咳的咳嗽声，不知道放哪儿才好。慌张了一阵，他没头没脑地说了一句："我会让它水落石出的。"然后就猛地转身离开了。

川秘书今天尤其诡秘得不可思议。半枝莲也值得送人吗！

今天的一切似乎都不大对劲。所有的人仿佛都坐立不安，做出外松内紧的样子。

小花的哭声

老冷整整一个上午都焦躁不安地引颈等待一个人，一个他此时最想见到的人，这个人就是资料员小花。

他想亲眼目睹当他把郎内的消息第一个告诉她时，她的第一个表情和反应。这将是一个激动人心的时刻，那一瞬间老冷几乎可以揭开一个长久以来纠缠着他的谜底。

尽管单位里都在私下里悄悄传说郎内与花资料员的微妙关系，但老冷对此一直持有疑虑。凭他郎内在官场的身经百战、足智多谋，他会让自己出现这种问题吗？凭他郎内在仕途的奋不顾身、专心不二的进取精神，他还会有这个爱好吗？如果有，他还算是个男人；如果有，他也会秘密地地下进行，何以如此暴露得沸沸扬扬？这似乎有点不合逻辑。

老冷被急于要见到小花这个欲望煎熬得格外烦躁，神情亢奋地在屋里来来回回踱着，双手紧紧背在身后。

他一边浮想联翩地畅想，一边向窗外瞭望，看一看将近午日的天色。

这时，天空呈现出一片模糊浑浊的空旷，远处楼顶上高高架起天线，像十字架一样肃穆地在秋风中微微摇曳。老冷打了个寒战，不禁在心中感叹：人群真是一堆活动的影子，可怜得如同虚构的一样。一个有重量有形态有声音的大活人，昨天还掷地有声地存在，太阳翻了一个身，今天这个人就消失不存在了……

恍惚中，他仿佛看到在那十字架顶部，孤立地悬挂着一只没有躯体的头颅，那头颅在微风中不甘心似的摇摇摆摆，摇着摇着，忽然那人头就睁开眼睛，眨了眨睫毛，清醒过来，然后像一只圆滚滚的气球，飘浮着脱离开那个凄凉的十字架，从车水马龙的街道上空，忽忽悠悠径直朝着老冷站立的窗子这边飞来。老冷惊恐地睁大眼睛，渐渐他看清了，那是郎内的头颅，面目极其冷酷凶狠，它在上下左右前后六个方向的空间里，像活着时一样方位清楚地飞向老冷的玻璃窗子……

哐当一声，老冷猛地向后一闪身。

这时，他才听清那声响是从身后传来的，房门在中午十一点半钟被人打开了。老冷迅疾转身，见小花站在门口，他绷得紧紧的神经才舒缓下来。

他又朝窗外望了一眼，远处的天空和窗前的秃树一片空空荡荡，昏昏沉沉，什么都没有。他这才放心地坐到沙发里去，觉得有点冷了。

老冷调整了一下情绪，慢吞吞地说，"小花，今天上午你有什么特殊的事情吗？"小花做出不解的样子，说，"今天是怎么了，都这么小题大做，平常我也不是没晚来过。"

小花微笑着又把昨夜突然发作肠胃炎的事诉说了一遍。她说，"昨天下班后在单位院子里滑了一会儿旱冰，可能是着了凉，拉了一夜的肚子。"然后问老冷，"今天单位是不是发生了什么事？"

老冷说，"你听说了什么吗？"

小花摇头。

"那你怎么会想起问发生了什么事？"老冷盯住小花的脸孔又问。

他觉得小花的脸孔今天显得格外异样，疲惫灰暗，仿佛在墓地里被干冷的秋风吹了一夜，皱皱巴巴。往常，她的脸上总是精心刻意地堆满红红绿绿的色彩，一派大好山河、喜气洋洋的景色。他觉得小花的神情也有些不对头，平时，她最反感那种鬼鬼祟祟的无中生有，探头探脑地打听这那的"小家气"。就连人人皆知的她与郎内关系这一公开的秘密，她也是稀里糊涂装作没听见。今天她主动找上门来询问，此地无银，一时让老冷颇生狐疑。

小花说，"老冷，你这是什么意思？我也没触犯什么法律，怎么就不能问？"

这时，老冷更加坚定了对小花的不信任，他莫名其妙几乎认定小花是明知故问。所以，他原来预期的想亲眼目睹小花对于郎内事件的最初反应的愿望，渐渐消失了。他想，无论小花她如何反应，都不过是作戏罢了。

资料员小花觉得今天人人都跟她过不去，人人都阴阳怪气地对她说话，她小花这么多年也没受过那个！那个小川居然趁她不在，擅自打开她的房门，并把他的一双大脏脚放在了她的桌子上，就像放在他自己的枕头上那样坦然。连小川这么个"日本村里的"都敢如此待她！本来是来找老冷告状的，没想到……

小花酝酿着悲愤情绪，越想越伤心，干脆一扭身坐到沙发上，眼泪就掉了下来。

老冷本来已经被一个上午所生出的第二次扑空心理，弄得有点失落，这时见小花如此情形，就不耐烦起来。

他从椅子上站起来，又背着双手在屋子里来来回回走动一圈。

他走到窗子跟前，从另一个角度向外边漫不经心瞥了一眼。不料这一瞥之间，他的目光就撞到了一件他非常熟悉而且对此充满敌意的东西上，那是郎内的自行车。自行车的前轮与车筐被过长的锁链锁住，锁链多余的部分堆在车筐里。那辆自行车看上去如同一只无精打采的大鸟，灰溜溜地斜倚着窗沿立在那里。

老冷觉得蹊跷，郎内每天都是骑车回家的，今天他的自行车怎么会在这儿？

这时，小花哭得愈发激烈。老冷猛地回过身来，抑制不住地说，"你哭什么？"

老冷叫了一声就止住自己。停了一会儿，他忽然变了语调，说，"人已经死了，哭也没用。"

小花戛然止住嘤嘤的抽泣，眼睛大睁。"谁死了？"她问。

"你不是已经知道了吗，郎内今天早上去世了。案件正在调查之中。"

老冷话音刚落，资料员小花便双手掩面，嘤嘤地失声哭泣起来。她的嗓子变成一把凄厉的小号，音色浮动在尖锐而颤抖的高音区域。

老冷像欣赏街上吹吹打打的送丧队伍里的一位小号手，侧耳倾听了一会儿那抑扬顿挫、飘飘悠悠的乐声，然后就转回身，把目光落在小花耸动抽泣的玫瑰色的肩上,看着她有如跳孔雀舞那样把瘦瘦的肩起落得一波一澜,跌宕有致,把那种称作忧伤的情感,从肩头的韵律中弥散得层见叠出。他不禁在心中暗暗感叹,可惜这么妩媚俏丽的肩,靠错了地方。

他低着头,无动于衷地在那波浪般起伏的地方观望了一会儿,他看到小花的肩上有一根长长的黑褐色头发,就轻悄悄地捏了下来,攥在手中。

然后,老冷的目光转向小花被双手紧紧捂住的脸孔。

猛然间,他看到小花的左手食指和中指全都用纱布缠裹着,那似乎短了一截的食指,在她的过分尖厉刺耳的哭声里颤抖着,在她的显得过分悲伤以至于无法袒露的脸颊上醒目地翘立。

……那纱布像一束闪电,刺着老冷的眼孔和鼻子,他感到自己的鼻子一阵火热,仿佛嗅到了一股浓烈的血腥气味。然后他闭上眼,模模糊糊在脑中看到一双纤细的女人手在一件锋利尖锐的器皿上面风一样穿梭舞动,然后那十只手指细细的指尖如同一堆细碎的牙齿,整整齐齐地被切割下来,叽里咕噜纷纷散落到地上……

"我是史又村警长。"

这时,一个身着警服的高个子男子挡住了老冷惊恐万状的视线。

第二章 我在哪儿

世界上的确有一些神秘莫测的事情,令人匪夷所思。我经历过的另外一件事颇有说服力。

十五年前，我在一个新闻情报部门工作。尽管我当时就自知之明地预感到，像我这样一个行为举止漏洞百出、人际关系拘谨封闭并且思维方式一片混乱的女子，如果我能够得到什么新闻情报的话，那肯定是全国都已经家喻户晓的了，肯定已经成为不再是新闻的新闻。但是，命运既然安排给我这一份新闻情报职业，我只好顺乎自然，克服自己为人处世方面的种种心理障碍，勤奋工作。可是，无论我怎样努力，我都没能换来预期的效果。也许是我性格深处与生俱来的紧张和懦弱，我对我的两个互相对立的上级，都敬而远之、过从甚疏，没有成为他们中任何一方的亲密下属或嫡系。

在一次重大的情报事故中，由于我这个角色的可有可无，对于两位上司来说，我的存在都显得无足轻重，所以我倒霉地充当了两个上司之中某一个人的替罪羊。这一从天而降的令我至今莫名其妙的"事故"，使我被迫远离故土，流落他乡。虽然我曾在预感中，意识到有一天我会像我喜爱的爱伦·坡那样，远离我身边的人，但是我没有想到会在这样的事故中逃离。

由于整个事件的来龙去脉以及汇报调查，一律对下属和外界保密，封锁消息，所以我无从知道是哪一位上司栽害于我。

在我的两位上司中，老 A 平日显得热情谦逊，诚恳而易于接近，有时候居然在我的肩上暧昧地一拍，颇不见外地与我交流沟通一阵，其抛心掏腑之真切，格外动人，额上凝聚着一双少见的老黄牛才有的那一种朴实忠诚的眉头。另一位老 B，相形之下则显得冷漠无情，脸像一块坚硬的铁板，不动声色，让人看不出他的城府到底有多深，靠近他到底有没有危险。

于是，我断定，肯定是老 B 加害于我。我想，我平素谨小慎微，从没有冒犯过你，我与你无冤无仇，你却在关键时刻蓄意陷害我。你不得好死，上帝会惩罚你。

我不得不远离家乡，在异域陌土孤寂地飘零。每天长夜难眠之时，我都在心里默默地诅咒那个害我的人。我每天都虔诚地做这件事，乞求上帝帮助我。

在这样度过了四十九天之后的一个清晨，从窗缝爬进来的缕缕阳光异乎寻常地黄灿。我坐起来，拉开厚重的窗帘，看到天地间被冷冬的风刮得空旷寂寥，碎石枯叶匍匐在嶙峋弯折的石路上，大地仿佛在摇晃。我临窗而立，朝向我的家乡方向。这时，一只小鸟蹲在颤抖的树枝上向我的窗子张望，露出一嘴尖尖的小碎牙，啁啾鸣啭。当它看见我已经注视到它的时候，便一溜烟飞走了。它的飞离，使我感到自己正在囚笼里。我又呆呆地观望了一阵，就转身走向门厅，拿起了电话。结果，我得到了意想不到的消息。

我的一位朋友告诉我，那个有着一双老黄牛似的朴实眉毛的老 A 去世了，死于莫名其妙的一阵窒息。可是验尸报告说，他的心脏和肺部均未有异常病变。

我还没来得及为老 A 难过，电话里又说，在老 A 的功绩簿上，白纸黑字写着，在那一次莫名其妙的重大事故后，在一片封锁消息、人心紧迫的秘密调查中，老 A 是如何"立场坚定、毫不留情地揭发了'肇事者'，捍卫了尊严和正义"。

天啊！我居然判断失误，一直以为是老 B 加害于我，险些看错了人。

但是，老 A 遭到了惩罚，上帝不会看错人。

世界是灵验的。

老 A 的死，与我们当下正在叙述的郎内的故事显得游离无关。

但是，这一场事故使我远离于郎内的故事里的几个人物和环境。

所以，我现在并不生活在有着一条沙漏街的城市里。

我本人似乎也不在这个故事中。但是，我的确与这个故事中的人物有着千丝万缕的联系和瓜葛。这一种神秘的而不被世人所知的关联到底是什么，我暂时还不能披露。

我这里只能告诉你，在这个故事中，我是一个暗藏的人。如果你是一个细心的读者，你将可以察觉到，这个人一直潜在地存在着。

公元一千七百五十六年，英国出生的一位叫作威廉·戈德温的古老的哲学家，他曾经说过一句非常现代的话，"看不见的东西是唯一的现实"，后来我几次发现的确如此。

至于我在哪儿，其实一点都不重要。

我在一个远离旧土的陌生而淳朴的小镇隐姓埋名地居住下来。这里谁都不认识我，谁也不关心别人的过去和隐私，大家彼此尊重、友善而疏远，这正是我所适应的一种人际环境。我很安全。

由于长久的孤独，我总是感到饥饿。

每天，一夜的睡眠之后，我的五脏六腑仿佛都被消耗得空空洞洞。不知为什么，我的体内总觉得空洞，胃仿佛是一个无底的深渊，总是希望有什么温暖的东西填充进去，尽管我并不感到饥饿。

我走到厨房，冲了一杯浓浓的牛奶，又从冰箱中取出一片面包，涂上一层厚厚的草莓酱。醇白的乳浆液和殷红的果酱汁，对我散发着一股诱惑。我的嘴唇开始慢慢咀嚼嚅动，一边吞咽食物，一边细细品味那种诱惑从何而来。

嘴唇的嚅动，使我的联想纷至沓来，我想起了嘴唇的另外一个功能——说话和歌唱，这功能已被我搁置一边很久了。现在，这只嘴唇，除了咀嚼食物时在装满牛奶的玻璃杯口印上唇印以外，仿佛再无其他什么用途。

这嘴唇由于长久的沉默，变得一片荒芜。

有一天，我从电台中忽然听到了十五年前我生活过的那个城市的一个歌手的歌唱，他边走边唱，道路在他的脚下摇摇滚滚地绵伸和倒退。

>   ……
>   我不想留在一个地方
>   也不愿有人跟随
>   我要从南走到北
>   我还要从白走到黑
>   我要人们都看到我
>   但不知道我是谁
>   ……
>   我不愿相信真的有魔鬼
>   也不愿与任何人作对
>   你别想知道我到底是谁
>   也别想看到我的虚伪
>   ……

这来自我出生和长大的城市的歌声，使我眼中蓄积多年的陈旧的泪水夺眶而出。

这歌手所吟唱的状态，正是我在这个远离故土的异乡小镇的心态。我想，这个叛逆又怀旧的歌手一定与我十五年前一样，处境不佳。

然后，我走到街上去。

小镇的清淳古朴，使我想到记忆中的那条沙漏街。那里，繁华喧闹的都市景观与枯萎凋零的精神风貌，扭曲地糅合，仿佛是宇宙在亘古如斯的大地上投下的一撇浮艳而嘈杂的影子，人流蜉蝣般穿梭。我早已厌倦了那里的生活，外省的都市风光也对我再无吸引力，城市精神正伴随着灵魂的贫乏日益变成一片片不毛之地。

我盲目地在镇子里熟悉的街区来来回回走动，我不知道我要去哪儿，因为我并不打算去哪儿。这个人人都不知道我是谁的亚热带小镇，正是我想生活的地方，一个安谧的隐庐。

抽屉里的埋伏

午日的阳光穿透污浊斑驳的玻璃窗摇晃到房间里，给室内阴霾的色彩抹上薄薄的一层光亮。

史又村警长的到来，终于有机会使郎内局长身边的几个人围坐到一起，他们在郎内出事后第一次来到局长的办公室，神态都显得十分沉重。这间宽大敞亮的房间看上去非同昔比，由于缺少了郎内，显得格外空旷森冷。大家环绕着郎内的办公桌，面部都格外肃穆地朝向那把失去主人的孤独的椅子，仿佛郎内像往常一样就坐在那里。

警长不动声色地暗暗环视了一下房间里每个人的脸孔，然后故意把头扭向窗外，好像在专注地眺望外面的风景。他果然看到窗外的枯树枝蔓以及从旁侧一堵凋敝的墙垣壁缝中滋生出来的俯首折腰的草茎，正探头探脑地抽打着蓬头垢面的窗沿，仿佛忠告似的提醒他，要谨言慎行。他盯着窗外，沉思了一会儿，就把目光收了回来。

在来这里之前，史又村警长刚刚向警部作了初步的现场报告，他在报告中说：

这是一宗神秘得没有留下任何痕迹的人命案。案发现场除了深刺到郎内胸口上的一块大玻璃，以及郎内衣兜里的一把自行车钥匙和被鲜血染得泛红的几十元钱，再也没有发现其他任何物品、印迹。如果这是一场车祸，在郎内的身体上没有发现被车子撞击过的外伤，身边也没有任何车辙印痕。警部医院的检查结果说，郎内亦没有内伤。如果是自杀或者是接受了催眠术等等暗示作用而自戕，那么他攥着那块不规则的秃边玻璃的手，就应该被玻璃扎破，现在看来显然都不是。另一个有可能的猜测是谋杀，但这显然是一个蓄谋已久的人所干，而且是郎内身边的熟人，在他毫无戒备的情况下突然行刺的，因为郎内的身体上没有搏斗过的痕迹。但是，没有发现罪犯的脚印。除了在郎内尸体二点七米以外，有一些围观者杂乱的脚印，以及尸体旁边郎内本人的脚印以外，再也没有发现什么印迹，也没有留下罪犯用手或扫帚销毁自己脚印的痕迹。显然，行凶者是不可能在二点七米之外用玻璃行刺的。那么，难道他是一只会飞的鸟吗？

　　……

　　史又村警长带着深深的疑虑来到郎内的办公室，他想初步观察一下郎内的工作环境和人际环境。

　　这时，他注意到昏暗的室内气氛显得有些紧张，四面灰白的裸墙组成了由四面而来的压迫性光线。贴附在墙壁上的锈绿色的光泽，尘埃般地在房间里旋转起来。

　　他再一次环视了郎内身边这几个熟人的脸孔，为了舒缓气氛，他故作松弛地说，他只是顺路过来看看，与大家认识一下，因为案发现场的各种迹象现在还显得模糊不清，比如罪犯的脚印不翼而飞了。所以想从大家这里获得一些线索。

　　房间里沉闷无声，没有呼应。

　　半天，在座的几个人中忽然发出一声小心胆怯的揭示："会不会罪犯用手绢或扫帚把脚印抹掉了?"

警长果断地说:"不,因为现场也没有被手绢、扫帚或其他什么东西扫除过的痕迹。"

隔了一会儿,又有人小声说:"昨天夜间下过一场雨,罪犯一定是在下雨前或者正在下雨时做的案,然后雨水把他的脚印冲掉了。"

史又村警长显得肯定而自信地说:"不。如果那样,郎内的脚印也该一同被雨水冲掉,尸体下边的斑斑血迹也应被雨水冲散消失。但尸体旁边还有郎内的脚印,这说明,此案是在昨夜下雨之后发生的。"

办公室里一下变得鸦雀无声,蒙蒙的烟雾使得空气格外昏暗,烟雾把房间缭绕得模模糊糊。大家互相望望彼此的脸孔,隐隐绰绰,都觉得与往常有点不像,心里都有点发颤。入冬前房间里的暖气还没有来,所以屋里的人们不住地倒吸着冷气,咝咝声此伏彼起,身上都有点瑟瑟发抖。

史又村警长建议大家回忆一下郎内最后一天在单位的情形,想一想是否有什么异样或可疑的事情。

于是,大家窸窸窣窣地议论起来,怀着从未经历过此一种严峻时刻的郑重的神态,颤声颤气地重温了与郎内最后一天共事的情景,以及与郎内最后一次分手的珍贵场面。

秘书小川首先按捺不住自己的沉痛心情,第一个做了含泪的回忆,语间时常出现不能自已的哽咽,他断断续续地说:

"……昨天,郎内局长精神格外好,早晨一到办公室就整理他的抽屉,办公桌的几个抽屉全都像舌头一样漫不经心地吐出来。这时,电话响了,我叫郎内局长接电话,然后就为他清洗杯子,沏茶泡水。当我准备把茶水送到他的桌上时,郎内局长忽然叫住我,他放下手中的电话,走回他的办公桌,关上最中间的那个抽屉,才又继续拿起话筒。

他走过我身边时，拍了拍我的肩，说，十五年前的那个案件一定要按原决定处理，当时的材料都在他的抽屉里。然后他对我笑笑，说谢谢你，小川。谁知道，这竟然是我最后一次为他倒茶……"

小川说到此处，竟有些泣不成声。停了一会儿，才又继续说，"郎内局长是个非常严谨的人，他的抽屉从来都是自己亲自动手整理，像清洗自己的牙齿那样严格（郎内的嘴里全是假牙），在外人面前从不暴露。他常幽默地说，'我活着，每分钟都武装到牙齿。'"

小川说到此处忽然停住，好像想起了什么，两眼直直地盯住郎内办公桌最中间的那个抽屉，不再出声。

大家循着小川的目光，也都向那个抽屉望去。

房间里又一次沉默。

后来，有人说，应该请郎内的家属打开他的抽屉，说不定有什么秘密情况郎内已经察觉，写好了遗言，锁在自己的抽屉里。

立刻有人反对："不行，万一郎内有什么个人隐私……"说话人看了看资料员小花，继续说，"我是指我们男人们不宜公开的情况，让他家属看到，岂不会坏事吗?! 而且，也有损于郎内局长在他家属心目中的美好形象。"

又有人提议："不如我们成立一个专门小组，配合刑警队破案，抽屉由专门小组打开。"

办公室里响起一阵不大不小的骚乱。大家的注意力焦点全都落到郎内的抽屉上，各怀各的心思，打着自己的算盘。

在人群射向郎内抽屉的视线中，有一道比子弹还要坚硬的目光不动声色地击落在那把冰冷的铁锁上，这目光是从一直静候一旁、沉默不语的老冷的眼孔里发射出来的。

这时，老冷终于出了声，他颇为权威、掷地有声地说了一句："待局里与刑警队商量一下再说吧。"

于是,大家闭口,不再谈。

史又村警长也说回去商量一下再决定。然后,他见大家不想再谈什么,或者说不想凑在一起谈论什么,就低头看了看手表,站起身,留下自己的电话号码,说下午还要去办件事,大家想起什么可及时找他。

说罢,史警长就告辞了。

房间里,留下一双双大眼小眼呆呆地转不了弯。在这些大眼小眼中,除了小川和老冷,还有一双钉子似的眼睛,像被射钉枪牢牢地钉在郎内的抽屉上,这个人,就是资料员小花。

被锁着骑走的自行车

老冷以代表单位领导和他个人这个双重身份,第一个来找史又村警长。

这是郎内案件发生后的第二日上午。

史又村警长正在警部自己的办公室里凝神思索,心中缠绕的疑虑像连环套,随着口中吐出的青黛色烟圈弥散在眼前,飘飘忽忽,徘徊不去。

这时,冷副局长一拉房门,闪身走了进来。他那只耸立在脸孔上的番石榴样的鼻子,先于他本人大约五分之一秒,出现在史又村面前。

两人依次经过亲切友好的握手、寒暄、点烟以及老熟人似的彼此互称一声"小史"和"老冷"之后,便开门见山、长话短说地坐下来。

老冷直接进入谈话主题,他先说了一句,失去郎内这样一位愉快合作多年的老战友非常痛心！然后，就将他昨晚经过整整一夜缜密的思索、推理和判断的情况，和盘托出。他说，都是自己人，仅作参考吧。

老冷做出了如下天衣无缝的揭发：

"郎内出事的前一天傍晚，我因家中有事，提前离开单位回去了。据资料员小花说，她当天下班后，没有及时回家，她在单位的院子里滑了一会儿旱冰，并且受了凉，以至于夜间突然发作肠胃炎，第二天上午去了医院。那天傍晚，单位里有人看到郎内也是很迟才离开办公室，因为小花有事找他。当时，秘书小川不在郎内的办公室里，他去银行办事去了。也就是说，那天傍晚，小花在院子里滑旱冰之前或者滑完之后，与郎内一起在他的办公室里，房间关着门。

"单位里谁都知道郎内对资料员小花情有独钟。表面上看，小花是个性格内向又坦直活泼的漂亮姑娘，一直还没有结婚。他们在办公室里谈什么或者做了什么，不得而知。他们走时天色已黑，最后一个离开单位的小某曾看到他们一前一后纷纷离去的背影，体态僵硬，显得很不愉快。他们急匆匆的样子，好像是要到哪儿去会合。

"也许他们一起吃了晚饭，然后继续不愉快的交谈。以前，郎内曾几次流露出对小花的歉疚之情，单位里都知道，可能他曾要求或强迫小花做过什么，这是可以理解的，男人嘛。他们推着车子，边走边谈，依然不能达成协议。也许是小花提出要与郎内结婚，不愿再这样不清不楚下去。而郎内以早已有家为由给予拒绝。小花感到她的感情没着没落，无依无靠。格外委屈，伤心地哭了起来。于是，他们站住，把车子靠在路边的墙根上。小花无奈，便强迫郎内。结果依然被他坚定地拒绝。小花被深深地刺痛。

"单位里都知道，小花一向性格莫测，晴雨无常。也许小花在一时冲动之下，从路边捡起一块玻璃，就朝郎内的胸口刺去。

"有两点，可以证明上述这些'也许'的肯定性：

"一是，郎内的自行车。

"郎内每天必须骑车上下班，因为他家那边正在修路，至今没有通汽车。昨天中午，我在我办公室窗口，望见郎内的自行车斜靠在单位院子里的一堵墙垣下，小花的旱冰鞋像两只黑乎乎的大虫子，丢在车轮底下。郎内是像往常一样骑车离开单位的，现在车子不应该锁在这儿。看来他与小花在路上停下时，肯定是锁了车，因为钥匙在他的衣兜里。但是，自行车锁着怎么会被骑回单位呢？

"郎内被刺中后，倒卧在地上，压住了衣兜里的钥匙。小花被自己一时的冲动吓坏了，唤了郎内几声，没有回应，便没敢上前触碰郎内的身体。她匆匆忙忙找到他们停自行车的地方，于是她看见郎内的自行车也停在那儿。她不想留下什么令人怀疑的东西，使人找到可以追溯的线索。所以她决定把郎内的车骑回单位。但是，车钥匙被压在郎内衣兜里，而她再也不敢去碰他，急中生智，她想起了自己背包里的旱冰鞋。郎内的车链是锁在前轮上，于是她把旱冰鞋绑在车子的前轮下。这样，脚蹬带动自行车的后轮，前轮空着不转，由旱冰鞋代替前轮运转，她把郎内的自行车骑回了单位。然后，又返回取了自己的自行车回家。

"二是，小花的手指。

"昨天中午，我看到小花的右手食指和中指缠着厚厚的纱布。如果是切菜弄伤手指，应该是左手。而且，据小花说，前天傍晚下班后，她滑旱冰受了凉，肠胃炎发作。按她的说法，她应该躺在床上休息，不会弄伤手指。如此看来，她根本就没有发作什么肠胃炎，而是在外边做什么会弄伤手指的危险事情。昨天上午，她去医院，也根本没有去看肠胃病，而是处理她受伤的手指。可以推断，她的手指正是被玻璃扎伤的。

"可怜的姑娘!"

最后,老冷做出了他的结论:

由于郎内平素的众所周知的不检点,诱发了这一场悲惨的情杀案。

老冷在一片真诚的为老战友郎内深深惋惜与遗憾的叹息声中,给自己的谈话画了句号。

一株合闭的半枝莲

小花在警部一层的楼道走廊里一路喧哗着"史警长,史警长",来到史又村的办公室。这是今天上午第二个找他谈话的人。

当小花站立到年轻而帅气的史又村警长面前时,反倒有点不好意思而安静下来。

小花显得有些拘谨,所以就先议论了一会儿天气以及空气污染问题,来自我缓解一下气氛和她微妙的紧张心理。

史又村为她倒了茶,于是,她那双不知放哪儿才好的略显尴尬的手,就抓在了茶杯上。史又村故意先忽略她缠了纱布的右手,欲擒故纵地感谢小花配合他的工作。然后,小花才进入正题,说明来意。

小花是来向史又村提供她的一个怀疑的。她的这个颇为细微的疑点,的确是一个大窟窿,诱导人深挖下去。

资料员小花满腹狐疑的揭发是这样:

"昨天中午,秘书小川在我的办公室大书架上找一份材料,由于架顶太高,小川就穿着鞋站到了我的桌子上。我听到他的皮鞋发出一种奇怪的嗑嗑声,像咳嗽似的声音。当他从桌子上下来之后,我看到我的桌面被小川的皮鞋踩得一塌糊涂。后来我擦桌时,发现在那堆脏浊的鞋底附着物中，有一小块玻璃碴，这说明小川曾在短时间内从碎玻璃碴中穿行过，那皮鞋底发出的嗑嗑声，就是扎在上边的碎玻璃发出的。当我注意到小川的皮鞋时，他显得格外反常地紧张。

"小川离开我的房间时，送给我一株新做的半枝莲标本。小川说是上午在单位院子里采摘做成的。那株半枝莲标本鲜艳地含苞待放着，被展压得很平。

"这里面就有了一个问题。昨天上午阳光绚烂，半枝莲应该旺旺地盛开，只有晚上或夜间半枝莲才是合闭的。小川的标本是一株闭合着的半枝莲，由此可见，这株半枝莲绝对不会是在洒满阳光的上午采摘的，而是在前一天晚上或夜里采摘的。这种特殊花色的半枝莲在我们这个城市里，只有我单位的院子里才有，是总务长的女儿从国外带回来的。这说明小川在前一天的夜晚曾来过单位。单位的地点在沙漏街上，而郎内局长的出事地点也在沙漏街，所以小川肯定到过沙漏街的出事地。他的皮鞋也是在那儿扎上碎玻璃的。

"这样，小川送我的那株夜间采摘的半枝莲标本，以及他鞋子上的碎玻璃，就都有了合理的解释和答案。

"单位里的人都知道，那天小川曾为郎内局长到银行办过事。也许问题就出在钱上。"

小花叙述完她的分析和推理，最后又提升到心理学上边来。她说："小川这种男人，平时低三下四，奴颜婢膝，像个哈巴狗，心理严重压抑和扭曲。日子久了，总有一天他的本性会背叛他的理智，一旦爆发，就会穷凶极恶，丧心病狂，无法收拾，蔫人干大事！"

在小花离开警部之前，史又村警长只询问了一个问题：她对郎内这个人怎么看？

对于这个问题，小花做了如下的回答：

"我只跟你史警长一个人说，你不要告诉别人。

"我很感激郎内这个人，甚至可以说有点喜欢他。但郎内这个人实在奇怪，他对我的好，似乎专门是做给别人看的，越是当着大家的面，他就越发透出对我的关心和热情。实际上，当他单独和我在一起时非常冷漠，常常心不在焉、无话可说。这只有我自己知道。凭直觉，我觉得郎内局长根本就不爱女人，他的兴趣全在别处。除了当官，我看他没别的爱好。

"我一直无法明白他。但是，他愿意假装喜欢我做给别人看，也挺好，这样一来，单位里就没人敢跟我过不去了。其实，我明明知道郎内对我根本就没有什么兴趣。"

小花的回答使史又村始料不及，因为这是一个与本案无关的答复，但它诱发了史又村警长对郎内这个人的某种特别的兴趣。

送走了小花，已临近中午。史又村草草吃了午饭，就开车上路了。他去拜访一个人，一个迟迟还没有露面的人。他怀着对郎内的一种特别的好奇心，急于见到这个人——郎内的妻子。

史又村一边开车沉思，一边向车窗外边瞭望。汽车穿过繁闹拥挤的市中心，街道明显地豁然开朗起来。郊区的马路上，车影寥落，行人稀疏，天空也显得高邈，晴空一碧。仿佛除了时间随着车轮的运转在流逝，天地万物都阒寂无声。只有公路两旁一排排黑褐色的秃树上，几只怪鸟起起落落。再远处，突兀的山石，枯萎的蕨草，静谧的土坡，使他訇然驶入一个剪纸般停滞的世界。他一路用余光抚摸着那些枯枝老树，粗大的树身在这冷清的深秋季节，散发着卓尔不群、孤傲沧桑的魅力。秃树，永远比那种吐绿绽红的春天茂树，更能打动他。他不禁想起中国古代一首叫作《枯树赋》的词，由于多少年来被历代文人墨客的忽视，早已被覆盖埋没在浩如烟海的万卷诗书之下。他想，这个世界被掩埋的东西太多太多了。

笔直的路面使得他的思路一泻千里地流淌,他对远远地隐没在郎内尸体后边的郎内的妻子,充满了联翩的遐想。

小川看到的是他想看到的

两天以后,发生了一件乱中生乱的事,给悬而未定的郎内事件又增添了一分神秘的色彩——郎内的中间抽屉被撬了,撬完之后又按原样拧上螺丝,但毕竟留下木屑破碎的痕迹。就是上一次史又村警长在郎内的办公室里看到的在小川发言戛然而止之时所有人注视的那一个抽屉。

史又村警长当即亲临现场,并对现场进行了仔细的勘查和取样。经过专门人员的鉴定,发现在抽屉的把手上留着秘书小川的指纹,在抽屉的角缝处夹着一根资料员小花的头发。此外,在抽屉里众多的文件中发现了一份极为奇怪的材料,这是一份有关十五年前的一桩情报事故的处理报告,报告的原件不翼而飞,只有一份拓蓝纸的复写件。由于年代久远,纸页已经枯黄,字迹已显得发虚。但之所以说它奇怪,是因为这一份十五年前的文件材料,却写在了十五年后刚刚运出印刷厂的单位专用纸上。在纸页的左下角处,"××印刷厂出品"的字样后面,清晰地印着两个月前的出厂日期。

十五年前写成的报告文字,以及十五年的光阴岁月在纸页上枯黄的褪色痕迹,都移落到许多年之后今天的崭新的纸页上,实在蹊跷。显然,是有人对这份材料做了手脚。

据单位的总务长说,"这一批两个月前刚刚出厂的单位专用稿纸,只有冷副局长一人领用过,其余的纸张都锁在库房的大柜里,无人动用。"

205

这样看来，抽屉事件除了花资料员和秘书小川之外，无疑还与老冷有关。

史又村警长在现场勘查时，就已经通过一些不易察觉的蛛丝马迹，初步断定这是一起内盗案。而且，从抽屉旋凿撬痕的倾斜方向和旋力角度，可以断定撬窃者是个"左撇子"。

于是，他当场就做了一个实验，对在郎内办公室里围观的几个人，忽然用投抛的办法来了个分发式的递烟。他观察到，在几个人猝不及防地接住烟卷的动作中，只有一个人立刻伸出左手接住。这一本能的反应，无疑说明此人是个"左撇子"。

史又村心中已暗暗有数。但是，他还没有弄清此人的动机和目的，不宜过早暴露。他想，也许可以沿着这一线索顺藤摸瓜，摸到抽屉事件后边的那一个更大的疑案上去。

史又村便不动声色地离开了。

回到警部，他正准备坐下来全盘周密地把这一切来来回回地思索一遍，忽然，他的房门像被一阵风轻轻吹拂似的悠然而开，门外并没有人。

他起身，走向屋门，正欲关门，发现一个人正站在门外的走廊里，犹犹豫豫、欲进欲退的样子。

郎内案件后，这是第三个主动找到史又村警长的人，此人就是秘书小川。

小川的到来，给这本来就纷乱如麻的驶向多种可能的线索，又平添了一个叵测的可能。

小川的揭发口述是这样的：

"郎内局长的抽屉我的确打开过，但我发誓那抽屉不是我所撬。

"每天，我都是第一个来到单位。今天清早，我打开房门后，就发现那个抽屉被撬开过。看得出撬锁者本来是想按原样再把螺丝拧上，但螺丝孔已经糟朽损坏，无法复原得不露痕迹。房间的屋门是用钥匙打开的，所以此人一定是拥有房门钥匙的人。

"这个房门的钥匙，除了我和郎内局长拥有，以及老总务长办公室墙壁上挂着一大串所有房间的钥匙以外，另外只有一人持有这个房间的钥匙。十五年前，冷副局长和当时还是副局长的郎内都在这个房间办公，后来，郎内提升为局长后，冷副局长就搬到另外一个房间，就是他现在办公的房间。但是，原来的钥匙他并没有交出。当时，老冷与郎内的关系极为紧张，钥匙的事便没有顾上，后来也就不了了之。

"我打开了那个抽屉，查看了里边的文件材料，发现其中有一份被人动过了，就是我最关心的那一份涉及到十五年前一桩至今未解的疑案的报告材料。许多年前的这件事我记忆犹新，我记得清清楚楚这份材料是在郎内局长的特别主持下、由我们下属的一个单位的负责人老A所写。虽然当时冷副局长认为这份材料含混不清、缺乏证据，而且他模模糊糊地提出过这里边遮掩了什么，不宜匆忙结案，但他又抓不到他想得到的证据。后来，迫于种种压力，他虽然心存疑虑，也只好签了字，草草了结。但是，今天我发现抽屉里的这一份报告材料由原件变成了复写件，而且，老冷的签名不见了，只剩下郎内局长的签名。

"我现在手里有一份十五年前那份报告原件的复写件，是几天前我从资料室的顶柜上找出来的。你看，在这儿。这里的签名明明有冷副局长。

"我在向警部报告抽屉被撬之前，曾对两份复写件做了仔细的比较，我发现了破绽：

"抽屉里的这一份显然是伪造的，伪造者是在原件下边放上拓蓝纸，然后像描红模子那样，一笔一笔在原件的字迹上描摹，最后的签名再按照郎内名字的笔迹拓描上去,这样制作了一份复印件,而老冷的签名就不翼而飞了。看来,此人的目的是想抹去冷副局长的签名。也许,他不知道另有一份当时的复写件留在资料室保存。

"我还注意到,这个人的字迹笔道一律是由右向左,可见此人是一个用左手写字的人。单位里只有老冷一人是'左撇子'。

"由上述推断,这个人只能是老冷本人。

"至于抽屉里那份报告纸页上边的枯黄,也是破绽百出:

"这份材料是在抽屉里叠起来存放的,若它是十五年前的那一份,就应该是叠在里边的那一面发白,露在外面的这一面发黄。而这张纸页里里外外都呈黄色,显然不合常理。他是用淡茶水轻轻涂抹,然后晾干,经过精心制作使纸页变黄的。"

小川说到此,言犹未尽。他接下来就抽屉事件引申到郎内案件上边去:

"我在郎内局长身边多年,十分清楚郎内与老冷之间从来都是桌面上递烟,桌子底下使绊,表面顾全大局,暗中固守己见,同时又绝不会让外人看到。但这一切都瞒不过我的眼睛。这两人成为明和暗斗的对手,大约是从十五年前那一桩莫名其妙的情报事故后开始的。这事发生不久,我们下属的那个写事故报告的叫作老A的负责人就死了,据说死于他自己产生的一阵奇怪的窒息。但我并不清楚,那一桩情报事故,为何使郎内与老冷从此暗暗结仇,视为对手。

"从他们多年的仇视心理来看,老冷有充足的动机杀掉郎内。而且,在郎内出事后的第一个早晨,他一反常态,早早地第一个就来到单位,表情十分奇怪。他的鼻子如同一只红灿灿的番石榴,熠熠生辉,上下左右动个不停。往常,只有当他焦虑紧张到无以复加的时候,才会出现这种难以自制的情形。当他的对手忽然死掉,他应该无比舒心轻松才是。所以，他的表情绝对反常。另外，那天我还观察到，他的手指失控地在茶杯上乱敲。显然，他心里有愧，坐立不安，却又想掩饰什么。"

最后，秘书小川以"我会找到充足的证据来揭穿老冷这个杀人凶手的"作为他的结束语。

送走小川之后，史又村警长关上了房门。他把两天来所获得的混乱如麻的揭发材料在脑中过滤了一遍。他的脑袋像一台录音机，无声地重放了那些重要部分。他想，抽屉被撬，文件涂改，从动机到意图，以及现有的证据，看来此人已基本清楚。但抽屉被撬事件，并没有与郎内被杀一案发生合乎逻辑的关联。

史又村警长一边专注于脑中的声音，一边在纸上信手画着：

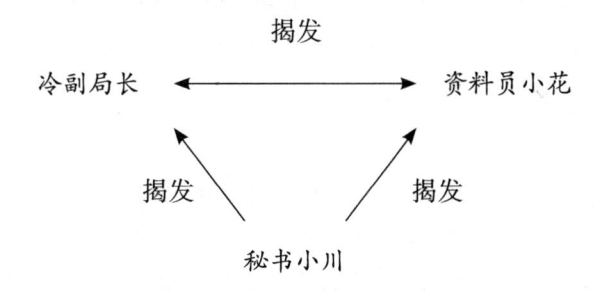

```
              揭发
冷副局长 ←————→ 资料员小花
        ↖        ↗
      揭发        揭发
           秘书小川
```

尾　声　我的隐蔽生活

我在这个远离故土的亚热带小镇安居已久，对城市生活的记忆已经随着时光的流逝而日益淡漠。我的身体还没有出现任何衰老的征兆，但我的心已经完完全全地开始了老人般的沉思默想的生活。我不再有任何新鲜感，对世事亦不再感到不可思议。所有的未来其实都是过去。但我并不觉得生活的冰冷和绝望，我只是像缓慢无声的流水在时间这个庞大无形的容器里舒展而行。

这种水一样随和的生活态度，是一种无所谓的境界。而这种无所谓，其实是最大的自我克制才能够达到的境界。

我不喜欢盛大的聚会，也不喜欢交谈。交谈是没有结果的。早年我曾那么热爱交谈，无论是坐在一起娓娓道来，絮絮而谈，还是与远方的友人书信来去，纸墨传声。我曾信奉言辞即是道路，曾对此兴味十足，乐此不疲很多年之久。而现在，我觉得交谈是一件多么徒劳愚蠢的事情。

情感生活也不再像早年那样成为我生命中的重大问题。爱，是一种困难。我曾在一首歌中听到，"透过你的双眼，美丽的谎言，透过你的双眼，一切都在变……"经过漫长岁月的磨砺，我对此悟出了另外一番理解。

有一天，我从一本老书上，看到这样一段文字：

某个人来到被他所爱的人的门前，敲门。里边一个声音问道："是谁？"

回答说："是我。"

里面那个声音答："这里没有你和我的位置。"

门依然关着。

在孤独和空虚的长长几年之后，这个人又回到他所爱的人的门前。他敲门。

里边的声音问道："是谁？"

这个人说:"是你。"

门为他开了。

这就是我现在对于爱情的另一种理解。

每天,我的大部分时光都在自己的房间里度过。我曾对走廊外边一只硕大的老鼠的行踪进行观察。它为了获取我每天丢到垃圾箱里吃剩的食物,居然准确地掌握了我一日三餐的时间。我吃饭的时候,它就不声不响地等候在纱门外边,小眼睛一眨一眨可怜巴巴地望着我。待垃圾箱里倒进残羹剩饭之后,它就在门帘处不见了。一会儿工夫,它便拖着圆滚滚的肚子,趾高气扬地从我的纱门前走过,回到走廊外它自己的家里去。它对于我的起居时间这一份情报的获得,足以证明它对我进行了长时间的观察;而我对于它这一观察成果的了如指掌,也足以说明我对它的观察之细微。我对光线在墙壁上的缓慢行走、空气的湿度与情绪的关系以及时间是如何由思想的流动构成的,等等,进行了大量的观察和记录。宇宙万物,无论是存在物质的,抑或抽象精神的,都在我的观察范畴之中。这些事为我的幽闭症提供了取之不尽的生活源泉。早年,我也曾有过这种涂涂写写的嗜好,但是现在它已经完全构成了我的生活方式和目的本身。常年的幽闭症,培养了我对于事物的专注品质。在别人眼里,我也许像一个囚徒,可是,那无形的围墙铁栅恰恰是我自己安置的,我对那一层无坚可摧的围栏的不可或缺的依恋,到达了丧心病狂的程度,离开它我几乎不能存活。

我喜欢自己作为一个陌生人在小镇的街巷走过。人人觉得我是一个陌生人以及我觉得人人的脸孔都很陌生,我感觉永远令我惬意。在我身上,你看不到这闭塞的小镇上人们的淳朴,你也绝对看不到我身上大都市的虚荣。你看不出我的目光来自古老神秘的东方。

在我的生活中，我几乎不需要"你"字。所有的人和事，在我的思维关系网里都成为间接的"他"或"它"。甚至，我对于我自己，在思维中也是以"她"的角度出现。

沙漏街的生活已成为往昔，我眺望着遥远的记忆，时间如一条环状之水，在我眼前回转，我仿佛看到的是一个陌生人的过去。郎内这个人，的确是在久远年代里与我有过关联的一个人。他本人仿佛就是一个寓言，从十五年前的一个小说里走进我的生活，然后又从现实的生活中回到十五年之后我的这一篇小说中来。

随着时光的流逝，世事的变迁，人们对早年那一桩莫名其妙的事件已经淡忘，有几次我曾被过去的友人召唤，返回沙漏街。但我终于断然拒绝了重新回到过去人群里的生活。我觉得，在这个时代里，认为一百个人的生活肯定比一个人的生活更温暖，有时候就如同认定"知识就是力量"一样幼稚而荒诞（知识难道比权力更有力量吗）。在我认同的为数甚少的几位哲学家中，有一个叫作索伦·克尔凯郭尔的，他在谈论个体与群体、多数人与少数人的问题时，曾非常坦白地说道，灵魂的优越之处在于只看重个体。我以为甚是。一百个人与一个人并不能说明什么本质问题。我已经热爱上了我现在这种离群索居的清醒的生活，它远比半睡不醒、东拉西扯的群体生活有效率和有质量得多。

在我的记忆中，无论是我的成长期抑或成人后的任何阶段，我永远都无能为力地处于少数的状态而存在。幸好，我并不为自己身处少数这一尴尬地位而自卑，恰恰相反，我始终以为浴缸中那些覆盖整个水面的爽身泡沫并不能洗掉身上的污渍，而倒是涂抹在身体上的那少少的几滴浴液清洗剂起着本质的作用。多数人很多时候就是那茂盛的泡沫，是一种虚弱而空洞的力量。能够在较长时间里以及在较高的层次上，安于寂寞，我以为才是真正的力量。

所以，独自承担自己这一漫长处境的习惯，早已使我逐步地适应了被沸沸扬扬的多数所遗弃、被轰轰烈烈推波助澜的多数丢落在一边的孤单处境。

思量再三，我决意再也不回到过去里。让沙漏街永远成为一个早年的记忆。

这个隐蔽的亚热带小镇，已成为我的家园和归宿。我被命运抛到这里，但是，现在我觉得这里其实才真正是我的追求。

有一天黄昏，我在潘笛（排箫）悠婉的乐声中，回忆起一个与我曾有秘密关系的友人，我曾在这个远在西半球的爱尔兰岛上过着幽居生活的友人家中生活过，得到过她温暖的呵护。我忆起我曾在那栋两层的暗红色老房子前边的花园里，第一次使用锄草机修理草坪的情景，忆起考里厄吾德街萧条的雨声和孤独行走的黑猫，忆起有一次我曾在低徊环绕整个房宅的潘笛声中彻腑绝望地面窗独泣，我的这位友人就站立在我身后几步远的地方一动不动看着我，而不是像其他人那样会走上前来安抚我，因为她根本无须靠近我，就可以用她的目光在我的身后支撑起一面墙壁，使我安放漂泊的疲劳和孤寂。我曾向她谈论过我的预感，我说，我始终冥冥觉得在那个加害于我的老 A 身后还暗藏着一个人，但我无法看到他，我的处境好像是一个政治游戏的牺牲品，我曾做过的短暂的新闻情报工作也显得极不真实，像是别人的一个交易，一个玩笑。我的这个友人说，其实所有的事物都是游戏，只不过有些做得认真而有些做得不太认真，不太认真的事就会成为认真的事的牺牲品。有的人对权和钱认真，有的人对女人认真，有的人对功名认真。不过如此而已。老 A 不是已经死掉了吗？空气是由上帝的目光所组成。

就在这一天傍晚,当这些遥远的回忆随着潘笛声占领了我的思绪,我全身的神经都爬满了某种尖锐的预感的时候,我忽然接到了我这位久违的爱尔兰岛上友人的电话,她告诉了我关于郎内莫名其妙地死亡的消息,她还说有一位姓冷的副局长正在上报,准备重新审理发生于十五年前的那桩疑案。

她再一次强调说,空气是由上帝的目光所组成。

于是,我敬畏地看了看弥散四周的空气。这无声、无色又无形的东西,使我在一瞬间理解了什么是真正的力量。

开　始

史又村警长那天送走秘书小川之后,也随即失踪。直到两天后的中午,史又村像是从天而降,手里拿着一摞卷宗,回到他的警部办公室。

他的上司把他叫过去,指着等候在一旁的一位手缠绷带、脸上有明显伤痕的中年男子说,这个郎内案件的当事人已经等你很长时间了,请带过去做一下口供记录。

史又村对着这个突如其来送上门的当事者疑虑地看了看,然后就把他带到自己的办公室。

这位据说是当事人的中年男子做了如下的口供:

"我是××出租汽车公司的司机,这是我的证件。

"五天前的凌晨四点多钟,我如约去接一位乘客。那天,雾气很浓,天色灰蒙蒙,我似醒非醒地开着我的汽车。当我行驶到沙漏街的时候，汽车右前轮轮胎忽然爆裂，车身失去控制地向右侧的路牙猛然冲去。不用说，我出了车祸。我看到了前方几步远的一个男人向我转过身，然后倒下去。但我用我的儿子发誓：我并没有碰撞到他！因为，我的汽车失控后，撞到了路牙上边的一个树桩上，距离那个人大约还有三四米远。这之前，他是背朝着我，沿着与我汽车相同的行驶方向向前走着。大概是我的汽车轮胎爆裂声以及撞到树桩上的声音惊吓了他，他迅速本能地回身转向撞击声这边，而这时我车前的玻璃窗被树桩击碎，稀稀落落的几片玻璃像几只清脆的鸟，从撞击处呼啦啦腾空飞起，呈散射状向前飞出去。一块尖利的大玻璃片正好刺进那个转身朝向我的男人的胸口。你也许不相信，怎么会这么不偏不倚正中他的心脏呢？可事实的确如此。这一切都是在一瞬间完成。那个人好像专程在此等候并转过身来迎接我汽车上飞出去的那一块玻璃片；那碎玻璃也是鬼使神差，居然能够绕开那树桩前面的一个废弃的铁架，闪了一个弧线才驶向那男人，我无法解释这一切，可事实的确如此。

"我看到那男人倒下后，没有起来，也没有发出呻吟和喊叫，一动不动躺在地上。我想，这下坏了，他肯定出事了。我担心留下痕迹，不敢走过去看他。

"这时，沙漏街一个人影也没有。我低头看了看转向横拉杆并没有断裂，就匆匆忙忙跳下车，用千斤顶把车子支起，又取出轮胎套管和扳手，换上了备用轮胎，急忙蹿回到车里。当然，我没有忘记把那只爆裂的坏轮胎扔进汽车后备箱。然后，我又看了看那个男人，他依然躺在那儿没动静。我盼望他的身体能够动一动，但又害怕他会忽然站起来走向我。我再也不敢耽搁，开车就跑了。

"接下来我看到的，无论如何别人是无法相信了。当我开起车向前滑行几步远的时候，我看到有一束长长的黑影从天空投下，我循着那道光影向上一望,天啊,我看到空中一双无身之足隐没在云雾中,正踏出上帝般的灵光。也许是我被吓破了胆,眼睛出了毛病,也许世间真的有神灵,反正那绝对不是幻觉……那肯定就是上帝的脚!

"……就这些。"

史又村警长审理完当事人,便拿着当事人的口供和他在"失踪"的两天里不知从哪儿搞来的一摞卷宗,去向他的上司报告。

他说,"郎内案件似乎可以了结了。但是,也可以说,这个案件才刚开始,十五年前那一桩莫名其妙的情报事故,以及在这场不清不白的事故中忽然失踪的一位年轻女子,至今都还没有下落。"

疑案刚刚开始。

史又村低头望了望那一摞十五年前的已经泛黄的卷宗,摇摇头。他似乎看到里边的字迹互相搏斗撕扯起来,横平竖直的笔迹影子般地穿梭,并发出模糊不清的喧哗声。他知道那绝对是丧失了真实性的声音,因为历史的记忆总是带有创造性的。

破　开

　　他把一个女人往天上一抛
　　那女人至今还在空中悬浮

　　　　　　　——亚历山大·叶列缅科

　　我和我的朋友殒楠在忽然变得空洞寂寥了的机场候机室里一下子清澈明晰起来，我们的声音也从刚才的淹没在嘈杂纷乱天南地北的语调中抽脱出来，一时间显得嗓音大了许多，我甚至听到了她那熟悉的气息。刚才这里还是黑压压一片喧哗起伏的人头，波浪一般的手臂层层叠叠地举向舷舱入口处的机场小姐，很像是好得要死却结不成婚或者厌倦得要死却离不成婚的人抢购特赦证书似的争先检票，获准通过，捷足先登，生怕被飞机丢下，赶不上这一历史性的时刻。

　　其实，前后总共不过十几分钟时间。

　　我们不急。我们甚至有一种赛着沉着的心理。

沉着是由生活的阅历构成，那一种坦然面对一切的以不变应万变的素质，我不及殒楠。她有一次说我在生活中像个受惊的小动物，比如陷阱丛生的森林里的一只母鹿，面临杀戮奔赴哪一家的餐宴即将成为盘中美食的一只母羊，丧失了侵略天性的四面楚歌的一只母狼……然后，她想了想，又统统把"母"字去掉，她说她不喜欢在我的一切称谓前多出一个"母"字，这个字不属于我，这个字有时候被世俗的性别偏见把它与愚蠢、软弱、被动、无能之类的贬义词汇联系或等同起来。她说，她喜欢我那"弟弟式的妹妹"或"妹妹式的弟弟"的样子，潇洒智慧、怪异而惊人的那种妩媚。

她津津乐道地向我谈论她家里的两只狗，她给那只母狗起名叫作逗号，给另一只公狗起名叫作句号。她说，逗号很爱句号，爱得很专注；句号也爱逗号，只是句号爱逗号的时候，同时还惦记着邻居家的母狗。她管那一只母狗叫作冒号，她说，若有哪一只不知好歹、贼胆包天的公狗胆敢亲近冒号，句号便会呼啸着从它的爱侣逗号身边跃蹿出去，嘴里呼呼噜噜霸气十足地呜呜响着。她说，句号的行为使得冒号至今没有伴侣，冒号总是引颈以待、孤苦伶仃的样子，仿佛随时都有提示并引出下文的危险。

"男人嘛，就是这样。"殒楠说，"在我的家乡，曾有一对相爱的男女，由于他们的婚姻遭到双方父母的反对，于是两人暗暗发誓要在山城里最高的那座青石上跳崖，以命殉情。终于，在一天傍晚，夕阳还没有完全退尽，两人牵着手双双沿着肠子般的山道，盘环而上。两人来到山顶的悬崖前，相拥而坐，在冷漠的雨雾中，在荒草萋萋、枯叶呻吟的衬托下，两个人不断地呼唤着对方的名字，海誓山盟度过了一段稠密的时光。渐渐晚风袭来，夜色四合。女人说，今生不能，让我们来世再聚。你先跳吧，我随你而去。男人说，说好了，我们来世在一起，你可不要让我找不到你。你先跳吧，我随你而去。结果，那女人一咬牙一跺脚，纵身跳下无底的悬崖。这时，那男人方才如梦初醒，探出身子向下眺望，用力倾听女人坠落到底的惨叫声。可是，深不见底的悬崖哪里还听得到什么声音。他一个人在山顶害怕起来，既不敢跳下去，又不敢沿山路退回去面对女人的父母。一个人在山顶思前想后，趁着夜色痛痛快快哭了一整夜。第二天早上，玫瑰红的晨曦暖暖地铺洒在他的身旁，喷薄欲出的太阳金光灿灿，如一只圆圆的鸡蛋煎饼。他感到饿了，便从坐了一夜的树根上站起来，眼前一阵发黑，他觉得困了，然后他就一个人下山回家去了。哎，男人嘛。"

我说，"这很像一出荒诞戏。"

"问题是，男人多把生活看成戏，而女人多把戏当成生活。"她说，"一般来说，两个人较量，更坏的那个人取胜。这尤其适于男女之间。"

我的朋友殒楠，她的语言有着一种天赋的挡不住的艺术质感，她源源不断随意丢出的那些怪诞的词语组合，常常让我一唱三叹，感慨系之，觉得自己的徒有虚表的嘴唇简直只配是一只漂亮而无用的红虫子，只会吃东西。

我们不在一起的时候，我便可以收到她长长的美丽至极的信。有一次，她在信中说，"我现在坐下来给你写信，长得像老人写回忆录，我提炼着我的生活和经验，试图比较清楚地告诉你点什么，有点像摆家什。唯一不太好弄的是我的激情，到这把年纪了，还如此少年，大有活到老学到老束缚到老之态了（其实，殒楠不过三十多岁，她只不过是想在比她小四岁的我面前炫耀一下岁月的沧桑）……我总想在这山城的江边买下一幢木屋，你过来的时候，我们悠悠闲闲地倾听低浑的涛声水声，远眺绵延的荒丘秃岭，那是个心静如水的日子……"在信的结尾处，殒楠十分吝啬地对我抒了几句半玩笑半当真的情，但紧接着她又迫不及待地追上去两个字:"牙倒!"以对自己最后那酸溜溜的几句话来个消解、稀释和自嘲。"牙倒"让我暗笑半天,我仿佛看见她那纤长的手指在纸页上优雅地滑动,指尖上袅绕着挥之不去的艺术的敏感。

很多时候,我们根本没有说话,言语也会以沉默的方式涌向对方,对话依然神秘莫测地存在着。对心有灵犀的人来说,言语并非一定靠声音来传递。

记得埃利·维泽尔在《卡西迪派的庆典》里曾提到,被时空隔开的两个人也能互相理解。一个人提出一个问题,过了一些时候,离她很远的另一个人也问了些什么,而她没有料到,她的问题就是对第一个人的问题的答复。

这会儿,机场大厅里的人流正在缓慢地进入舱口,空气渐渐显得空洞松散起来。

殒楠侧过身,眯起眼睛望着我。她的脸孔总能够把冷峻与温柔、沧桑与天真这两种相互对立相互排斥的特质微妙地融为一体。她像一个熟识的陌生人那样转过头来看我,出门前刚刚洗过的栗黑色的短发蓬松地在她的脸颊旁边跳跃,像一蓬生命力旺盛的乱草,从她那惯于胡思乱想的头脑中飞扬出来。微微蹙着眉,白皙的脸孔上闪烁着她那一种独特的冷漠的激动。不涂口红的嘴唇,透出有点贫血的苍白。顾长而懒散的腿,绷在淡棕色的牛仔裤里,伸向与她的目光相反的一边。她举起洁净的长手指,抚一抚自己从不化妆的显得空空荡荡的脸孔,仿佛在拂去尘埃。想象中的尘埃。她的一个经常的习惯性的动作。

她的朋友很像我曾在维多利亚沙漠的一个部落里见到过的一位女首领,这位女首领的仪容俊美,侠义、热烈而冷酷,她的血管里既涌动着对自己同胞姐妹的怜爱,又燃烧着某种刻骨的仇恨,这仇恨既有民族（种族）的仇恨，又有性别的仇恨。

殒楠的脸孔比起那位女首领多了一份高贵、心平气和与现代文明城市的生活痕迹。她侧身眯起长长的眼帘凝望我的表情我十分熟悉，但是我始终把握不准这表情深处的内在含义，因为它曾在多种不同的语言和情感氛围里出现。

有一次，某一位官员隆重提倡全国妇女们都要穿旗袍。这腰身美妙的国粹宝物的确曾杀伤力极强地摧毁过国内外全体男性的眼睛，令之心旌摇荡。但是这种倡议却使得满街呼呼啦啦的旗袍们变成了一种工具。那一天，我和殒楠正站立在远离N城的南国的江边眺望污浊的浑水，脚下的泥泞绵延到我们的心里，灰天灰地灰水把我们笼罩得格外惆怅。那一天，殒楠就是这样眯起眼睛看我，看了很久，然后目光转向江面。正是黄昏时分，夕阳把粼粼的水面涂染得半江瑟瑟半江红。殒楠的思绪仿佛心不在焉地停泊在平淡无奇的江面，又像是匿隐在什么重重心事之中。

她淡淡地自语般地说，"性别意识的淡化应该说是人类文明的一种进步。我们首先是一个人，然后才是一个女人。有的男人总是把我们的性别挡在我们本人的前面，做出一种对女性貌似恭敬不违的样子，实际上这后面潜藏着把我们女人束之高阁、一边去凉快、不与之一般见识的险恶用心，一种掩埋得格外精心的性别敌视。这种来自先天或后天的敌意有时候被隐匿得连他自己都不知道。性沟，是未来人类最大的争战。"

我说，"你不觉得这用心的后面有一些是出于对女人的恐惧吗？"

"当然有这种心理，只有最出色的男人才敢和优秀的女人做朋友。一般的男人只敢找女人做老婆或者情人。"殒楠说。

"唉，男人嘛。"

"包括男人在议论女性作家或者艺术家的作品的时候,"殒楠说,"也经常是这样,他们看到的只不过是她们最女人气的那一方面,是一种性别立场,他并不在乎它的艺术特质。有一个男人在评论法国女作家弗朗索瓦丝·萨冈时说,可怜的老弗朗索瓦丝·萨冈,如今她已人老珠黄,再也赶不上当今的文学新潮和后起之秀了。表面上看,她在美国的经历就像那些中古时期美人的生平:十四岁花开,十五岁被采,三十岁色衰,四十岁满脸皱纹。后来有一位女人,以牙还牙,她虚构了一个叫作弗朗索瓦·萨冈的男性作家,对他进行了回敬。她说,可怜的老弗朗索瓦·萨冈……表面上看,他在美国的经历就像那些中古时期游吟诗人的生平:十四岁手淫,十五岁初试云雨情,三十岁阳痿,四十岁患上了前列腺炎……这就是男人和女人的立场鏖沟。"

她的话像看不见的小刀子,锋刃锐利地浮游在那一天凛冽的江边。

我的朋友殒楠是一位出色而尖锐的艺术批评家。

这一天,我们倚着江边湿漉漉的石岩,各自点上一支香烟。后来,几片铅灰色的雷雨云浮游到我们的头顶,一滴凉凉的雨珠垂落在殒楠陡峭白皙的脸颊上。我举起左手,用尖细的食指骨节刮掉那颗雨珠。

一般说来,女人之间是需要保持身体距离的,正如同男人们在一起一样,需要维护自己私人感觉的一点点领地。但是,这种距离随着相互之间的亲密程度而缩短。就我的个人经验而言,我以为在男人和女人无限多的不同之中,这一点上的差别尤为突出。女人们是比较容易相互接近并亲密起来的性别类群。

我对殒楠说,在我活过的三十年里,我听到过的最美妙的称呼只有两个:一个是旧时我的一位当画家的情人他曾公开叫我"黛哥儿"(我的名字叫黛二);另一个是我的某一位前夫在一次给我的来信中称我是"我的小娘子"却被我误读成"我的小婊子"。我立刻挂电话告诉他我是多么地喜爱"我的小姨子"这一叫法,这真是我的不很长久的女性生命史上最辉煌、最动人不已的、给予我最高生命价值定位的叫法,一座复杂庞大的思想体系和迷宫般诱人的肉体的里程碑。他立刻纠正说他实际上称呼的是"我的小娘子"而不是"我的小姨子",虽然我感到失望,但我仍然感谢他给了我"我的小姨子"这一美妙的至高无上的称呼的想象。

殒楠惬意地笑,亲昵地把她自己指间的那一支香烟举到我的唇边。我深深地吸了一口,如同品味我们弥足珍贵的情谊。

然后,我抬头看她。于是我又看到了她那侧着脸眯起眼睛凝神专注地望着我的神情,她的乳白色的颈项和被黄昏的小风吹拂起来的深栗色的短发,也一同随着她的目光朝向我。

那一天,我们灭掉了香烟,已是傍晚时分。黑雨云搅乱了我们原本的江边野餐计划,轻曼的雨珠已经微声细语地滑落到我们随风舞动的衣衫和光滑的额头上。我们宽大的上衣向着对方发出快乐的尖叫。

殒楠说,"你知道吗,我们俩的额头长得很相像。"

我用手抚了抚自己的脑门,说,"这地方是我们思想的前廊,是我们庞杂的精神大厦的门堂,所以这里边和内部无论是斑斓的彩虹还是凋残的破蜘蛛网,你我的构造也恐怕是大同小异了。"

殒楠搂搂我的肩,表示赞同。

然后,她抬头望望储满阴雨的天空,说,"好了,今天这个'前廊'和'门堂'的会餐就到此结束吧,它永远吃不到我们的肚子里边去。我们现在去吃一种最能勾引人欲望的食物好不好?"

如果用热爱吃来衡量一个人是否热爱生活的话,那么我的确不能算是一个生活的强烈爱好者。我想不出任何一种食物让我牵肠挂肚流连忘返,像思念一个人那样刻骨铭心。

关于吃，殒楠比我津津有味并且擅长此道得多。她的胃总是很有灵感，遇到合乎她口味的食物，比如面条之类，她的话就会变得像是把细嚼慢咽吃进肚子里边去的那一根根面条衔接起来那么长，绵绵延延说不完。

我的朋友殒楠比我热爱生活和生命。

殒楠说，"我们去吃这个江边山城里最有特色的火锅好不好？它辣得如同一场梦幻，殷红得好像最浓的爱情。"

然后，殒楠牵住我的一只手，它们自自然然地钩在一起，一同滑进她暖暖的衣兜里。

我们向堤岸阑珊的渔火灯光走去。

这会儿，我和殒楠将乘坐南方航空公司的波音747回到我生活的那个北方的文化古都——N城。再过不到半小时，我们即将离开殒楠的家乡——一座江南的阴雨缠绵的山城。

在这座灰雾蒙蒙的江边小城，阳光都湿淋淋的，高高低低曲曲折折的石板小路总是把我的没有方向的脚步诱到江边，使我在散布着乌篷船和汽笛悠然的江轮的岸边久久伫立，仿佛我是专程来这个东方的雾都等候一个人。

坦白地说，我真的不知道我是否正在等待一个什么人降临。回想起，我在我活过的三十年里其实一直在等待。早年我曾奢望这个致命的人一定是位男子，智慧、英俊而柔美。后来我放弃了性别要求，我以为作为一个女人只能或者必须期待一个男人这个观念，无非是几千年遗传下来的约定俗成的带有强制性的习惯，为了在这个充满对抗性的世界生存下去，一个女人必须选择一个男人，以加入"大多数"成为"正常"，这是一种别无选择的选择。但是，我并不以为然，我更愿意把一个人的性别放在他本身的质量后边，我不再在乎男女性别，也不在乎身处"少数",而且并不以为"异常"。我觉得人与人之间的亲和力,不仅体现在男人与女人之间,它其实也是我们女人之间长久以来被荒废了的一种生命力潜能。(这种改变是在我系统地研究了人类性别的多种可能性倾向和性别深处复杂的原始潜能之后,在我走访了澳洲和欧洲的一些现代文明古国之后发生的。)但是他必须是致命的,这一点无疑。

我知道这是一种缘分,刻意不得。也许忽然有一天在你并不期望什么了的时候降临。

正如同七天前,我乘飞机前往这座江边山城的时候,我和美国前总统尼克松的关系在机舱里在一瞬间忽然产生一样。

我到江南这个城市当然是为了找到一个具体的人——我的朋友殒楠。我们曾在长途电话中磋商建立一个真正无性别歧视的女子协会,我们决不标榜任何"女权主义"或"女性主义"的招牌,我们追求真正的性别平等,超性别意识,渴望打破源远流长的纯粹由男人为这个世界建构起来的一统天下的生活、文化以及艺术的规范和准则。长久以来,我们始终在男人们想当然的规则中,以一种惯性被动地接受和适应,我们从来没有我们女人自己的准则,我们的形象是由男性文学艺术家硬朗的笔画雕刻出来的简单化的女人形象,我们的心灵历程与精神史是由男性的"女性问题"专家所建构。一些女性为了在强权的既成的规范中出人头地,努力迎合男人观念中的"女性意识"。我和殒楠在谈到这个问题时曾对此深深为我们的同胞姐妹遗憾。

在长途电话中,殒楠说有几个女性画家朋友提议这个协会的名称定为"第二性"。可是,我和殒楠一致觉得不好,这无疑是对男人为第一性的既成准则的认同和支持。我们说来说去,最后终于达成一致,把这个女人的协会叫作"破开"。

我和尼克松的关系，就是七天前我投奔殒楠去筹划"破开"时，在我登上飞机后不久忽然发生的。

当时，我找到我的座位17A时，已遍体疲惫，虽然飞机还在地面跑道上滑行，我还没有升天，但不知为什么觉得太阳逼近了，有点头晕眼花。我瘫坐在位子里想念着即将见到的殒楠，想象她正安静地坐在兀立江边的那幢两层的小楼里，面朝百叶窗，江面的睡意昏昏的小风从她那只敞开的窗子涌进房间，在她的天花板显得低矮的房间里徘徊。墙壁上挂着一只老式钟表，她依然像以前一样懒得去上弦，仿佛不相信时间和未来，她喜欢让日子过得松弛而悠闲。我想象她坐在房间里，沉着冷静地吐出靛青色香烟雾气的处变不惊的样子，想象她苍白的脸孔和她洞悉世情的眼眸深处的沧桑。这种不慌不忙泰然自若的情态构成一股无法抗拒的力量，无论在哪儿，都令她身边的男男女女们环绕她时像欢快的小马驹一样热情服顺。

这时，飞机乘务小姐走过来，也许是因为我的脸色很难看的缘故，她问我是不是不舒服，我说没问题。然后，她递给我一份报纸，是《人民日报》。这种报纸关心和报道的事情一般都比较重大，成篇整版的国策方针、社论讲话总是使我感到自己热衷的那些具体的或者个人化的问题太渺小，惭愧感常常使我干脆不读这种报纸。我每天总是搜罗一大堆边边角角的小报来读，那些小报的颜色像我爱吃的发黑的全麦面包，喂养着我苍白的思想。这有点像我的人生定位，总是纳入不到主流渠道当中去，总是在任何一种沸沸扬扬的潮流之处，在清寂的边角小道独自漫走。孤独于我是一种最舒服最深刻的情感方式，它几乎成为我生命血液里换不掉的血型，与生俱来，与我相安为伴。

我把空姐送给我的报纸丢在身边空着的座位上，松弛身体闭目养神。飞机正在跑道上颠动而呼啸地滑动，于是我让自己从头到脚沉浸在奔赴一种深挚友情的震颤中。然后，我睁开眼睛按动右手扶把上的黑钮，试图把椅背向后倾仰，以便使那被长期的职业需要弄得僵紧的脊椎骨尽可能放松。

在我向右下方低垂目光的一瞬间，我的余光瞥到了那张《人民日报》，一行醒目的"吊唁美国前总统尼克松逝世"的黑色字幕闯入我的眼睛。

我与尼克松的关系其实只是我与尼克松时代的关系，当我忽然看见尼克松这三个字的时候，我看到的其实也只是我幼年时天真、忧戚、单薄而无辜的生活，我坐在一幢有着深栗色窗户框和麦白色窗户纸的老式大房子里，坐在我父亲在那红色年代中绝望、愤怒的目光里，这目光堵住了我嘴角中鲜花烂漫的童音。我看见这个小女孩双手抱着在贫瘠的梦幻中那瘦骨嶙峋、摇摇晃晃的膝盖，睁大惊恐的眼睛，干枯焦黄的头发如同风中的野麦，她不会梳头发，她在等妈妈回家。她站在纱门外宽阔的前廊上等，站在四合院漆黑残损的木门前等。麻黄色的晾衣绳在她的身后悠悠荡荡，一筹莫展的猫咪耐性极好地在空洞的院子里散步，夏日黄昏的小风环绕她麻秆一般细细的颈间。她像企图过马路的小狗一样东看看西看看，然后猛地蹿到胡同对面的那块高大的白石头上边去，她站得高高的，以便早一分钟看到妈妈从一个出人意料的方向露出身影。没有妈妈的家，算不上是一个家，没有女人的家，算不上是一个家，而这个小女孩还算不上是一个女人……

早在尼克松时代，女人就已在我心中奠定了她在这个世界的辉煌。当一个男人颐指气使地发脾气时，就会有一个女人母牛般默默地忍受，她们像我童年院子里的那棵梨树，浑身上下被东拉西扯沉甸甸的晾衣绳索拴紧坠压，一日日忍辱负重，却依然绽出幽香温馨的梨花。

那一天，我拿起了身边的《人民日报》，映在脑子里的却是童年的一幅幅黑白拓片画。然后,我把报纸放在一边,打算一同放下那遥远的往昔。

我扭过头望望舷窗外边渐渐贴近的蓝天白云,云朵像一只只硕大的白兔悠闲地玩耍。阳光很朗,光线金黄,机翼在琴弦似的光芒上轻曼地拨动,一阵阵银铃般的嗡嗡声舞荡弥漫……

"东风吹,战鼓擂,现在世界上究竟谁怕谁,不是人民怕美帝,而是美帝怕人民……"我混杂在童年小学校里稚嫩的童声齐唱当中,几个跟随尼克松来华访问的美国佬,高兴地听我们演唱,他们听不懂歌词,他们走上前来抱起我们,一个个亲吻我们的脸蛋……记得,我喜欢尼克松们这些长着大鼻子的美国佬。

机身抖动了一下,我从机窗外收回了目光。

我在心里说,再见,尼克松,永别!

好像我此行是专程为了在飞机上与尼克松告别。在高空中天堂的门口。

旅行时身边无人与你搭话闲扯是最大的一件美事。现在,我将拥有一百零几十分钟的时间独自守候内心里的一个人,一份与殒楠有关的温馨的记忆,这是多么好。如果能够放松神经地与自己单独相处,那么我愿每隔两三个小时吃上一粒乘晕宁,使我的生活永远在天上,在飞翔。

我相信偶然和缘分。相信我和我的朋友殒楠之间的姐妹情谊一点不低于爱情的质量。

这会儿,我和殒楠不忙不慌地坐在候机室里,我们将一同从这个低矮的山腹盆地飞往我的家乡——N城。我们不急,不想混杂在棘丛似的灰不溜秋的人群里蜂拥而上,不想把我们从容的脚踝埋没在身前身后一包包肥头大耳的行李下,埋没在随意丢弃的空啤酒罐以及横倒的可口可乐的纸杯里。我们打算在飞机起飞之前十分钟登上机舱。

我对殒楠说,"我要去一下卫生间,我不习惯在天上用厕所,那儿离上帝太近,人间的事,无论是我们女人的还是他们男人的,凡与性器官有关的问题,最好在地上解决,因为上帝是无性别的,我们不要骚扰人家。"

殒楠笑,她的象牙白似的整齐细密的牙齿,像一排光滑的小石墙悠然打开,使得从那里边滑溜出来的每一声笑声都银子般闪闪发亮。

我的朋友殒楠是个天性快乐的女人,一个显得安静而孤独的享乐主义者。她不像我那样总被一些想法纠缠来去,把自己的精神逼到一种绝望的边缘犄角,一种情绪化的顶端,我总是执拗地把自己的脚步煽动得不顾一切,在死胡同里勇往向前。

殒楠不。她常常不动声色地伫立在人群里左观右望,即使是在肮脏得连天空都失去蓝颜色的生意场,她也能心平气和地用她那双沾满小提琴敏感乐声的手指与那些肥硕的专门用来数钞票或者专门操纵印章的大手把握,屏息忍住咽喉的干涩,然后站立在阳光之下游刃有余地咽下人世间最冷酷的现实。

但是一转身,你看到的依然是她轻松而迷人的风采。

殒楠说,"一个人若不能常常变傻,就成不了大人物。川岛芳子说的。"

她曾不止一次地对我说过,无论是在她那茶褐色的柔情的家乡,还是在我生活的这座连太阳都弥漫着功利之光的硬邦邦的N城,"我们真是棋逢对手,天作地合"。

但我知道,在坚硬而现实的生活里,我远没有她那么富于弹性。

这会儿,她倚在那蓝得发凉的候机室的椅背上,表情显得比往日严肃。她松软的澈水一般的目光一动不动落在我的眼睛上,并企图穿过它，在我恍惚不清的思维网络里碰撞到什么掷地有声的东西，又仿佛在用力抓住她自己脑袋里最隐深处某种一闪即逝的念头，或者摆脱某种纠缠不去的却不该存在的什么问题。

我以为她正在走神，没有听到我的话，便转身朝向卫生间方向。

我多年来长久不衰地喜爱着走路的双腿，如同两棵悠闲柔韧的丁香树，散漫随意又稳立自守。有时候我依赖它胜于依赖我的脑袋，因为它经常能够替代我的头脑总结出诸如"没有前方……"或者"后退是前行的另一种方式，退一步海阔而天空"之类的道理。当我的一只脚刚刚在光滑如冰的地面上踏出清脆而小心的一步，殒楠低哑的嗓音便追上我的后背，贴在我的脊骨上：

"嘿……"

我转身。

我看到殒楠的眼睛也许是被午日白晃晃的阳光刺耀的缘故，空中旋转的尘埃晶亮地透过落地的硕大玻璃窗，把粼粼水纹投射在她的眼孔里，她的栗黑色的眼眸散发着琥珀般剔透的莹光。

"怎么？"我说。

她瘦削的脸孔有一种冷静的激情，"你不知道你自己就是一种上帝吗？"她说。

"什么意思？"我一时抓不准这模糊的拥有多种语义可能性的句子。

"你不觉得我们在一起，好像都没有性别了。那个问题……"她顿了一下，"那个问题……好像已退居到不重要的地位。你不觉得这是一个问题吗？"

"好啊，"我笑，"那就为我们的无性别角色干杯！"

说完，我仍旧转身，朝卫生间走去。

当我尾随一个几乎全裸着大腿的穿皮短裤的女人走出卫生间时，我看到那两条白花花的大腿在这冷风砭骨的冬季格外耀眼，仿佛两支茁壮的筷子立在地上自行移动。我想起穿着半条裙子风情万种的香港歌星梅艳芳，在那一次赈灾义演的演唱会上，她的自恋般的（自我抚摸）性感舞姿，不仅当场倾倒所有男人，而且也迷住了许许多多的女人。自从梅小姐举着一条丰腴的大腿占领了人民大会堂的舞台之后，我曾在N城的街道上多次见到争先裸露出来的不同年龄胖瘦不一的梅氏大腿。无论是夏日还是严冬，大腿们对于气温的干扰捣乱刀枪不入，挺拔的白桦林一般的它们从路边从从容容穿过，总是收视率极高，令路人头晕眼花。

那穿皮短裤的女人目不斜视地走过我和殒楠的位置后，我在自己刚才的椅子上坐下来，然后与殒楠会心一笑。

"女人有时候真是一只可怜的动物，这么冷的天，首先替别人免费的审美愉悦着想，未免太大公无私了。"我说。

"人家是穿个自我感觉嘛。"殒楠说。

"但愿如此。"

这时，传来播音小姐的呼叫声，"前往N城的旅客请迅速登机，飞机马上就要起飞了……"

我和殒楠看了看手表，离起飞时间还差一刻钟。

我们站起来，这时才忽然发现身前身后一片空荡，刚才婆娑不去的人群转眼间已杳无身影。殒楠把最重的两个背包都放在自己的肩胛上，把一只轻便的旅行袋留在地板上。然后，她用她那懒散傲慢却总是胸有成竹的瘦脚尖冲着那旅行袋一指，"喏，拿着。"

我还没来得及抗议她这一不公平的分配方案，她已向入舱口走去。

她一边用力挎着重重的行李往前走，一边回过头来对我说，"我们这种女人，有成熟而明晰的头脑和追求，又有应付具体的现实生活的能力，还有什么样的男人能要我们呢？我们只会让他们感到自己并不很强大，甚至使他们压抑自卑。哪个男人愿意自找这份感觉呢？"

这时的候机室里除了我和殒楠已空无一人，玻璃窗反射着午日刺目的白光，像一堵冰墙那么冷漠。殒楠的话烟雾似的在这空洞的大厅里撞击出一股古怪的敌意。

我一边追上她，一边说，"有头脑和才能的男人，大多有自我中心，他们早已把生活看透，他们找女人，要一个家，得围绕着他的事业规划和生活前景旋转。所以，他们很清楚，找我那种肯于放弃自己或放弃自己一大部分的女人，甚至压根就没有过自己的女人，才能围绕着他旋转。生活嘛，还是和没有深度的女人在一起比较轻松。你没看到吗，现在连最新潮的文学批评家都拣没有深度的女作家作品来写，招牌是'拒绝深度'。其实他们害怕我们这种女人，我们的头脑对他们构成了威胁。即使往好处去看他们，起码也是他们无法懂得我们。所以他们不会找我们这种女人。而愿意来找我们的那种不太自我中心的男人，大多又平庸，我们又看不起人家……所以……"

殒楠接过来说，"所以我们只好单独过生活。"

"这也没什么不好。"

"当然，"殒楠用她那骨节突出的手腕在行李带上吃力地拉了拉，"我想不出女人除了生孩子，还有哪件事非离不开男人不可。几乎所有的事我们都可以自己解决，不是吗？就是生孩子，我们女人只要有自己的卵巢就行了，科学发展到今天，已足以让每一个有卵巢的女人生育自己的孩子。"

"哈！"

我和殒楠步履蹒跚，一唱一和，玩笑得十分开心。

我们接受现实。

世界要我们心平气和地接受现实。

……她们是躯壳,他们是头脑;她们是陪衬,他们是主干;她们是空洞的容器角落里的泥盆,他们是栋梁之树;她们的腿就是他们的腿,他们是驯马的骑手;他们把项链戴在她们的脖颈上,她们把自由和梦想系在他们的皮带上;她们像小鸟在他们的怀里衔草筑巢,他们把笼子套在她们的脚踝上;她们的力量是危险的信号,他们的力量是用来挡风的垣墙……

当我和殒楠终于跌坐在机舱座位里的时候,我们已是气喘吁吁,微汗涔涔。

殒楠说,"这次北上,看来要离开家乡很久一段时间喽。"明显地,刚才弥漫在她眼中的闪闪发光的欢快消散了。

空姐已经开始检查乘客的安全带了,飞机马上就要起飞。殒楠向机窗外望了望,仿佛在用目光和这座冬雨绵绵的山城告别。

殒楠再一次提到了家乡,我的朋友是个家乡情结浓郁的女人。

这一点令我十分羡慕和感动。我从来没有家乡感,无论我在自己常年生活的N城,还是在世界上任何一个地方,我都感到断梗飘蓬身处异乡,没有哪一条光滑如丝的街道在脚下鸣响记忆,没有哪一株苍老的栗树或橡树摇醒往昔,没有哪一幢幽香清馨的红房子能够融化已经凉却的梦境……我的家乡随着某种情感的移动而到处漂泊,它只不过是一个为自己寻找理由的假想物,一个自欺欺人的大幻想。它是一瓶珍藏久远的爱情牌香水,随着年龄和经验的与日俱增而挥发殆尽。它是内心中无望地守候着的一个人……

实际上，几天来，在那座雾气迷蒙的山城，我的目光一直没有停止寻索一幢木头的或者石头的房子。在菜圃和花园前围起一圈篱栅，白色的躺椅懒懒散散地横卧在门前。就在赭红的斜坡土岗上，在水声低潺的江边。

在殒楠的家乡，我见到一些零零落落的可爱的小房子，它们星星散散布撒在树木葱茏的半山腰或者山峦顶端，褐色的土坡小路绵延而下，伸向每一扇玩具似的永远敞开的住家的窗子，苗条而悠闲的狗在湿漉漉的草丛里漫步，在弯斜的栗树枝旁很有耐心地观赏日落。我甚至听到了那小房子里飘出来的收音机的乐声，看到灰白的墙壁上摇曳的婆娑叶影，仿佛那乐声正是从墙壁上模糊不清的枝蔓影像上边飘下来驶向我的。

这首叫作"美梦"的潘笛（排箫）的乐声，曾被我无数次地描摹，这声音像我的爱人一样致命。它发源于这个世界上西半球的另一个雾都，一座暗红色的两层小楼的老式房宅里。我曾在西半球的那一个雾都里体验过这种声音，不知为什么这声音好像专门是为了击垮我坚韧的理性而存在的，整个欧洲的绵绵阴雨都涌进了我的眼眶，流啊流啊流不完。现在，这声音仿佛变成了一个隐形的伤感歌手，踏着月亮，沿着发丝般绵延不绝的纬线，翩跹而来，穿梭到东半球的这一个雾都来。

在殒楠的家乡，我无数次想象自己就住在半山腰上某一幢孤零零的房子里。在这异乡的南国小城，关上房门与敞开房门都一样，反正没人认识我，我可以把自己当成一个从远方来落户的山弯里的闲妇，一个安静无事的来这里养老的年轻寡妇。当然，我的朋友殒楠最好也能住在与我毗邻相连的不太远也不要太近的另一座山坡上。我们可以经常一起喝午茶，一起吃没有施过化肥的新鲜水果。更多的时候，我会独自一人在自己的房间里，读读书，写写字，远离我生活的那座北方的沸沸扬扬的 N 城，一座人情的沙漠和功名的竞技场。"采菊东篱下，悠然见南山"，心里将是无限的安宁。

我和殒楠曾去过一次这座江边小城的名胜古迹佛山，在佛山我们忽然产生了一个十分荒诞又十分虔诚的念头——去瞻仰烈士陵园渣滓洞，看看江姐的遗容和信仰。那一天，我们穿过那座被那位已故的诗人朋友描写过的有着"很凉的云"的歌乐山，心里非常凄楚和混乱，如今是人亡诗在，我却已不愿再翻看那沾满淋淋鲜血的诗篇。那双握着男人的利物——斧头砍向自己的女人的双手，如同一杆旗帜，挑起的其实并不只是众说纷纭的诸如个性、心理之类的争端，而更多的是长久以来男性主义泛滥成灾的性别之战的宣言，也是唤醒我们沉睡不醒的女性意识的一声叫喊。

在渣滓洞，在墙垣高耸陡峭的院落里，我看见蓝灰的涸壁上赫然写着，"青春一去不复还细细想想"，"认明此时与此地切莫执迷！"当时国民党留下的白色大字，把我和殒楠震慑得几乎说不出话来，我们忽然发现我们清晰的头脑已摆不清楚人性与正义的辩证关系，弄不清楚"可敬"与"可笑"这两个一字之差却相距万里的语词怎么会在今天变得仅一步之遥。心里乱七八糟。但是，我和我的朋友一致认为江姐许云峰们是幸福的，拥有一种比自己的生命还重要的什么而活过的人（比如信仰），无疑是幸福的。现代人是多么的可怜。

记得那一天，我们刚一走出那冷色调的渣滓洞，殒楠便甩掉一身想不明白的滞重，恢复了她原本的幽默与顽皮，脚步也随之变得羚羊般轻盈。而我还沉浸在刚才的思想的死胡同里抽不出身。殒楠说，其实她正思考的是甫志高这个人，他被捕前组织上已经告诉他敌人正暗中包围着他的家，劝他不要回去落入虎口。可是，他不放心他的女人，他刚刚用省下的钱为他的女人买了一包牛肉干,他要回去送给她。他不顾一切回家看她,结果被捕,落了个"叛徒甫志高你是人民的大草包"遗臭万年。

殒楠玩笑地说,"我若是男人,肯定就是甫志高这种男人,没什么大出息。"

"哎哎,别这么糟蹋自己行不行。你若是甫志高,就别想再与我一起出现在N城了。这个城市的每一块石砖都像眼睛一样注视着我们的阶级立场,所有的人都是政治家。你知道这座无坚不摧的城市里的一瓦一木是用什么颜色涂成的吗——政治,你以为!"

我的朋友殒楠经常问我,她若是一个男人,我会不会嫁给她?

"当然,"我说,"不过,你最好带着一些钱再来找我。物质是精神的基础,否则你拿什么向我抒情呢?甫志高的那一包牛肉干固然情义无价,可是……"

"如果我没有很多钱呢?"

"那……我就去想办法去挣。爱情需要某种情调来喂养,而情调需要一些金钱来喂养,顺理成章。有些人是这么想但不敢这么说;有些人是没办法,所以不敢这么说,久而久之也就不这么想了。"

"啊——原来是这样。"

我的朋友做出如梦初醒的样子。

飞往N城的飞机已像硕大的笨鸟在跑道上滑翔。我和殒楠经过一上午的整理行装以及赶赴机场的奔波,这会儿都感到倦意袭来。

"上帝保佑!"殒楠从家乡的湿淋淋的机场草坪上拉回目光,她的会说话的褐色眼睛似乎安静下来,迷迷蒙蒙。

"保佑什么?"我问。

"让我们平安。"

她从椅把扶手上抽回一只手,放在挨着我的那一侧肩上。

殒楠说,"在我很小的时候,大约是一九六九年的七月,美国太空人阿姆斯特朗驾驶太空飞船阿波罗11号进入太空,他一面飞行,一面四下张望,留心观察地球以外的景观。可是,他失望了,灰雾蒙蒙的太空什么都没有,四下延伸着空洞,无边无际,像一个硕大无朋的帐幕,缀着鬼眼似的繁星,此明彼灭,闪烁不定,令人毛骨悚然。他看不到活的物体和生命的迹象,只有花炮似的流星穿插交错,划空而过,留下几道银色的光弧,闪耀几下便又消失。阿姆斯特朗一面用眷恋的目光瞭望遥天一角浮动的地球,欣赏着这个橙黄色的橄榄球在浑天涯涘的太空中,载浮载沉,闪闪发光,一面感叹人类的荒唐和愚昧,他们不懂得珍惜反而想尽办法来摧毁自己的家园……我记得,那时候我十岁,这件事诱发了我那混沌未开的大脑的第一次思想,它使我第一次想到人类是孤独无依的一群,想到未来的生命将与一个疏远而莫测的宇宙独处。它的意义等同于我第一次性交,只不过它开发的是我的第一次思想的生命。"

殒楠的揽在我肩上的手臂使我困意浓浓,瞌睡摇摇晃晃走来。她的话如同铺天盖地的天雨花,在我眼前模糊不清。

"你是打破两次贞操、打破两层意义的处女,才形成的女人,所以你稀有。"我稀里糊涂说。

"一个现代的女性难道不该是如此的吗?"她说。

这时,我已经再也抓不住自己那可以对应她的话的明晰思路了,我的嘴仿佛先于头脑进入了一片寂天寞地的空洞之境,我只能徒劳地张着嘴,发不出声响。我感到身边是一团团灯光暗淡的气流,冰激凌一般幽香沁腑的滋味,我昏昏沉沉掉入一团光滑的白色之中。啊天空真大,大得仿佛失去了时间和记忆,身体上的重量都被看不见的缰绳松开了，四周是一片善意而安全的寂静。当我的手指马上就要触摸到那一团凉凉的模糊不清的白颜色时，一面意想不到的墙垣拦住我的去路，它顺着遥远却又格外近逼的光线驶进我的耳鼓，然后我发现那堵拦路的墙是我肩上的殒楠的声音，我听到殒楠说：

"如果还有一分钟，我们即将死去，你会怎样？"

我睁开眼睛："哪有那么多如果，我拒绝假设。我差不多要睡着了。"

"就回答这一个问题，然后你就睡。"

我想了想，说："我会告诉你我十分喜欢你，一直没有机会对你说。"

"就这个？"

"我会说我很爱你。"

"所有的人死之前都会对别人说我爱你。"殒楠仍不满意。

"那你会怎样？"我问。

殒楠顿住，好像正在她肚子里的那个语词的百宝箱中搜寻。

然后，她说："……我会亲你……我们相处这么久了，为什么不能……"

"当然。"我说。

"为什么只有男人才可以亲吻女人，亲吻你？"

"……活到我们这个份上，的确已没有什么是禁锢了。这是一个玻璃的时代，许多规则肯定会不断地被向前的脚步声噼噼啪啪地捣毁。"

我和殒楠这时都发现这是一个敏感而吃力的话题，于是我们打住，都不再说。

我重新闭上眼睛。

殒楠的话，使我在脑中设置勾画起人类蒙浑初开之时的景象来，我当然不是按照亚当和夏娃所建立的人类第一个早晨这个古老的传说来勾画，这个生生不息的为繁衍而交配的图景，盘踞在人类的头顶已有几千年，众所周知。我在脑中设想的却是另外一幅图景：如果繁衍不是人类结合的唯一目的，亚当也许会觉得和他的兄弟们在一起更容易沟通和默契，夏娃也许会觉得与她的姐妹们在一起更能相互体贴理解。人类的第一个早晨倘若是这种排除功利目的的开端，那么沿袭到今天的世界将是另外一番样子了。

机身早已脱离跑道，像一枚轻盈的银灰色太阳从地平线上摇身腾起。我想努力冥想某种未来和远方，正如同回头眺望黑白相片般的记忆，使所有的未来都成为过去。但是，无论我如何用力拉出脑中那根若断若连的线路，都无法把昏昏沉沉的我从越来越多的坍塌而来的一大朵一大朵的白云里拽出。渐渐，我被那些虚幻的白颜色埋没了，我惊惧地踩在云朵之上，张开双臂，像一只危险中的母鸡倒映在白墙上的剪影，脚下踩踏的只是一层虚幻的白纸，它高悬在深渊之上一触即破。一些不连贯的没有次序的事物缤纷而来，我的一只脚终于迈进了一座崭新而离奇的城门。

……忽然间，飞机剧烈地抖动起来，我和殒楠身前小桌子上的雪梨水和几块甜点滑落到地板上，然后它们像一只只气球自动地弹跳，并且着魔般地出了声，似乎在说：快快逃开这里吧，快快逃开这里吧！

我和殒楠这时不约而同地看到机舱里所有的暗门和明门统统敞开了，机舱里的人像奔赴金黄的光源一样拥向舱门，惊慌失措地朝无底的下边张望。这时的机舱已成为一座没有前方也没有退路的孤岛，摇摇欲坠地悬挂在高空。

这个局面再一次把我置身于一种庞大的象征中，一种没有往昔故乡的痕迹也没有未来遥远的他乡可以寄身的境地，一种空前而绝后的境地。

殒楠把垂落到额前的一缕拂乱的头发理到耳后，不胜凄凉地说，"看来，今天果然就是我们的末日了。"

我望着她那件青灰色的衣衫，在四处透风的高空里瑟瑟抖动，闪烁着钻石般的光芒。也许，再过一分钟或者半分钟，就会机毁人亡。一切再也不能迟疑。

殒楠用力抓住我的肩，神情严肃地说，"我得告诉你一个长久以来的想法，再不说就来不及了，你是我生活中所见到的最优秀、最合我心意的人，你使我身边所有的男人都黯然失色。"

殒楠说完紧紧抱住我。

我大声说，"我也必须告诉你一件事，不然就来不及了……"

这时，訇然一声弥天撼地的巨响，整个飞机在云中熔化消散，在倒塌了的玫瑰色阳光中坠落或浮升，时间在陷落在消逝。

接着，我便听到我的心从我的肋骨间忽悠一下跳离，整个腹腔空空洞洞，我离开了我的肉体。我坠入一条漆黑的隧道，这隧道通向一片强光，我的四周穿梭着一些怪诞的物体，它们拥着我向着一片无法抗拒的洁白的源头奔去，一路上弥响着"时光倒流七十年"悠远的乐声。

终于，我抵达了那个如花似画的光源。

我知道，到达那里时我已死去。

我环顾四周，发现眼前有一片水洼掩映在丛绿之中，那水面清澈透底，明亮如镜，远处望去如一盏银灯，它牢牢地吸住我的脚步向它走去。我俯身朝那镜中凝望，以便证实自己是谁，我高兴地发现我依然是我。

这贮满曙光的水洼,使我意识到此刻已是旭日东升的黎明,由于时间的坍塌与割裂,这个崭新的毫无阴影的早晨于我显得格外陌生。我没有想到,在人间被黑暗和恐怖渲染得毛骨悚然的死亡,竟是这样一片妖娆芬芳、绿意葱茏、圣洁无瑕的地方。

这时,一幢房子仿佛忽然在我的视域内拔地而起,我看到一座殷红色的天堂般美妙的房子矗立在我的眼前。我走到那扇圆拱形的木门前,发现这幢凸起的建筑物墙垣上布满眼睛似的豁口,大大地洞张着,房间的主人仿佛可以从各个角度和侧面窥视外边。我推开木栅栏,敲响了屋门。里边没有回应。于是,我又推开里边的一扇隐蔽的房门,走进这套房宅的门厅。这里,依然没有人把守,看得出这是一个治安良好的地方。然后,我见到一级陡峭的楼梯,上面有些微的声响传下来。我拾级而上,再一次敲响楼上的房门。

仿佛有喧哗的水声伴随着某种拖拖拉拉的脚步声低吟而来。房门忽悠一下被打开,一位似曾相识却格外陌生的老妇人伫立在我面前。也许是由于这里距离太阳太近,她的皮肤呈金黄色,如同秋天的晚风在她的面颊上低徊留恋,缠绕不散,这浑然天成的肤色把她那栗黑的眼珠衬托得闪闪发亮。她脸孔上的褶皱晴朗得像夏日清晨的小路,灰色的头发像一圈坚硬的钢盔,固执地罩在头上。一副麦白色的老花眼镜,把她的眼孔夸张得很大。

老妇人一见到我,立刻像熟识的故人那样迎上前来,颤颤巍巍地拉住我的手,磨磨叨叨地与我搭讪。她温和慈祥地望着我,劝我回到我的肉体中去,劝我不应该留在这块虚幻之地而应该回到人间照顾我的母亲,陪伴我的朋友殒楠。她说,"我们要齐心协力对付这个世界,像姐妹一样亲密,像嘴唇与牙齿,头发与梳子,像鞋子与脚,枪膛与子弹，因为只有女人最懂得女人，最怜惜女人。"

老女人的声音显得格外遥远，像空谷回音盘旋而来，显得有点古怪。我感觉自己不是在用耳朵倾听，而是用整张脸孔在谛听，在呼吸她的声音。那声音却一点也不模糊，我听得真真切切。

我说，"我要找到我的朋友殒楠才可以回去，找到刚刚我们还在一起的那个一瞬之间就杳无踪迹的中午。刚才我们分手得太匆忙，有一件重要的事我还没有说出。"

老女人说，"你有什么事，可以等回去后再说。"

我说，"我必须现在就告诉她，就这会儿，不然就没有机会了。因为，我虽然有勇气告诉她，但是我的肉体却会随时失去勇气。"

"是什么事情呢这样急迫？"老女人问。

我说，"我要对她说，如果我不能与你一起过生活，那么我要你做我最亲密的邻居，因为我不能再忍受孤独无伴的生活。我们要把天下的才女都招揽在一起，我们要姐妹成群。"

老女人说，"刚才我已见到了她，我已经说服了她，她现在正在回返人间的归程之中。"

"可是，我凭什么能相信你已见到殒楠，并说服了她呢？"我说。

老妇人说，"你的朋友穿着一件轻烟似的青灰色衣衫是不是？她的男孩儿似的短发在阳光下穿过如同一只起飞的褐色鸟。她年轻的牙齿闪闪发亮，点燃着她对生活的热情。她细长的手指敏感而灵活得像她的思路，她的指尖可以替代她的头脑独立思考。她的家乡在阴雨的江边，从她的兀立的二层楼的窗口遥望出去，四周是一片铅灰色的瓦砾场，远处的山峦从浑圆的顶部有一条头缝似的笔直小路倾流而下，把色彩浓郁的山地分成两半，一半火红，一半青绿。她出生在一九五九年九月，一个疯狂而夸张的年份之后，可是她却极为冷静。

她喜欢尤瑟纳尔、博尔赫斯以及爱默生的文章。她习惯饮用蒸青绿茶加入菊花,悠悠闲闲地浸润她的有些慢性咽喉炎的嗓子。她吸烟的时候,总是在雪白修长的烟卷上涂抹一层清凉的风油精……"

我十分惊异老妇人竟说出我的朋友这么多的隐私特征。我说,"我非常愿意相信你,可我已经找不到回去的路了。"

这时,我已经清楚,还有一大段人间的路程我是非走不可了。我已责无旁贷。

老妇人又说,"你沿着你的梦境,就可以退回到原路,回到你和你的朋友本来的地方。"

老女人的话,忽然使我明白我原来是在梦中。于是,我开始努力要从梦中挣扎出来。可是,多年的疲倦像积厚的尘埃或渊远的理论,紧紧地缚在我身上,使我清醒不过来。绝望中我想起早年我曾在一本颇为怪诞的书上读到的一段句子,于是,我高声叫道,"……醒来了也没用,无数的沙粒压得人透不过气来……醒来并不是回到不眠状态,而是回到先前的一个梦。一梦套一梦,直至无穷,正像沙粒的数目。你将走的回头路没完没了,等你真正清醒时你已经死了……"

老妇人说,"你不要泄气,当你眼睛打开的时候,天空就会明亮地苏醒过来。"

她一边说着,一边把一串光亮闪闪的乳白色石珠放进我的衣兜里。她说,这是一种符号,当它们一颗颗单独存在时,与遍地丛生的石子毫无二致,但是倘若把它们穿在一起,这些特殊的石子便会闪烁出迥然相异的光彩。

然后,她在我的脑袋上轻轻地拍了拍,连声说着,"回吧,回吧,回吧。"

当我终于挣脱梦境醒来时,我发现自己靠在殒楠的肩上,那肩如同枕头一般柔软。她正在用一只手敲着我的头。

"好了，飞机已经到达 N 城了。"殡楠说。

我立直身体，左右晃了晃发酸的脖颈，我说："我正在做梦。一个与你有关的梦。你若是再晚一分钟叫醒我，我就可以见到你了。这是很关键的一次见面。"

"是吗，为什么？"

"因为，我正要告诉你一件事。"

"太巧了，我叫醒你，正是为了问你一件事。"

"快说，问我什么事？"

"你还是先告诉我你做了一个什么与我有关的梦吧，你要告诉我的是什么事？"

我说，"我梦见我们的飞机出了事故。我在天国里遇见一个陌生的老女人，她要我回到我的肉体中去，要我回来照顾我的母亲和陪伴你，她说我们不应该像松散的沙粒抱不成团……"

然后，我详细描述了老女人的模样，她的多褶皱的面颊，宽绰的体态，她的引人注目的肤色和头发，她的高山流水一般悠远的嗓音。

忽然，我发现我的朋友泪光闪闪，她的嘴唇由于吃惊或者痛楚而近乎颤抖起来。

我停下来，看着她，不知如何是好。

殡楠说，"那个老女人正是我已经去世十三年的母亲。"她说，那时，我和她还不相识。

说着，她从皮夹里拿出一张她母亲的黑白相片，这张两寸相片的边角已经枯黄。我惊异万分地看到，相片上的这一个女人，正是我梦中见到的那个女人。

我和殡楠走下飞机舱梯时，已是 N 城刚刚从蒙眬的午睡中醒来的时候。

我们带着江边山城的节奏，一步步缓缓地走进这个城市下午两点钟的阳光。这时，我忽然听到了这个城市那久违了的熟悉而遥远的心跳声，它坚硬而冷漠地扑面而来，我一个踉跄向后闪了一步。本能地感到这个急功近利的声音与我肋骨间跳动的声音再也无法吻合。那是作为一种公共标准的男人的律动和节奏。

殒楠打了个冷战，从背包里取出一件黑色的长外衣套在身上，并且竖起衣领，通体仿佛都被罩在一层阴影里。"这个城市越发像虚构的一样了，"她说，"缺乏某种真实性的温馨的情调。"

"这个显而易见，你很难想象多年来我一直就是这座大戏台上的一只木偶。"

机场外边的广场扇子似的在我们的脚下一叶一叶敞开，猛烈的阳光如同滂沱而来的白色雨柱耀眼闪烁，使得行色匆匆的人流仿佛都成了曝光过强的活动相片。

在我视域所及的边缘处，我望到了那座高大耸立的 JG 大厦，它正在用它那冷漠的玻璃墙泛着幽蓝的寒光。这个参天的半环形的拱式建筑物曾多次被殒楠视为 N 城的象征。她说那是一种冰箱般凉飕飕的质感、不稳定而且颇具颓废特征的铅灰色。她说，穿透它的外表，你所想象的是那里边迷宫似的莫测的走廊、呆滞的门窗以及有回纹装饰的天花板上余音袅袅地渗漏下来的惨淡的乐声。一种暧昧又拒绝的矛盾情绪。

这时，殒楠说："对了，刚才你说你在梦中找我，要告诉我一件什么事？"

她把头转向了我，栗黑色的眼睛暴露在流动的阳光之下。她眯着眼睛，仿佛正在用她那密密的睫毛阻挡着我之外的这个城市的一切。

"嗯……这个嘛，"我叹了一声，"你知道我一直感觉不到哪里是家，现在我已放弃再去寻找的念头了，我累了，无论如何这座城市是我出生的地方，是我的呼吸、皮肤、内脏和睡眠适应的地方，我的母亲永远敞着家门在等我，这座城市命中注定与我割舍不断。可是……你知道，一个人是否孤独其实并不在于她没有朋友，而恰恰是她在这个世界上拥有亲密的朋友，而她的朋友却都在远方……"

"你到底要说什么吗？"

我转过头去看阳光，顺着那刺目的光柱，我看到太阳像一只孤零零的大银盘在城市的上空悬挂。光影在头顶上的枝叶间流动穿梭，空气透出一股自命不凡的气息。我忽然感到那大片大片的明媚耀眼的光辉不过是把捏碎的阳光人工地拼接起来的黏合物。

我没有转回头来看殒楠，我说："你……使我感到孤独，在这个城市，我总是一个人……"

"难道……你还不是也让我感到如此吗？"

终于，我大声地说（仿佛是对着整个空气在说）："我要你同我一起回家！我需要家乡的感觉，需要有人与我一起对付这个世界。"

殒楠转过身，眯起她那又大又光亮的栗黑色的眼睛看我，用她那种独特的我早已熟悉的眼神。然后她举起一只手抚了抚脸颊上的尘埃，想象中的尘埃，像是抹去或者开始某种抽象的什么。

殒楠理了理背包，然后腾出一只手牵住我，"好吧，"她说，"我们走。"

我一边用现实的右手紧紧抓住她伸给我的仿佛是溺水中稻草般的衣袖，一边把我那只天生耽于幻想的左手伸进自己的衣兜。

这时，我那漫不经心的左手在衣兜里猛然触碰到一个凉凉的东西，某种预感使我想到了梦中天国里的老妇人丢在我衣兜里的那串晶莹的石珠。我急忙把那东西拿了出来,由于我的慌张,那东西掉落到地上,我和殒楠惊愕无比地看到一堆洁白的小牙齿似的石珠滚落一地。

我的舌头僵在嘴唇里像一块呆掉的瓦片一样。

时间不逝，圆圈不圆

1　太阳碎了，发现了酒

　　维伊是深谙"生活的最高原则就是保密"这一貌似粗浅实际上却颇为深奥的道理的，并且能够在她无限广泛的社交活动中驾轻就熟、轻而易举地运用之，言谈之间好像是漫不经心、没遮没拦，实际上，她不想让你知道的，她就能滴水不漏，守口如瓶。

　　不像她的诗人朋友林子梵，只会在精神密室里的形而上层面中操作，而在广泛复杂的日常生活状态下，他往往显得漏洞百出，顾此失彼，一副诗人艺术家的既天真稚气又深邃老到的矛盾气质。他总是煞有介事有言在先地宣称：你们谁也别想从我的嘴里探出任何一点蛛丝马迹，我不会说出一个字！

　　悲壮得像个男江姐。

　　可是聊着聊着，谁也没去套他，谁也没劝他多喝酒，他自己就会一点一点源源不断全都如实招供出来，而且别人想拦都拦不住。

　　他的朋友博士王就会拿腔拿调学着电影里江姐的语气逗他说，"上级的名字我知道，但是我不告诉你；下级的名字我也知道，但是我也不告诉你！哈，可我们全知道了！"

于是，就又有人接过来说，"这个江姐也真是的，跟敌人斗这个闲气干吗？要是换了我，肯定就说，上级的名字我不知道，下级的名字我也不知道，我只是一个普通群众，你们放我走吧。"他做了个告饶的动作，接着说，"这样才能保存革命实力是不是？"说着吸了一下香烟，又喝了口嘉士伯啤酒，"可是，如果敌人用刑拷打我，就不太好办了，我怕疼。不过……我可以勾引那位敌军官。"

"有没有搞错啦，"酒吧老板博士王学着粤语拉着长腔，"敌军官可都是男性，那时候的中国还没闹女权主义呢！你勾引谁去啊？"

说着就把手中的酒杯往桌子上轻轻一磕，"怎么这么落伍！不开窍！我可以变性嘛。我宁可色，也不能叛；宁可变态，也不能变节！这是革命的代价，'革命不是请客吃饭'，你以为革命像坐在这儿喝酒那么容易！"

博士王立刻反驳，"难道坐在我的酒吧里喝酒就容易吗？还不是我呕心沥血干革命干出来的。那代价可不仅仅是变个态、变个性就够了的，我连血液的颜色包括血型都给人改了。你以为！"

林子梵心不在焉地坐在一边儿不说什么，手里拿着本地图册有心无心地翻着，听大伙瞎扯，闷头抽烟。他对"革命"、"反动"、"阶级斗争"立场之类的话题，不大感兴趣。

林子梵觉得自己既不是一株圣洁素净、出污泥独不染的怒放的荷花，寻求在惊世骇俗的"高雅"中"殉道"，嗟叹昨日诗之花冠的枯萎衰落，自戕于平庸如流水的民众；也不是那种安心颓废，放纵自己，故意回避深刻与良知，沉溺于如洪水猛兽般"隔江犹唱后庭花"的低俗大潮之中的文人。

他觉得把圣洁与平庸、深刻与肤浅对立起来，是极为幼稚的。人远远比这种纯粹的单一性要复杂得多。

林子梵喜欢一切复杂的特质，无论时代、人群还是个人情感领域。

"没那么简单。"他常说。

此刻，他安静地坐在一边，观众是他最经常的角色。

博士王清楚他的老朋友林子梵，近来心里正闹腾着那位上次仅仅见了一面的维伊小姐，而且大有明知"烫手"，存在"灼伤"的危险，却依然打算奋不顾身前去抓取的趋势。这与往常不动声色、冷眼旁观的林子梵的一贯形象大不相符。

"明知山有虎偏向虎山行！咱们可是一把年纪的人了，有些错误年轻时犯还说得过去。"博士王冲着他的老朋友林子梵故作老成状。

其实，他们几个都不过三十岁出头。

这位维伊小姐实在令林子梵感到莫测奇妙又无从下手。

关于她的背景材料，引见人博士王也只知道她很久以前也写过诗，现专业为人之妻，至于"那人"，谁也没有见过，只是听说他已奔赴异国他乡，维伊成为了一名时髦的"留守"女士。她现在随时或者正在准备行装，打算投奔远在德国邦郡的夫君陪读。

至于维伊的其余历史和现状，林子梵只有在他丰富的想象中进行了。

虽然他们在上一次的偶然相遇中，维伊只字不提早年自己曾经写诗一事，但是，据博士王及有关人士透露，她的确写过诗。

大约在八年前，维伊曾怀着一个文学青年狂热的激情，背井离乡来到P城那所众人皆知的作家学院进修读书。那时候，她迷恋过写诗，二十二岁，正是诗情满怀的年龄，她无能为力地陷入了对诗的致命的爱情之中。

空的窗

她常常一个人久久伫立在学院顶楼的窗口处,呆呆痴痴地凝望着幽蓝的夜空,她的被无限透明的苍穹浸染得瓦蓝瓦蓝的心,也如同大海一样波涛汹涌,那狂热、庞大然而却没有准确目标的情感一泻千里,把青春期所有莫名的单相思都寄予诗中。

她伫立在顶楼上,平视望开去,看到静谧的晚风被瑟瑟抖动的树枝给搅碎了;俯视大地,苍茫的漆黑被房舍里的灯光给切割碎了;仰视天宇,悲伤的蓝色被她的诗疼痛碎了。她的情感沿着诗这条通往天国的陡峭的窄路拾级而上——啊,她幸福得头晕!

维伊伫立在顶楼窗口——学院的制高点处,秀发被夜风揉弄得凌乱不堪,她口腹饥渴却全然不知,她在俗世这一条堆满了物质食物的宽阔的大路上,考虑的是如何熄灭灵魂的饥饿。她为此激动得热泪盈眶,默默地冲着北方家乡 V 市的方向遥遥相望,心里无声地叫喊:

"乡亲们啊乡亲们,地上的锅碗瓢盆酱醋茶盐留给你们吧,天上崇高圣洁的星星属于我!"

可是,这激情在八年之后的今天,却消失殆尽,泯灭得无影无踪。

那一次聚会,焕然一新的维伊坐在烛光摇曳的酒吧里,对着第一次见面的林子梵说出的第一句话,却与她在学院顶楼上那句无声的叫喊,大相径庭。

"啊诗人?幸会!"她朗朗地大笑起来,"请把地上的锅碗瓢盆、酱醋茶盐、鲜花与鲜肉留给我吧,我把天上崇高而圣洁的星星与白云都送给你了!"她向林子梵快乐而嘲弄地伸出一只手。

维伊对于初次见面的诗人林子梵显然缺乏足够的敬仰,这使得听惯了溢美之词的林子梵有点失落。

她出言之嘲讽、之不逊,令林子梵这个小有名气的诗人一时无以应接,赧颜而找不到还击之词。面对着这样一位说不上漂亮但极富一种特殊魅力和韵味的女人,不好说什么。

他咽了咽唾沫,清了清喉咙,把从胸腔里升起来的一股不对劲的感觉压了回去。只是礼貌地接过维伊伸过来的丰腴的手臂,轻轻握了一下,便坐下来。

维伊刚才的开场白,把地上的那些鸡毛蒜皮的什物,比起八年前的时候增添了"鲜花"与"鲜肉"两项,这完全受启发于刚才晚上出门时的一个新发现——她家楼下那个鲜花店,不知什么时候,人不知鬼不觉一夜之间就变成了鲜肉店,门梁上的匾额连换都没换,只在"花"字上用彩料补贴了个"肉"字。

维伊扑哧一声笑了出来。

她预感,也许过不了一个月,这个"鲜肉"店就又会改成"鲜扎"店。匾额依然是不用更换的,只在"肉"字上边再贴补上一个扎啤的"扎"字就行了。

一九九六年的夏天,P城街头的酒吧,忽然像前些年诗人的诞生一样铺天盖地,鳞次栉比。

维伊心里默念了一句,"不是我不明白,这世界变化快!"

想当年她写诗的时候,维伊是拒绝吃肉的,那时她是一个相当苦行的素食主义者,认为诗的纯洁性是不能容忍让腹内的牛羊猪狗等等肉食们来浑浊玷污的。她弃"肉"如敝屣,就像一个自爱的女人不小心怀上了一个不爱的男人的杂种,便总觉得自己身体里边不干净,急于把它弄掉。

维伊那时候的原名叫维伊丽,可是写诗总得有个像诗人的笔名吧,总不能平平凡凡潦潦草草随便叫个"王二"或"刘红花"之类对历史那么不负责任的名儿,万一不小心进入了文学史,这样通俗的名字让广大的人民怎么去流传?那不是侮辱广大群众对于诗歌的一片敬仰之情吗？

那时候，她完全不同于现在这样动辄说"没有英雄，孩子，只有三明治"。

那时候她相信很多东西，文学是她的宗教，她的信仰，她随时随刻都充满了一种文学青年的圣洁的献身精神。

她为自己的笔名思前想后，煞费了一番苦心。

她看不惯这个"丽"字，多俗气！全中国百分之八十的女性的小名都叫作什么"丽"，或者"丽"什么。

本来她先为自己选中了"孤独"的"独"字，她喜欢这个字，打算叫作"独伊"。但是，有个广识多闻的男同学告诉她，瞿秋白的女儿就叫瞿独伊。她听了特别扫兴。虽然中国人的名字没有版权所有一说，但步人后尘总归不够有新意，她喜欢标新立异，与众不同。

这时候，又有几个男同学对于他们身边这位摸不得也碰不得的矜持傲岸的维伊丽小姐，充满了浓浓的"酸葡萄主义"，他们在黑板上写了个硕大的"毒伊"（毒与独谐音），并在旁边注释了"有毒"二字，外加一个顶天立地的"！"。

维伊丽一气之下，便废黜了"独伊"。

最后，她决定去掉那个俗气的"丽"字，省略为"维伊"。

"维伊"与"唯一"谐音，她为此感到满意，从此就"维伊"了下来。

那两三年，维伊的名字也曾经在全国大大小小的诗刊报纸上频频露面，星光闪烁了一时。可是倏忽之间，她就偃旗息鼓、杳无声息了。谁也不知道她是忽然参透了什么，还是遇上了什么重大的生活转折。

今天，摇身一变的维伊讲起这段经历，如同说着别人的一个幽默段子，笑得前仰后合，饱满而解放了的现代女性的乳房，再也不肯按照东方人含蓄内敛的习惯，躲躲闪闪地被束缚在乳罩背心里边。

"你们男人可以裸身穿背心，我们女人为什么不能?！"

拒绝了乳罩的维伊，在她朗声朗气开怀大笑的时候，身边的男人总是不能自已地把目光丢落在她颤颤巍巍的乳房上，那地方仿佛有一种神奇的胶化物，目光一旦落到上面，就被粘住，想挪也挪不开。

2　饥饿的肩膀

林子梵与维伊实在还说不上是什么朋友，因为他们仅见过一面，而且是好几个人凑在一起的那种酒吧聚会。

P城的酒吧这种地方，林子梵两年前是拒绝光顾的，他觉得这里夜夜纸醉金迷，灯红酒绿，一群群有闲的雅士、有钱的商人、有脸蛋的无赖以及寻求刺激的虚无的艺术家，混在暗淡的幽光里，沉浸在那一溜歪斜的软爵士靡靡之音或者愤怒的重金属摇滚之中，一夜夜麻醉。而林子梵这种自以为书生意气的"苦行僧"，觉得麻醉自己并不能真正解决问题，所以他依然坚守着烛照省身的生活，不想同流合污，顽固地试图倚靠哲学把自己从庞大悲观的虚无主义之中解脱出来。

林子梵坚守孟子所云，天将降大任于斯人也，必先苦其心志，劳其筋骨，饿其体肤，空乏其身……增益其所不能。

可是渐渐地发现，在这个日新月异的年代，若整天关在自己的房子里，一个星期不出门也不见人，就会跟不上脉、走不上趟。不说人们那无形的思想变迁之快，单就有形的语言操作，就常常使他觉得自己像个外乡人，好多词汇都听不懂了，比如前一时期出现的"搞定"、

"深了"、"晕菜",就颇令他匪夷所思,林子梵听了好几遍之后,才连猜带蒙弄个半明白。

别人见他懵懵懂懂的样子,觉得他不是刚从深山沟里爬出来的,就是刚从纽约飞回来的。

所以,他决定接受酒吧,把它当作世界的缩影,时代的课堂。经常是他在家里伴着清茶读够了《论有穷系统》,就会散步到酒吧去,进行一番"脑筋转换操练"。

事实证明,他的决定是对的。他的确发现了许多新事物,他看到一些西服革履腰缠满贯的肥哥阔少,疲倦而烦躁地坐在高档饭店里,小口小口地吃着粗玉米粉制作的窝窝头,痛苦地怀着旧;看到一些优雅的显然是受过良好教育的靓姐丽妹,在花开半闭的妙龄年华,倚靠在萨克斯管绝望无助的乐声里,细细地从容地咀嚼着忧伤、品尝着痛苦,一派懒洋洋的倦怠的病态美;他还看到一些已是风烛残年、锈迹斑驳的老者,他们朝气蓬勃密如潮水地云集在酒吧附近的立交桥下,或簇拥在街心花园、旷场阔地中,疯狂地跳舞,自娱自乐,仿佛刚刚甩掉了一生的巨大错误和沉重包袱,从一场荒谬的巨大误读中如梦初醒,投入了早晨八九点钟的鲜嫩的新生活,他们顺着记忆的河流,拼命追溯久逝的爱情,心中一片艳阳天……

林子梵生活在一个父母齐全并且双亲至今和睦如初的温馨的家庭里。他常常惊诧地看着已经拥有了三十八年婚史的爹妈,依然在饭桌上你为我夹一只鸡翅,晚间靠在沙发里看电视时我为你捏捏脚的亲昵动作,而感到不可思议。能够从二十几岁磨磨蹭蹭、拉拉扯扯到六十几岁,这份绵长的恩爱的确够有耐心的。

他一方面为自己的父母感到欣慰,同时也喟叹现代人已经活得完全失去了各种各样的耐心,这当然也包括他自己在内。

他每天上午九点钟准时自觉地被小闹钟叫醒起床,这时他的父母已经双双在街心公园里甩手踢腿地锻炼了一个半小时。

他起床后洗漱收拾,然后冲上一大杯牛奶咖啡,咖啡因进入他腹中大约在十分钟之后,全身的骨骼和神经就被激活了,他便听到自己身体里血液咝咝流动的声音,如同秋天的麦穗在傍晚的风中沙沙地摇曳,如同嫩嫩的青草在早春的清晨唰唰地生长。

林子梵坐到书桌前,开始了一天自觉的读书、写作的规律而刻板的生活。

他的父母通常将近中午十一点钟,才提着丰饶的鱼肉蔬菜瓜果回来,然后是一场热热闹闹、轰轰烈烈的烧饭运动,再然后是全家共同进餐,再再然后是林子梵的拿手节目——洗碗操练。他的修长俊逸、骨立形销的身材,在盘盘碗碗叮叮当当的声音中娴熟地穿梭。

他的父母对自己的儿子感到格外满意,看着他哪儿都好,就是叹气他们的儿子一点也不把自己的终身大事当回事。

下午的时光,林子梵多是躺在床上翻阅各种各样的杂志小报,或者研读《人是谁》、《恐惧与颤栗》这一类颇为严重,甚至矫情但是恰好迎合了他灵魂或者说骨髓深处的某种需要的书籍。

他在床上躺着,度过一个学者而不是一个男性的下午之后(床的美妙多彩的功能在林子梵的身上显得单调而纯洁),傍晚他就到街上去了,乱走一通,开始他一天的夜生活。

晚上林子梵是不在家里吃饭的,他常常去的地方是老友博士王开的那家叫作"隐蔽之洞"的酒吧,他在那里可以享受五折餐饮优惠权。

林子梵之所以不在家里吃晚饭,一是不好意思总吃父母,二是想出来透透气。一个三十多岁的男人了,整天闷在家里,让父母觉得他连一点私生活也没有,多不好意思。

王博士是林子梵近十年的老友了,从读大学本科就在一起,然后读硕士生、博士生,两人虽专业不同,却一直在一个学院里就读,过从甚密,可谓知根知底。

王博士以前和林子梵现在的职业一样,在大学里安于做个衣衫寒酸、囊中窘迫的穷教师,一日日苦读圣贤书。两年前的一天,他忽然"觉悟",沉云散去,天开日朗。他说,如果你不再寻找太阳,太阳就会天天在你身边。

他开起了酒吧,而且整个人都变了习惯。比如,以前他对学院里那些会中文的外国人一律说汉语,用他当时的逻辑解释,这叫作"尊严"。可是现在,在酒吧里,他对所有来喝酒消遣的国人都一律讲英文或日文,他现在的逻辑是,这叫作跟他们练幽默。于是,被朋友们戏称博士·王。

最初,博士王要开酒吧时,征求老朋友意见,林子梵是不赞同的。一个十几年浸泡在书本里的人,去喝酒吧不一定晕,若开酒吧准晕。

可是,博士王凭着能读下来博士的智商,把酒吧经营得十分出色。

博士王一日日胖起来,眼看着胯间的 BP 机叫响的时候,得"翻山越岭"才能困难地看到肚子下边呼机上的显示码了。博士王就把呼机送给林子梵,可是林子梵说他拒绝戴那玩艺,说是戴上它像个商人,不合他的身份。

"商人怎么啦,还这么不开窍,没长进!"

林子梵就说,"谁让我这辈子倒霉地迷上了摆弄字呢,与钱没缘了!"

博士王自嘲地糟蹋自己说,"你看我,现在是以'调戏妇女'为专业,以当老板为副业。兄弟,看开点吧,好好活!诗固然是美肴,但不能解饿。"博士王拍拍老朋友林子梵清瘦的肚子,苦涩地一笑。

林子梵知道博士王不过说说而已，他懂得博士王那包裹在肥肥厚厚的脂肪里边的内心的苦闷。毕竟十年的交情了。

上一次就是应博士王之邀，林子梵有点不情愿地参加了有维伊在场的那个聚会。然而，他却意外地遇到了维伊这么个使他耳目一新的女人，他鬼使神差地被维伊身上散发出来的说不清道不明的魔力吸附住了。

那一天，维伊不停地夸耀她的小丈夫，"清朗，干净，纯粹，学术，一束透透彻彻的阳光，一株清清朗朗挺拔的白杨。哪像你们这些舞诗弄词做艺术的，一个赛一个污浊、苟且，一肚子男盗女娼、功名利禄。"

大家笑。

博士王说，"总得给我们一点希望吧，"他啜了一口酒，故意压低嗓音，"怎么样，哪天我们试试，不见得比你那株'小白杨'差。"

"你呀，"维伊向一侧闪了闪身，好像当真似的上下打量了博士王一番，目光有意在他的形同怀胎六月的孕妇一般的肚子上停留片刻，接着说，"就是品种差了点。"

大家又是一哄而笑。

维伊说，"靠希望为生的人，肯定放屁而死。这是谁说的来着？"

林子梵混在笑闹声里，一直没有发表高论，只是静静地倾听。这时，终于忍不住，挺认真地冒出一声，"富兰克林。"

这下，几个人全都笑得不行了。

停了半晌，维伊才说，"我发现，你这个人肯定也是个纸上谈兵的。"她把目光热辣辣地燃在林子梵清秀的脸孔上。

"你这么肯定？"林子梵侧过头，瞟了一眼幽幽的烛光里已经显得不胜酒力的维伊，她的脸颊鲜灵饱满得有如夏季的久保蜜桃，随着音乐的颠荡，那蜜桃般的脸孔仿佛是悬挂在桃树枝上，透白、润红而富有光泽，咬一口定是满嘴蜜液，滴汁流香。

这真是个矛盾复杂的女人，维伊和他以往见过的所有的女性都不一样，她肉感、热烈、机敏、丰盈、世故、玩世、撩人，具备了可以拉上床玩一玩的那种肤浅风骚女人的可能性。可是，她分明又不是那种简单的女人。

维伊不停地开怀大笑，尖厉的声浪在林子梵的耳膜上一阵阵擂响。

忽然，维伊说，"你说我干吗这么高兴？我笑，是因为我不想变成一个疯子。你们这几位动不动就哲学的人，肯定知道这话。"

林子梵走神的时候，不知是谁问了维伊一句，"怎么那么高兴？"

维伊斜瞟了林子梵一眼，眼睛里的水亮的光泽动感而不安分。

林子梵没有接她的话。

整整一晚上，他很少说话，他在观察，他的注意力自然是倾投到维伊身上的，但是他那训练有素的自制力，使他的目光能够均匀分散地洒落在每个人的脸孔上，仿佛他对每一位男男女女都有着浓厚的兴趣。

维伊又嘹亮地笑了几声，接着说，"你们这群文人活得太愤怒了，何必那么严重当真呢？你们以为伏尔泰主义是什么？笑声才是一把利剑呢，杀人而不动干戈。只有用笑声去和对手周旋，才不会降低自己，才能够提醒对方的愚蠢。"

维伊一边说着，一边把手伸过来抚在林子梵的修理得光秃秃的头顶上，胡乱而轻浮地拨弄着，不相干地说了声，"这只秃脑壳修理得真漂亮！"像是抚弄婴儿的纯真无助的脑袋。

博士王说，"我们愤怒吗？我平静得都要睡着了。"

林子梵有点消受不了这种居高临下似的带有某种优越感的女人的

抚弄,便把她的手拿开了。

天啊,她居然也知道伏尔泰!

林子梵实在有点把握不住这种女人了。

以往,他的身边总是学院里那种颇为严肃的女学者,她们大多数矜持端庄得有如舞台上前奏已经响起的花腔女高音演员,收腹、扬胸、敛颈、挺肩,每出一言都准备着进入人类思想史,或随时准备着被人写到报纸里边去,乏味透顶。

像维伊这般活得透又放得开的鲜鲜活活的女性,他还是头一遭领教,感到既刺激、诱惑同时又不敢轻举妄动。

林子梵这晚的啤酒喝得有点多了,他起身去卫生间。走路的时候,好像是走在黑色的云层里,飘飘悠悠。他已经好久没有过这种感觉了。

林子梵从男用卫生间里出来时,维伊正在外边的男女共用的镜子前梳理头发,她的手指一板一眼,全神贯注在自己的头发上,好像没有看到他一样。

林子梵凑过去洗手,站在维伊身边,一边洗一边抬起头从镜子里打量维伊。

他看见她的身子有些失控地微微摇晃,镜子里的影像就如同一张洗印得发虚的照片,显得模糊不清。

维伊没有和他说什么,只是目不斜视梳理着自己的头发,指尖轻巧而柔软,那份精心刻意,仿佛是在丝绸店里挑选真丝料子时抚弄着它的纹路。

意外,是在倏忽之间发生的。

维伊本来专注地摆弄着头发,可是,她忽然身子一歪,就倒靠在林子梵肩臂上。

林子梵一时猝不及防,但他还是扶住了她。

维伊流光溢彩的眼睛似睁似闭,眯成一条缝,借助半醉半醒、真真假假的酒力,一个劲儿往林子梵颀长俊拔的身体上靠,并用力环住他的脖颈不撒手,热热的胸乳紧紧贴在他的肋骨上。她那薄薄的衣衫下的乳房,坚挺得如同两只充满弹性的拳头,抵在他某个敏感的穴位上,通过他丰富的神经网络系统迅速弥漫到全身。

林子梵不由得战栗了一下,急忙说,"你没事吧?"

他一边说着,一边向后闪了闪身子,并迅速地用目光环视了一下四周。

"我看得一点不错,你的确是个纸上谈兵的家伙。"维伊虽身带醉态,但显然脑子还格外清晰,"我告诉你……为什么你……虚无吧,……你缺乏行动……孩子,让生活充满有意思的行动吧,而不是幻想……"

天,她居然称他孩子!

这让林子梵又有点不舒服。

这是她第二次令他不舒服了。

他想,她无非是想显示一下她的生活阅历,或者女人的某种优越感罢了。

他没有接她的话。

可是,他心里非常清楚,维伊的话触到了他的关键处。

像林子梵这样的一个自我感觉"功成名就"的诗人,一个吃过女人苦头的男人,早已对生活充满了必要的和不必要的戒备与防范。他的"名人意识"总是使他怀疑,别人是看上他的"名"了呢,还是看上了他本人?尽管他仪表堂堂,有着一副年轻、英俊、性感而且颇为前卫(主要是由于他那剃得如同光滑的葫芦一样的头颅)的脸孔,而且骨架优美、挺拔俊逸、服饰新潮,可以算得上英俊倜傥,但他仍然疑虑重重,仿佛生活的周围布满了陷阱,危机四伏。

所以，在他与人最初交往的几个回合里，往往像个侦探，封锁住自己的一切，而尽量多地打探了解对方，对对方投来的热情向来不敢轻易造次。

这也是他至今过着单身生活的原因之一。

盥洗室里这时候没有人，时间静止得像太阳一样消亡。不远处光线不明的吧厅里正狂欢着，人影在幽暗或者说半明半暗的色调中晃动，产生一股虚幻的神秘性甚至类似于恋爱的感觉。

一派世界末日的喧闹与繁华。

林子梵知道，一些破碎的什么东西正在那里的酒杯中升起，渴望着聚拢。

维伊如同一株饱满的树苗，倒伏在林子梵结实的肩头。

林子梵扶着维伊，心里乱了套，胸脯里七八只小鼓没有指挥地胡乱敲着，杂乱之音在他的体内咔咔碰撞，令他有些喘不过气来。

他侧垂下头，凝视了维伊一会儿。

只见她闭着眼，仿佛他并不存在一样，她只沉浸在她自己的小憩之中。

闭着眼睛的维伊如同一道纯净的彩虹，晶莹而缤纷地悬挂在林子梵的肩颈上，这彩虹的覆盖，使得林子梵内心里的冷静清醒，哗哗啦啦坍塌得溃不成军。他想，这彩虹，在维伊睁着眼睛的时候，是不可能存在的，因为她的清醒仿佛使得身边的一切都蒙上一层混浊的乌云。

林子梵沉了一会儿，才轻轻地说了声，"真厉害！"

他的那声音低得没有人能够听到，因为这窃窃之音只颤响在他自己的心里。

林子梵所说的"真厉害"，自然是指维伊在酒吧里那种飘来荡去的表面上滚烫、轻浮而放纵的眼风深处，所蕴含的不经意然而却是一针见血的洞察力。

3　一条水草

　　这天夜晚，大家都喝多了酒，深夜三点多才一个个步态摇晃脚下踩着流沙似的从酒吧里晃出来，飘飘忽忽站立在 P 城夏日的清静凉爽的马路上。橙黄色的街灯在人去路空的夜晚显得格外萧条，恍惚的光线发出细雨一般的唑唑声。

　　夜晚的雨声总是容易触动人们心里的什么，特别是林子梵这种艺术类型的人，他一直觉得狂风和暴雨是属于政治家的，它带有一股强烈的总结性、煽动性和批判性。而绵绵细雨的沙润声是属于艺术家的，它给人一种遥遥无期的绝望和激情，那从天而降的水声滴落在屋顶或窗棂上，往往在他心里溅起一股热烈的冰冷感。

　　此刻的雨声肯定是出于夜晚的情调上的错觉，因为这时并没有下雨，那雨只在林子梵的幻觉里缥缥缈缈，混杂着一种尖锐的类似于伤感或者失落的情绪刺到他的肉体深处。

　　他有些反感地把自己这种忽然涌出的"少年"起来的情绪用力排开。

　　酒后的几个人，影子似的零散地立在马路边上。

　　间距拉开后，他们才忽然觉出，刚才酒吧里的热情转瞬之间就降温了，那真实的热情也像他们的身体一样，在空空旷旷的街上变成了影子，失去了真实感，渺茫得无以盈握。

　　分手在即，几个人不免有点难舍难分。

263

难道欢乐就这样短暂?

难道欢乐只存在于酒精之中?

于是,又相互靠拢,仿佛要抓住不想失去的什么,凑成一团。先是男人们彼此拍肩击掌地说再见,然后是男女混合地搂搂抱抱,新朋旧友一律亲人似的拥抱吻别。

这份动人的亲密景观,在 P 城这座由冰冷的钢筋水泥预制板构筑的城市里,显然是过于热烈了点,使人依然感到不真实。

可是,似乎大家谁也不在意它的牢靠性。哪怕这份亲密只存在短暂的一刻呢,总比没有好。

林子梵和维伊却没有当众拥吻的意思,两人都原地站着没动,空空落落地垂着两条随时准备着伸出去的手臂,只是向对方望了一眼,就又都调开目光,彼此忽然矜持起来。其他几个人都相互留了各自的通信地址,唯有林子梵和维伊连电话都没互相问一声。

然后,大伙就纷纷扬起手臂招呼出租车。

林子梵是在出租车停在维伊身边的一瞬间,忽然唰的一个箭步蹿到她跟前来的。

"我送你回家。"他说。

维伊不置可否,随他上了车。

他们并排坐在出租车后座上。

维伊向司机说了去处。

司机问,"怎么走?"

"随便。"她回答得很干脆。她不识路。

林子梵急忙从皮包里掏地图,然后展开来,双手举着借助外边的路灯查看路线。

不知是酒后坐立不稳的缘故,还是车子本身的摇晃,他们挨着的那一侧肩臂和大腿不时地磕磕碰碰。林子梵全身的神经都被这种不经意的触碰激活了，这种感觉的确久违了，他用整个身体的内部沉浸在这种无意中的有意中，但他外部的神情却仿佛专注在查找地图的路线上。

维伊又是扑哧一声笑了出来，"干吗这么严重？又不是什么军事行动战略部署。真是一点没错，一个地地道道纸上谈兵的！"

这是她第三次说他纸上谈兵了。

本来嘛，一个久居P城的大男人，在自己居住的城市里还需要地图，这本身就够说明什么的。

"我方位感差。"林子梵不好意思地从地图上抬了下头，瞥了维伊一眼，笑笑。

林子梵喜欢地图。

平时，他就像女人随身必带着钱包、口红、餐巾纸似的，他总是身不离地图。

林子梵对于地图的执着癖好，绝不仅仅是由于方位感差。他始终认为，地图的美妙之处绝不单纯是用来识路的，他的内心总是能够沿着地图那曲折绵长的纹路升起一股遥远的思乡的感情，一种扯不断的然而却是不真实的想念。仿佛他的家乡在别处，或者存在一位令他苦苦思慕的什么人，她不在他此刻脚下身处其中的土地上，而是在某一处远方，他一定要把她从地图里"挖"出来。

"我分析过。"维伊说话时，车身猛地一颠，她的身体整个倾斜到林子梵的肩臂上。

"什么？"他从地图上抬起头，"分析过什么？"

"分析过人。"维伊把身子坐直，拢了拢被窗外的夜风吹得有些凌乱的头发。

"怎么了，人？"

"热衷地图的人，是属于精神漫游型的幻象或妄想主义者；像我这种更看重电话簿的人，是属于物质主义或现实主义，无论在哪儿，话筒一拿起来立刻就能解决实际问题。"

林子梵心里又是一动。

他从来不愿意也不承认自己是一个靠幻想为生的纯粹的精神主义者，当然他也不承认自己是一个纯粹的物质主义者。可是，在他的骨头里边，那一种浪漫幻想的东西的确一直没能随着物质的年龄阅历的增长而泯灭。

"你还分析过什么？"林子梵这时不仅仅是肉体，他的思维也被维伊调动起来。

"还有——"她的目光转了一下，就掉落到他膝盖上地图底下的皮包上边。

"比如，这只皮包。"她说，"我分析过，有些男人是不喜欢随身带包的，他们宁可缺点什么不方便，也不愿意背个包，负起多余的包袱。在情感上也一样，这种人不愿意负起感情的不必要的包袱，不会拖泥带水剪不断理还乱，甚至他们根本不会真正涉足需要负起责任的感情关系。"

"你的意思是说，像我这样习惯随身带包的男人，是负责任的男人？"

"那还要看你包里的内容了。"维伊把手伸过来在林子梵的皮包上捏了捏，"那种里边空空荡荡并不需要装东西，而只是因为大家都带个包所以他也带个包的人，肯定是人云亦云者；如果里边凌乱不堪，半包干掉的香烟、两张去年的电影票、一支用不着的没水的签字笔，乱七八糟全都胡乱堆着，这种人随意、好玩而不拘小节，小事上糊涂大事上也不见得明白；如果包里一年到头除了文件工具还是文件工具，整整齐齐排列得有如身着制服的听话的仪仗士兵，这人肯定是工作狂、乏味、刻板，没什么情趣，但可能事业成功；那种与朋友一起玩经常说他忘记带钱包的人，精明、吝啬、唯利是图……"

维伊一边说着，一边用眼睛不停地瞟着窗外。

林子梵一直侧着头注视着维伊说话，他发现她的眼睛躲在被车窗外边的夜风吹乱的秀发底下，水一样晶亮、闪亮，街灯的光晕在她脸孔秀美的轮廓上跳跃闪烁。

他忽然有一种发现，女人凌乱散漫的头发实际上比那种光滑整洁的头发更富于性感，这美妙的凌乱仿佛是从床上刚刚做完什么事之后的疲惫倦怠。

汽车后座上维伊的这一性感动人的画面，凝固在林子梵脑中记忆的胶片上，使他在接下来的几天里仿佛一直在车中颠荡。

大概是车身的颠动赋予了说着话的维伊以某种启发性。

忽然，维伊话锋一转，与上边无关地说，"你知道吗，我喜欢动着，走着或者坐在车上，公共汽车、小轿车、火车、飞机、自行车、轮船都行，只要身体动着，我才能感觉到自己存在着，感到肉体的真实，这是最贴近我的物质，我清楚它的内部、外部的一切细节和韵律。"

"包括做爱？"

"你知道我不是指这个。但做爱的动感的确美妙，它使我感到我的胸、颈、腿、耳朵以及臀部的真实。生命在于运动，这是我现在重要的一项体育运动。"维伊侧过脸，看到街上橙黄色的路灯在林子梵清瘦的脸孔上一跳一跳闪烁，她就又把手放到他十分现代主义的光头上，抚摸了一下，说，"我看你是缺乏锻炼，宝贝。"

林子梵不太喜欢她一会儿"孩子"、一会儿"宝贝"的居高临下似的充满优越感的语调。

但她柔软的手掌在他的脑壳上抚摸的一瞬间，他的冰封多年的头颅的确感到有一种什么温热的东西在那地方发出一股停住的力量，那力量从他的头颅压迫到他的胸骨处，使他觉得车子的窗户虽然敞开着，但空气仍然显得不够。一时间，他的缺氧的胸口发出一丝类似于疼痛般的抽空感觉，这感觉随即闪电般地直抵他的致命的腰胯处。

林子梵没出声，他身体感觉的深刻抵消了维伊语调的轻浮。

这时，似乎她的话还没有讲完，就忽然冲司机说了声，"在这儿靠边停车吧。"

林子梵思维停滞在维伊刚才的随意然而极富诱惑的那句话上边，充满了遐想。他很想搂一搂她的腰，他的手掌已经在这个美女如云的城市里空旷了很久，而手这东西是不能空着的，这是他积了多年的经验总结出来的真理——他平日写字或者阅读，难道只是为了写字和阅读吗？难道就不存在想以写诗或者翻阅书本的手指的摩挲，间接地触摸女人的体息吗？

这会儿，林子梵多么想让自己的手指摆脱大脑的理性控制，像在钢琴上演奏爬音一般，在她妩媚的肋骨和脊背上爬行。

就借此当作告别仪式吧。

可是，他的手指僵在膝盖的皮包上，如同两根盲人的失去记忆的手指，一动没动。

"下车吧，我到了。"

最后的时刻终于来临，林子梵兴犹未尽，便叹着气随维伊一同钻出汽车。

"还有呢？"他说。

"什么还有？"维伊笑起来，"且听下回分解吧，如果还有下回的话。"

林子梵用力呼吸了一下，问道，"你什么时候离开P城去找你那位计算机专家？"

"下个星期。"

林子梵听罢，吹了声响亮的口哨，那呼哨带着起伏的弧度从深夏夜晚寂寥的上空划过。

然后，他就笑了起来，那笑声把身边凝重的夜色搅得有点肤浅，他一边笑一边连声说"好、好……好……"，他把每个字都咬得含含混混，好像嘴里正用力嚼着口香糖。

"什么好、好？"

林子梵颇为自嘲地说，"我在笑我自己的荒唐，一个几天后就要离去的人……我居然……"

"别这么目光短浅，像个老鼠。那是你吗？"

这时，等候一旁的司机按了两声喇叭，不耐烦地把头从车窗探出来，问了声走不走？

林子梵抬头望了望天空朦胧的但却很银亮的月亮，又重重地吸了一口气。

有这样孤清月亮光质的夜晚，应该是情人的夜晚，应该是意韵美妙、醉人而心跳的夜晚，应该是在排箫缠绵悱恻的乐声里，情侣的脖颈都探向对方的肩窝，绵延得如排箫一样颀长。

可是……睡眠的街空着，人的心也似乎没着落地空着，眼看维伊那诡秘迷人的裙裾一闪即逝了……

林子梵终于把一时落到了虚无的月亮上边去的目光收拢回来。

"好吧，那么再见。嗯……如果可能，再联系。"言语间有一股大义凛然、视死如归之气。

"再见。"维伊的脸孔也难得地泛起了沉闷的海洋的颜色。她一晚上都是笑着的,这忽然而起的深沉的海洋色,使林子梵立刻闻到了混杂着热带青青植物的海风气味。

他们的分手比起刚才酒吧外边的那场隆重的告别仪式,显得过于潦草、随意甚至于冷漠,好像是单位办公室里的同事,明天一早还能见面一样漫不经心。

林子梵头也不回地上了车。

当出租车如同一股流水唰的一声从维伊身边一闪而过的瞬间,林子梵望了望车窗外边维伊那鲜亮的稻草一般的身影,心里很不是滋味,似乎濒临某种莫名的绝境,身上泛起一阵空旷的冷。

他感到自己在无尽无期的大海里已经漂泊得太久了。长时间以来,他在空空荡荡的生活的水面上浮游,连根稻草也没有抓到。在这一瞬间,维伊那渐渐远去的鲜亮的背影,的确使他想到了"稻草"这虚幻的流动之光,一根水中的稻草,虽然不能救命,但毕竟给人以遐想的希望。能够假设一个希望,是多么美好。

那"稻草"青亮的光泽,在黑暗中只虚幻地跳跃闪烁了几下,很快就被茫茫夜色这一张庞大而真实的画布吞噬了……

4 时间不逝,圆圈不圆

雨这东西就怕下起来没完,窗户外边石板路上的雨水像堆积得厚厚密密的虫子,绵延着有声有色地乱爬,把人们的腿脚封锁在房子里动弹不得，时间久了，人心里就如同长了荒草，七上八下，凌乱得不成方向。

九月的P城，仿佛变成了梅雨季节的南方城市，天穹漏开了无顶之洞，单调的雨声像乏味无聊的人声一样堆积成片。林子梵心里的荒草已经绵延了三天三夜，拢都拢不住。天的颜色与他的脸色一样灰沉。

雨季显然不是缘由。

以前，林子梵是喜欢下雨的。他不太喜欢那种太阳当头、灯火通明的"艳阳天"，仿佛家家户户的屋檐上都挂满了喜庆的彩灯，或者空中布满了热辣辣的天使的眼睛，使他无处藏身，更不敢抬头向天宇凝望。

他曾经听说，阳光绚烂的日子，"天使"容易下凡人间。可是，他有点恐惧那种洁白无瑕的"天使"，"天使"的不食人间烟火总是使他觉得她一定很瘦很瘦，瘦得像一条影子，没有体重，立不稳，不扎实，连同她的爱也不足盈握。

关于"天使"一定很瘦这个奇怪的逻辑，林子梵也不知是怎么形成的。

他始终以为，有缺陷的女人才是真实可感的，才可能拥有结实的情感。他不怎么相信"天使"这种虚幻缥缈的圣洁完美之物，他以为那不过是人类对于神话的美好向往罢了。

"天使才佩带利剑呢！"他总是这样说。

至于上帝，他不太想得清楚。反正大气污染得如此严重，上帝站立在人类企及不到的云端高处，被身下混浊的气流阻隔着，人们望也望不到他。但是，林子梵空落的双眸是渴望上帝存在的，哪怕只能望到上帝的一个脚指头呢。

以往林子梵一直都喜欢雨天，阴霾的天色最适合追忆往事，追忆是需要一种精神的"黑洞"的,这种身体内部的"黑洞"与黯淡的天色不谋而合,迎合了他追忆往事所需要的氛围,使之顺畅地延伸。

但是,这几天的阴雨绵延,却使他烦躁不安,他的神思始终无法专注地沿着往日那"黑洞"伸展。物质的肉感的但又绝不仅仅是物质的肉感的维伊的影子,始终缠绕不去,他的神思扭结在一个绕不开的扣结上——怎么能说离开就离开呢?也太不负责任了!

进而又想,人家是你什么人,要对你的不愿她离去的念头"负责任"?

可是,有某种东西刚要开始就又要离去,这样的开始又有什么意义呢?

他翻来覆去,倒四颠三。

正好林子梵这两三天手里有心无心地翻弄着克罗齐的一本书,其中有一段使他对当下的处境发生了联想。

书上说,历史其实是人们受当下的情境触发而被理解和接受的,只有出于对当下的兴趣,人们才会去研究那些很久很久以前的老事,所以,它不是针对历史本身的兴趣,而是针对时下的兴趣。

林子梵就此想到,如果把克罗齐的时间轴由向后的方向改换成向前的方向推移,人们对未来的关注其实也一样是由对当下的兴趣产生的。但现在,如果一定要把未来与当下割裂开来,也就是说,假设未来不存在,那么对时下的兴趣势必会变得空落无着,变得焦虑而可疑。

林子梵的烦躁不安正是缘于此。

毕竟,维伊是诱惑了他的人,这诱惑当然更多的是感性的,触觉的。他不能自已地回忆她在烛光暗淡的酒吧里流光溢彩的眼风,她在盥洗室中忽然半醉半醒地倒伏在他猝不及防的肩臂上那惊艳颤魂的体息,她整理秀发时那种一丝不苟庄重肃穆的仪式感,她的狐狸一样狡點诡异的常常是忽然而起的朗声大笑,她走路时行云般的婀娜旖旎、懒懒散散的裙裾,那裙裾在他的记忆里照亮了整个那条夜晚的街道以及他对未来的一点幻想……他望到她从黑水一般陌生而不属于他的人潮中,闪亮着流动的眸子翩逸而来。

维伊的影像不断在他的思维边缘处闪烁,有什么东西如缠绵的雨季被扯不断地思慕着,推也推不开。

他内心空洞又似乎郁积得太满。

他得承认,在他的对于维伊的幻想中掺杂着很浓重的肉欲的成分,但是,他的理性似乎拒绝接受这一事实,人家是有夫之妇嘛。

林子梵就这样在阴雨绵延的天气里自相矛盾,破绽百出,翻饼烙饼,阴云翻覆。

最后,他把这场缠缠绵绵的雨归结为罪魁祸首,这雨里边有一股莫测的东西,使雨不像雨,而像一场来路不明然而已经孕育了很久的阴谋!

我林子梵什么时候如此这般大冬瓜。

他猛地从床上一跳而起,丢开手里的书籍,连同关于维伊的一切胡思乱想,把一切统统丢在一边了。

他发誓不再想。

然后,他就跑到外边雨中去了。

林子梵在雨中乱走,绝不是出于少男少女那种自我情感的煽动,那种与天同哭、与地同恸的悲绝。他在庆幸自己又一次从某种危险边缘的泥沼中拔脱出来,心中升起一种否定、修正并建设出新的理论的快感。

他再一次想到了科学哲学家卡尔·波普尔的言论:一个好的理论的特征是,它能给出许多原则上可以被观测所否定或证伪的预言。

雨水的洗礼,使林子梵回到了原初的哲思精神状态,仿佛脚下的每一个石头子都踩到了一个哲学命题上,他甚至觉得几天来关于维伊的一切思绪,实际上那么雷同于《纯粹理性批判》的二律悖反,伊曼努尔·康德在考察关于宇宙是否有一个时间上的开端这个问题时,他对正命题论证是:如果宇宙没有一个开端,则任何事件之前必有无限的时间;他对反命题的论证是:如果宇宙有一个开端,在它之前也必有无限的时间。

林子梵忽然觉得,维伊正是类似这样的一个悖论。

她就像"时间"一样具有相对性,"将来"和"过去"不过是称作时空的某种东西中的方向,我们只能朝着"时间"的将来的方向前进,或者和它夹一个小角度前进。但是,维伊显然不存在"未来"这个方向,连与之夹个小角度前行的未来也没有可能性。

这真是一场荒唐!

他回到家里时,全身已经被雨水淋透,衣服沉甸甸的,但他的心里好像已从拖拖拉拉的阴雨天里清爽出来。

父母已经完成了早市购物、公园锻炼等一上午紧锣密鼓的节目,回到家里。

他们今天一反往常那种兴兴隆隆、热火朝天的烧饭景观,房间里显得有些冷清萧条。母亲没有在厨房里,而是坐在他们卧房的床沿上板着脸孔,鼓着嘴一声不吭。父亲站在客厅里,手里正摆弄着什么。

一望可知,他们今天为着什么事闹着分歧。

见儿子回来了,父亲首先迎上去,同时把他手上的那宝物似的东西递给林子梵看。

"这可是古玩,有价值,有意义。"父亲急于定调。

林子梵接过来,一看就笑得不行。

他曾听母亲唠叨过,说他父亲近来脑子出了毛病,喜欢买早市货摊上的旧物，明代的一张破茶几，清朝的一只脏瓷花碗，美国三十年代的一本老式汽车的图本……都让他流连忘返，恋恋不舍。几次都想购买一件什么，但一问价格，先就囊中羞涩起来，加之母亲的阻拦，此念一直未逞。

如果父亲只是痴迷于看看，母亲也就随他去。可是，今天父亲终于按捺不住，买回来一件。

父亲在林子梵的笑声里急着说，"并不算贵，并不算贵嘛！"

林子梵接过那帧据说是清末民初的旧照片，一行醒目锋锐的反白小字首先从照片底部赫然而出：于八十岁改嫁。

如此富于"革命"煽动性的句子，不知是照片上那位女子本人的心声，还是被制作者补白上去的。

林子梵仔细端详瞻仰起来。

这位白花青衣女子端坐在雕木镂花床栏前，脸敷白粉，青丝如云，头戴玉簪翠钿，素衣裹身，身下是一双惹人心中怦然一动的三寸金莲。一束很旧很旧的阳光斜射在她光洁的脸孔和遮掩不住的胸乳上，她整个的神情仪态被那束明媚的光芒照耀得丰盈绵软，近乎妖娆，但又绝不失大家闺秀的端庄与文雅。

她身后的床帷与藤席不免使林子梵想入非非，他想象起她在每天晚上一步三摇、碎花细步地从外间屋艳装而入、蹑履而上的困倦模样，她侧卧在青罗帐内，檐雨的婆娑声敲打在她饥渴的皮肤上，已是"久旱"无"甘雨"了，她思念的夫君身处远方久无信息，她辗转反侧，眼帘里的眸子盈满浓浓的期待的热烈与焦灼；每日清晨，她安静地坐在案台前，墨竹一支，香砚一块，她眉头微蹙，脸上的香脂散发着一股清馨的花草植物气味。她沉默不语，一会儿冥思苦索，一会儿挥墨如流云；黄昏则是熬人的漫长，褐色的地平线上，那邮路马车仍是杳无踪影，只有荒草青青旺旺地闷长，她的发呆的眼神沿着与荒草垂直的方向一日日伸长……

那眼神概括了新中国妇女解放运动以前所有的女性史。

林子梵一边细细观看，一边被不绝如缕的想象缠绕住了。

这时，母亲在里间屋说话了，"弄来个一百年前的女人放在家里叫什么嘛！一堆糟朽之气，霉味满天。这女人她怎么就那么好，非得买回来不可！"

"这是文化！"父亲停了一下，又说，"看看人家，一百年前就那么开明，'于八十岁改嫁'，我这是帮助你们闹妇女解放运动呢，有什么不好！"

"老二百五！"

林子梵已经笑得乐不可支，边笑边说，"妈，多少年前的老太婆了，早就活不过来了，您还吃她的醋！我爸他就这么点爱好，没什么。这时节，人有点爱好不容易。"

"他买，我也买！"母亲说着，从里屋冲了出来，手里举着一只雕花木头钟。

这时，电话铃忽然响起来。

房间里的争论停滞下来。

林子梵有一种预感，这预感立刻使他心跳猛然加快。

他迟疑了一下，然后，一个箭步抢在父亲前面，拿起了电话。

果然，是维伊。

这忽然而至的天籁般的声音沿着他干渴而警惕的耳道流进他的胸腔，这声音扯断了他在丝丝绵绵的雨幕里的一切理论，把他整整一个上午行走中的体系完全地瓦解了……

放下话筒，林子梵愣愣的返不回神，只是死死盯住母亲手里举着的木头钟发呆。

母亲似乎继续说着什么,可是,他什么也没有听见。

林子梵看到那木头钟的纹路繁杂曲弯,透出时间的复杂和诡秘,它呈环状围拢成一个圆。

他脑中猛然蹦出一句话:

"时间不逝,圆圈不圆。"

5 看得见的乐声

维伊到达 P 城那座著名辉煌的 BL 大厦时,时间刚好是傍晚七点,她十分准时。

她从硕大的金属雕纹大门往里边浅浅地走了几步,就敛足收住脚步,高跟鞋训练有素地稳稳钉立在厅堂光滑耀眼的地面上。她婀娜着腰身,引颈翘首环望。

大堂里已是人头攒动。

这里的人很明显地与街上的人群不同,奇装异服不用说,单看他们的头发,就知道他们属于 P 城里的另类人群。

这里的头发是不能按性别来划分的,头发们不分男女,要么长发垂过腰际,要么短得如茸茸寸草,像林子梵那样的被剃刮得如反光的镜面一般的秃头,在这里简直俯拾皆是。

这些人平时混杂在 P 城浩浩荡荡正常的人群里,维伊只是觉得有些鹤立鸡群,与众不同,并不构成惊讶。但是,当这些怪里怪气的服饰发型汇拢成群,恢宏成片的时候,维伊就不能不感喟景观之蔚然了。

今天这里将举办的一场特别的表演，叫作"看得见的音乐"。据说，这位著名的画家吉拉尔德·艾科诺莫斯是一位举世无双的通感艺术家，他融声音与颜色为一体，在大型的交响乐队演奏中，灵感勃发于巨幅画布之上，当音符如一颗颗珠子在听众的耳际飘落飞旋、断断连连的时候，这位通感艺术大师就会按照乐声的层次意境、起伏节奏，把大块大块和极小极小的色块像甩炸弹似的参差错落地甩到巨幅画布上，随着音乐的结束，他手里的一"甩"，正好落在最后一个音符上，一幅意韵深远的油画就完成了。

吉拉尔德·艾科诺莫斯先生手里的这最后的一"甩"，曾随着莫扎特的《费加罗的婚礼》炸响在一九九四年十二月十四日里斯本的上空，还曾"甩"到了巴黎和墨西哥人民的身边。

这一"甩"能够"甩"到中国P城来，也说明P城正日益走向国际化。

维伊凭直觉感到，像林子梵这种男人，就是不想为她本人出来约会，也会为这种新鲜的艺术而出来与她约会的。

维伊站立在大堂门口环视了不到一分钟，没见林子梵的身影，就决定先去盥洗室整理一下。

其实，她并没有什么好整理的，出门前，她伫立在镜前精雕细琢、用心良苦地隆重打扮了一大场，她先用林子梵的目光审视自己，然后用自己的眼光，最后，又用陌生人的目光对自己上上下下仔仔细细苛刻挑剔地斟酌了几番，才走出家门，招手打车。到现在时间总共不过半个钟点，她知道自己精心描摹的仪容不会有什么改变。

但是，总不能让自己楚楚地兀立在大庭广众之中等候一个姗姗来迟的男人吧。

她判断了一下，就向有可能是盥洗室的方向走去。

维伊十分钟后出来时,林子梵已在大堂里东张西望了。

维伊一眼就看到了他,透过空间和时间的迷雾,她看到了他的骨感而清癯的秃头、颀长俊逸的身材以及整洁、入时并且前卫的衣着,即使在众多"妖魔鬼怪"成群连片的地方,他也依然出类拔萃。

林子梵这时也看到了维伊,他望着她从里边的盥洗室方向款款地袅袅娜娜地移着不慌不忙的闲步,向他摇摆着手走来。

林子梵迎上去。

走到近处,他看到维伊比上一次靓丽了许多,不仅是衣着打扮,就连五官芳容都发生了极大的变化,嘴唇更加丰厚饱满了,晶亮闪烁的润红色如同被丰足的油汁爆炒过的刚刚出锅的糖醋里脊,散发着馨香;眉骨与眼窝之间凸凹立体、错落有致,眼睛仿佛掉在了深谷里;脖颈也发生了强烈变化,白蜡烛一般纤长湿润;整个体态从肩骨到腰腹再到小腿脚踝,一波三浪、行云流水、浑然天成;还有……

林子梵一时弄不清维伊是哪里变了,反正是变了。

他礼貌地移开一点直视她的目光,想,这女人真是魔术一般奇妙得千变万化。

大堂里涌满的人已渐渐流动稀疏,开始入场了。

他们顺着人流,往入口处移动。

林子梵护佑在维伊的左侧,用右手横拦在她的腰背后边,以挡住前涌失控的人流。同时,他的手臂又礼貌地与维伊的腰身保持着大约十厘米距离。

他一边往里边移动,一边默想,我这是怎么了,从来没有如此绅士过。

按照节目单上的安排,那位通感大师的表演,是在最后一曲《黄河大合唱》的演唱中才出现。这令人有些扫兴的安排,却使林子梵和维伊意外地高兴了一下,他们心领神会地对望一眼。

不言而喻,他们都想趁正式表演之前先说说话。

演出开始了,乐队先是奏响柏辽兹的《罗马狂欢节》作为序曲,然后演奏了陈钢、何占豪的《梁祝》。

林子梵今天不知是维伊坐在他身边的缘故,还是这一次的交响乐团的表演与以往有什么不同,他莫名其妙地平生第一次被交响乐的高贵震慑住了,在吉拉尔德·艾科诺莫斯先生出场之前,他已经意想不到地陷入了难以抑制的激动之中。

《梁祝》无论是电影还是小提琴协奏曲,他以前都是看过、听过很多遍的,但没有一次令他如此这般投入感动。那高高低低、参差错落、回肠百转、悱恻缠绵、揪心扯肺的旋律,使得林子梵几乎要为古典主义落泪。

他第一次觉察到《梁山伯与祝英台》这部电影在艺术形式上的具象与写实,是多么糟糕地局限艺术本身的意韵和人们的想象。

他望着台上一律身着黑衣的艺术家们的演奏,情不自禁地陷入了自己的情感中。

什么叫心碎!什么叫磅礴!什么叫玄妙翩跹!什么叫肝胆牵缠!别说吉拉尔德·艾科诺莫斯大师要在音乐中画画了,就是连他林子梵也满脑子飞舞着诗句,曼妙的语词如同断了线的珠子,随着音符的飘逸而在他眼前浮动。

他忽然又少年一般地儿女情长起来,所有的浪漫故事都从乐声里"显影"出来。

林子梵不明白自己为什么只要维伊一出现在身边,他就总会无能为力地变成一个少年。

林子梵低下头,用余光瞥见维伊那显然也是由于激动而略显起伏的胸乳、小腹以及大腿。

这时候,他的耳朵与眼睛分别同时进行着两重活动:他的耳朵交给了音乐,他的眼睛交给了维伊的身体。

音乐与维伊交相呼应,又带来一些综合的感觉:小提琴在他的心弦上颤,黑管在他的血液里流,鼓声沉闷地擂击着他的骨头,沙槌暗哑地摩挲着他的肌肤,竖琴在他的肋骨缝隙爬动,快板敲击在他的脚底上,琵琶蹦碎得如同一盘豆,颗颗落在他的牙齿上,大钹重重砸在他的肺叶上无法喘息⋯⋯

林子梵醉然地半闭上眼睛。

他的手一点点向维伊的大腿摸索过去。

林子梵的手指向着维伊的大腿延伸的过程十分漫长,仿佛是二万五千里长征,需要爬雪山,过草地,敌进我退、敌追我跑、敌驻我扰、敌退我追的迂回繁复的战术。他想象不出另外一种男人,是如何一步就洞穿了一个女人一生的历史的。

他的手指缓慢而紧张地向着维伊的大腿挺进。

可是,维伊的手指似乎已经在那儿等待很久了。因为,当林子梵迟疑的指尖刚一触到她,他们的十根指头立刻就紧紧缠连到一起。

他们都没有侧过头互相凝视,而是眼睛直直地望着舞台,那个年轻的指挥似乎也在《梁祝》的乐声里动了情,他摘掉了眼镜,两颗闪亮的泪珠挂在他的脸颊上。

林子梵望着那也许是表演式的圣洁的泪珠,想的却是他在舞台之下、床笫之上,如何干他的女人的色情的画面。

他这样想的时候,也在矛盾地惭愧自己的污浊与庸俗。

林子梵的手指情难自禁地脱开维伊酥软的手臂,挺进般地触到了她的私处。

他兴奋地感觉到，那个地方也如同她的手臂一样，温暖而湿润地在《梁祝》的乐声中敞开着，等待神圣之后的什么降临……

林子梵的呼吸急促起来，一股温泉从他的喉咙穿越胸膛向身下游动，腰胯处那条已经缺氧许久的鱼儿，很快就被他在丰沛的触觉中产生的氧气激活了……

当吉拉尔德·艾科诺莫斯先生随着《黄河大合唱》登上舞台在巨型画布上挥彩涂色的时候，林子梵和维伊才从音乐里的爱情故事中努力转换"场景"。

以前，虽然他们对于冼星海音乐中的阶级仇、民族恨，不像对陈钢、何占豪的浪漫主义爱情那么容易沟通，但是此时，他们觉得《黄河大合唱》这个严峻的时刻应该努力投入肃穆的民族主义精神，再不能拉拉扯扯缠缠绵绵。

但是，不知为什么，他们没能一下子振作起来，肃穆起来，更没能严峻起来。

林子梵窃窃环视了一下四周，发现身边的年轻人大多与他们一样，浑身缺乏应有的庄重与同仇敌忾之情，一派懒懒散散绵软无力的和平年代的休闲景观。这是多么的不应该啊！

他又望及远处，只有几位戴眼镜的中老年人昂首挺胸，眼中溢着愤恨的水花。

林子梵收回目光，惭愧自己怎么没有生出强烈的民族仇恨。他虽然没有亲眼目睹过日本鬼子残杀中国人的情景，但他看过《南京大屠杀》电影，他记得当时自己义愤填膺地冲出电影院大门时，正好遇见一小列举着小旗子的日本观光旅游团，满嘴"以马斯以马斯"地从他面前走过，他当时冲动得真想上去冲着队伍中个头最壮的那个日本男人揍上狠命的一拳。

这会儿，他不知是自己有了问题，还是冼星海的艺术形式有问题，他没有那种情绪。林子梵觉得自己一向是很容易被点燃的。

于是，他便把注意力集中到吉拉尔德·艾科诺莫斯的画布上。他发现画家的风格与刚才半遮半掩、含蓄忧郁的《梁祝》迥然相异。只见他豪放地把大朵大朵的颜色甩在画布上，不是涂抹，而是真正地甩，色彩在声音中全都"活"了，一点点一片片"活"到画布上去，植物一样旺旺地勃勃地生长。

那么高级的冷底色上边，忽然就绽开了暖暖的暗红色花朵。

林子梵一边望着吉拉尔德·艾科诺莫斯大动作地挥墨泼色，一边倾听着《黄河大合唱》里边的歌词。

  张老三，我问你，你的家乡在哪里？
  我的家，在山西，过河还有三百里。
  我问你，在家里，种田还是做生意？
  拿锄头，耕田地，种的高粱和小米。
  为什么，到此地，河边流浪受孤凄。
  ……
  张老三，莫伤悲，我的命运不如你！
  为什么，王老七，你的家乡在何地？
  ……
  这么说，我和你，都是有家不能回！
  仇和恨，在心里，奔腾如同黄河水！
  ……
  为国家，当兵去，太行山上打游击！
  从今后，我和你，一同打回老家去！

这时，维伊笑了起来，那笑声含有一种现代金属的清脆与质感。

林子梵侧过头来看她，发现她笑得嘴角的轮廓都走了形，歪向一边，翘翘的略带嘲讽，胸口处一跳一跳的，是那种难以抑制的感到好笑的笑。

这一笑，便把林子梵与她的年龄差给笑了出来。

毕竟，维伊比林子梵要小上四五岁呢，一点"民族仇恨"也没有了。这飞速发展的年代，四五岁简直就构成一代人。

但是，林子梵没有感到不可思议，更没有像他父母、祖父母们那样，在今天仍然愤怒地抵制日货，并视他居然买日本的电视机、录像机为狼心狗肺。

你让他们怎么办呢，他们从小到大见到的日本人一个赛一个彬彬有礼，日本造的汽车全世界疯跑。他们所亲眼目睹的那是一个高度物质文明的礼仪之邦。虽然在历史教科书里、在考试卷中，他们也曾一遍遍回答日本侵略中国的时间、经过和罪行，一问一答之中，他们宁静如平水。那只是组成他们知识的一部分，而不是组成他们现实情感的一部分。

林子梵本人是个记仇的人，即使是从书本里得来的记忆，也足以让他记仇。但他决不因此就拒绝日本货。他认为这是完全不同的两回事。

而且，他也决不把这种书本里来的仇恨，强加给自己的同龄人或者比自己更为年轻的人。

比如这会儿，他完全陶醉在维伊的笑声中那胸脯一跳一跳的闪烁上边去，她结实整齐的牙齿晶莹剔透，把她的整个脸孔都映照得极为灿烂。

6　汽车后座时代

一个盛阳耗尽的英雄与膜拜时代真的偃旗息鼓了，P城夜晚的街头摇晃着和平休闲甚至慵慵懒懒的人影，到处霓虹闪烁，浓妆艳抹，歌舞升平。这个城市在昔日断壁残垣的废墟之上，摇摇晃晃艰难地站立起来，完全变成了一个新的模样，它的身上散发着一股特殊的多重性的霉腐与鲜嫩的混合气味。

如果你是一位出色的鉴别家，你就会拂开P城上空浮动弥漫的虚华颓废气息，拨掉覆盖在它身体表层那股铜臭与冷漠的外衣，看到它内层深处的一个真正良性的雏形状态和秩序正在蹒跚起步。

一个多么巨大而复杂的婴儿！

林子梵和维伊携着手走出BL大厦剧场的时候，大堂里的高挂的壁钟时针正好指向十点十分。林子梵望了时钟一眼，就牵着维伊融进了这样一个城市中。

林子梵对于十点十分这个时间，拥有一丝莫名的好感。他每天在街上乱走或者晚间在电视上，时常看到一个奇妙的现象，世界上不管是什么牌子的钟表，在广告中表针大都指向十点十分。

在今日这样一个充分强调个性的世界，为何钟表的广告如此千篇一律呢？

林子梵曾经在一天晚上颇为当个事情似的询问过无所不知的博士王。

博士王想了想，说，"你想想看，晚间十点十分，对于全世界的第二天要起床上班的广大劳动人民来说，都是上床歇息的时刻了，上床之后、临睡之前会做什么呢？在体内酝酿积蓄了一整天的生命之醇酒的荷尔蒙，在这个性感的时刻已经迂回到爆发的边缘，一个多么龙飞凤舞的关头！一个荡气销魂的时刻！"

后来，林子梵在一则美国的钟表广告中看到另外一个说法：上午十点十分，一天的新起点，呈"V"字形，热烈、向上、包容，如同一个人张开双臂的拥抱状，胜利的时刻。

此刻，林子梵对于走出 BL 大厦时正好踩在十点十分这个点上，心中颇有一股莫名的惬意，仿佛预示着什么好兆头。

他们走在 P 城的临近夏末的街上，五彩缤纷美妙变换的光柱在行人的身体上闪烁滚动。

林子梵侧过头专注地看着维伊，一块青蓝的光斑正好落在她的脸孔上，那散碎的青蓝色如同一粒粒冰碴，把她的脸颊装饰得极为冷艳，楚楚动人。从冷气放得很足的大厦里走出来的维伊，这会儿已脱掉了外衣，他看到她里边的内衣星星挂挂，零零落落，跨栏小背心衬托出她肩臂与胸乳的浑圆，几朵明黄的向日葵洒落在她颠颠颤颤的拒绝了乳罩背心的乳房上边，那是凡·高的欲火燃烧、花叶如风的颜色，那是喜爱着向日葵的在畸艳中热烈地断送了自己的王尔德的颜色。

有一股火苗似的气息在林子梵的喉咙里蹿跳，他被这种感觉弄得有些急促慌张起来。他用力握住维伊的手指，情不自禁地往四周黑暗的胡同口里边东张西望。他张望的时候，发现维伊似乎也在四处张望。

他们心领神会地捏了捏手。

路边阴影里的木椅石凳或有遮拦的地方，都已被各色各样的情侣们占据了。

维伊说："我们上车吧。"

林子梵就牵着维伊停候到马路边上,望着穿梭往去的"的士"招手。

也许是近年来 P 城人的生物钟都推迟了,晚上十点多钟,这座城市仿佛才刚刚苏醒,它的血液——人群和经络——马路才蠢蠢欲动起来。

林子梵望着一辆辆载着乘客的"的士"从面前呼啸而过,胸中有点着急,就不管是否亮着"空车"牌子,冲着各种车子胡乱地招手。

"急什么嘛,还早呢。"维伊说。

林子梵放下一直扬着舞动的手臂,叹了口气,"怎么都这么忙?"

"当然啦,"维伊略带嘲讽地说,"今天若不是有吉拉尔德·艾科诺莫斯先生夹在我们中间,你才不肯出来呢。"

"怎么会!"林子梵一边这么说着,一边想起自己险些由于那天雨中的决断而与维伊失之交臂。他像重新捡回了宝贝似的,用力拉紧维伊的手。

"像你这种忙累于功名、很看重自己诗人身份的男人,"维伊抚了抚被眼前奔跑的汽车带起的风弄乱的头发,"将来只好到天上恋爱去了。"

"什么意思?"林子梵望了望她那习惯于嘲讽的撇向一边的嘴唇。

"你没听说过吗,世界上许多国家的首脑要人,都是在天上开始恋爱的。"

"天上?"

"是啊。他们平时在地面上太繁忙了,以至于忘记了自己的性别,也忽略了他们身边那些女人们的性别。只有当他们从这个国家飞往那个国家、从这个城市飞往那个城市的间歇,在七千米高空的飞机上,才有闲暇儿女情长。"

"别这么苛刻好不好?"

"真的。澳大利亚前总理保罗·基廷的女人安妮特,曾经是澳大利亚艾略特航空公司的空姐,希腊前总理帕潘德里欧的夫人,也曾是希腊奥林匹亚航空公司的空姐,还有新当选的以色列总理,他的太太萨拉曾经是以色列航空公司的空姐。再有……冰岛前总理赫尔曼松的妻子,也曾是冰岛航空公司的空姐。当时,她们都是在飞机上与现在的夫君相识并相爱的。"

林子梵被维伊如此熟练地叫出各国政界要人的大名,惊诧住了,"天啊,你是怎么记住这些名字的?"

维伊笑了一下,"你还有诗可写,像我这样没什么可写的人,总得有点事情做吧,我专门研究男人和女人。"

"开玩笑!"林子梵停顿了一下,说,"人家都是首脑要人,整天在天上飞来飞去。像我这样的普通群众,能坐上汽车就不错了。"

"我有个朋友,像你一样也算是个名人,有一次他为了嘲讽名人的虚伪就写了篇《名人批判》的文章,你知道人家怎么说吗?"

"怎么说?"

"说自己是'普通群众'的,多半不会是普通群众也是不普通的人;说'我也是普通一兵'的,多半不是兵而是官;说'我也是普通读者'的,多半是有权对文章发表意见的人;说'我也吃过苦'的人,肯定已经不再吃苦甚至开始享福;说自己'其实我也很平凡'的,多半是那种正在传播经验自我感觉良好的不平凡的人……"

"拜托你,不要这么尖刻好不好。那你让我说什么,说,我也是一个艺术家,你才觉得我在说自己不是一个艺术家。累不累!"

一辆出租车在他们面前停住。

林子梵打开后车门,让维伊先钻了进去,然后自己才跟随进去,坐在她的身边。

两人一时无话。

车身的颠荡摇晃把他们刚才谈论的话题颠晃得没了踪影。

维伊把头倚靠在车窗玻璃上,两只手松散地环放在腿上。她不说话的时候,脸孔就被一股懒懒的倦怠神情笼罩了。空间的缩小,使林子梵闻到了她身上漫荡出来的雌性植物浓郁的清香,那芬芳是从她胸窝的衣襟口处盈溢而出的,这种性感的气味使林子梵先前喉咙里火苗似的蹿跳感又被唤了起来。

他的目光从维伊的脸孔沿着她弯长的脖颈,又经隆起的胸部,顺流而下。

他注意到她的随意放在小腹部那个地方的双手,涂了青紫色指甲油的指尖在模糊不清的光晕中闪闪烁烁,散发着一股挡不住的女性的颜色,他感到那颜色像藤蔓一般向他的肌肤攀缘而来。

林子梵想起人们常说,女人说话时用眼睛传神,不说话时用手指传神。

他终于抑制不住,低低地冲维伊唤了一声,"哎!"

"嗯?"维伊侧过头看他。

林子梵不再说什么,就过去轻轻地牵她的手。

他攥住维伊的手,在手掌里揉弄了一会儿。

然后他就看到了她的胸部在恍惚的光泽中有了些微的起伏,他就把他清癯的头颅扎到她的怀中摩挲起来,双臂用力环住她的腰。

他听到了维伊怦怦的心跳,那跳声如太阳正在轰然升起一般回应在他的耳鼓,震耳欲聋,向着夜晚的若明若暗的内核深处迸射。

他轻轻而娴熟地用手指往下拽了拽她的跨栏背心,就把嘴唇探进她的胸窝。

那绵软的久违的向日葵一般燃烧的女性之物,在他的舌尖上激烈

289

地颤动,他听到维伊从骨头深处发出一声用力抑制的"啊",那"啊"声是从她的脚趾尖顺着血液一同涌上来的。

这呻吟仿佛击在了林子梵的致命处,惊心动魄。

他一下子崩溃,他最受不了的就是这种不想发出来但是抑制不住发出的声音,单就这种声音就足以唤醒他作为一个男性的全部冲动,这声音使他再无回天之力。

他顾不上这会儿是不是在车上,顾不上他一贯看不起的在汽车后座上偷鸡摸狗的行径是否低俗下贱,也顾不上维伊是否愿意,他就把她的头用力按向自己的胯间。

……

维伊的手感和嘴唇是那样的无与伦比。

7 做大师

林子梵在白天的大部分时光里,依然过着他清教徒似的面壁省身的"圣诗"般的生活,心里头依旧是天高云淡,风清气爽,清瘦俊逸的身躯松散地倚靠在书桌前宽硕的黑色转椅里,透出一股伟岸的宁静和对世俗的淡泊。

但是,那躯体的松散绝不是通常我们所见到的那一种慵懒,那水一样流畅而放松的线条内部,却绷紧着一根看不见的弦,这根看不见的弦气韵充沛,锋利尖锐。它隐匿在血管内部,只有在他认为关键紧要的事物上,它才会亮出它的具有致命杀伤力的光泽。

林子梵觉得与其磨磨蹭蹭、平平凡凡一步步地去贴近辉煌的生命顶峰，莫如暴烈地冲刺甚至殉身来得更容易一些。

所以，白天他总是像个从不懈怠、克尽厥职的学生，用功地写写画画，眺望记忆中的某一件事，或者预感未来可能相遇的一个什么人、一株木棉、一根闲晃的青草，他试图从这些事物的形状、纹路、质感、气味中挖掘出诗性的哲学的什么，让自己手下的每一个句子都像风中火苗一样蹿跳，让每一个字词都熠熠闪亮。他所要做到的就是他在明晰思维中写下的模糊不清的句子，都沾满神奇的魔力，如同《红楼梦》一样流传到遥远的年代，流芳百世，永不泯灭。他小心翼翼地做着这样一件倍加"一不小心"的事情，他极为赞同那位遥远的阿根廷先生博尔赫斯的话，一切疏忽都经过深思熟虑，一切邂逅相遇都是事先约定，一切失败都是神秘的胜利，一切死亡都是自尽。他听任每一天的时光在他的书桌上从清晨到傍晚渐渐老去。

白天他除了专注地做这件事，其他的事情都会使他不耐烦。

林子梵懂得日常生活中应该忽略掉什么。一个不懂得该忽略什么的人，怎么可能懂得应抓住什么！

他也依然是一个孝子，除了他的叛逆性的秃头表达了他精神本质的内涵之外，他平常依旧是一个沉默不语、和蔼懂事的好青年。

有一天，他从书摊上看到一位西班牙作家写的书，这本书专门是讨论大师应该娶什么样的女人为妻的话题，这个话题吸引了林子梵的兴趣。

坦白地说，林子梵已经很久没有认真读书摊上那些被"炒"得像"爱情"一样泛滥成灾的书籍了，虽然他一直像那些难以戒毒的人一样难以戒掉他的购书癖。他认为现在许多书籍出版的目的，就是增添以收购废品破烂为业的人的收入，这种书籍就是为了让人阅读之后什么也没记住，连为老年痴呆的病人操练脑筋的用途也起不到。

林子梵的房间里有一个很大的竹筐，专门用来堆放洒满铅字的纸张书本一类的废料，他几乎每一天都会像投篮似的投进去一两本书籍和一堆当日的报刊，那些书籍报刊从他的手上，沿着一个漂亮、流畅、潇洒的抛物线，总能准确无误地飞落竹筐中。

这个动作操作得久了，没想到也成为一项技能。

在夜晚的酒吧娱乐中，经常是几个人以投飞镖的战绩来决定谁承担付款，每每林子梵总是轻而易举就获得最高环数，这为他省了不少钱。别人曾问过他是什么时候偷偷摸摸练出来的，他轻轻一笑，只字不提，神秘兮兮的样子。

酒吧里省下来的钱，他继续用来购买各种各样的书籍和报刊，然后继续大搞"投篮运动"。

"投篮运动"的成果，自然是使得大楼里的电梯师傅、清洁工、传达室的老大爷以及居委会大妈，统统变成了"知识分子"，他们的家里也和林子梵的家里一样堆满了书籍。

有时候，他想，政府应当为他颁发"义务普及教育"奖。

林子梵这一天之所以能把书摊上的那位西班牙先生写的书读下去，与维伊忽然地闯入了他的视线有关。

那一天汽车后座一幕，虽然当时情势急迫得不可遏止，大有宁可事后天塌地陷也非此一举不行的架势。但事毕后，林子梵的心里忽然就空洞了，仿佛他内心里对维伊所有微妙的感觉和浓浓的爱意，都随着他身体里那一股蕴积很久的热流的喷薄而出而升华消逝，同时，伴随那滂沱热流的涌出，也从他的身体里带走了一股闪亮的自由的气息，这感觉使他有些怅然。

他不明白，自己怎么会这样来也匆匆，去也匆匆，难道自己像那种下流的玩弄女性的男人吗？他一向认为自己是高雅圣洁一儒生，一个可以为纯洁爱情的永恒而献身的烈性男儿。

空洞感使他的这一次性事蒙上了一层莫名其妙的阴影。

几年来，在他的诗意的生活里，他身边的女人始终是无形的，他所触碰的女性是一种想象中的物质与存在。他怀疑自己是不是已习惯了只用目光和想象占有一个女人？是否已经习惯了只在脑中抚摸她们的头发、眼睛、牙齿和脖颈？当真实的维伊忽然出现，特别是真实地触及了她的肉体时，他的确感到有些猝不及防。

林子梵试图通过这本西班牙先生的书分析一下自己。

关于诗人应该娶什么样的女人为妻，林子梵通过学习，总结出如下一些经验。他是善于纸上谈兵、用理论指导生活的。

大多数人可能以为，大师级的诗人的妻子应该是漂亮迷人、风度高雅、智慧卓越、激情浪漫、成就斐然的女人，她具有不断地刺激丈夫的男人欲望的性感，使他火烧火燎，气韵沸腾，激情万丈，每日至少早晚云雨翻腾、龙凤旋舞两次以上。然后，丈夫的灵感便会源源不断，滔滔不绝，激情磅礴而出，使他每天至少可以写出一百二十行以上的诗。这实在是广大的女性读者美妙天真的幻想，天大的误会。

大师级的诗人需要的是唯我独尊的生活，他十分明确自己并不需要那种浪漫、幻想、智慧的富有事业成就欲望的女性为妻，至于她是否懂得他的诗也并不重要，她甚至可以完全不用介入他的思想，但她必须是崇拜他优秀才华的女人，并以他的呼吸为呼吸，以他的情绪为情绪，以他的节奏为节奏，以他的成就为成就，以他的事业前程为举家之大任。

他每晚困倦地闭上眼睛的时间就是全家熄灯的时间，他每餐前腹中发出的第一声鸣叫就是全家开饭的铃声。他不需要多少房事，他节制自敛，他的激情是要珍惜着喷薄到诗行里去的，或者他压根对妻子已没有欲望，但他决不会离婚，他需要"安定团结"的局面以保证他安静地写诗。

他不需要她富于智慧成就,这会显得他愚蠢无能。

他不需要她过于美丽,平平常常才可靠放心,如若丑陋则更能激发他对于美的向往和追求,美色的饥渴是成功的一半。

他不需要她优雅高贵,穿梭于厨房内外,吸尘器洗衣机之间,朴实贤惠才是真。

他不需要她懂得他的诗和思想,整天要求与他交流思想多累,整天要他西服革履亮皮鞋做大师状多累,他夏天要穿背心裤衩冬天要穿上棉鞋毛窝,他要喘着"人"气去写"神"诗。

他希望她财力丰沛,使他安于清贫。

他希望她集母亲、女儿、厨师、护士、保姆、打字员、清洁工、性伙伴、参谋长于一身……

林子梵一路分析下来,不禁为之拍案,颇觉得受到点化,很有一种"不过如此"的认同。

拍案之后,想,做人就做这样的人,作诗就做这样的大师!

然后,他的神思又落到了维伊身上。

已经几天没有她的音信了。

8　谁骗谁

一个星期之后的一天傍晚,林子梵收到了一封寄自北国 V 市的信。

他是在走下楼梯的脚步声与黄昏相遇的一瞬间,发现的那封信,它安静地躺在信箱里,如同一片沉甸甸的叶子,内中隐匿着某种玄机的东西,仿佛是蓄谋已久的一件什么事即将莅临,一时令林子梵颇为忐忑。

其实,在林子梵离开家,房门被"啪"的一声关上的那一刻,他就预感将会有什么发生,也许是这几天过于宁静了,像死在河床里的水泊一样静止得纹丝不动,但那静水之下分明有一股看不见的潜流在骚动。他几次试图看清深水之下涌动的那东西是什么,但总是还没触到它,它就溜掉了。

也许是他根本就不想抓到它,也未可知。

他把那信从绿色的微型棺材似的信箱里取出来,拆开,然后他吃惊却又好像意料之中地发现,是维伊写来的。

她什么时候跑到V市去了?

纸页上的字迹立刻像一只只绵软美丽的肉虫子,钻进他的眼孔。

林子梵眉头发紧,心跳不规则地乱蹦了几下,便急不可待地看起来。

林子梵:

走前匆忙,没来得及告别。本以为这几天你会给我打电话的。

现在,我坐在奔往北方的火车上,回V市探望我的父母。

我其实并没有一位远在异邦的计算机专家丈夫等待我去陪伴,那不过是我在厌倦的诗人艺术圈里的一种方便的存在方式,一种游戏而已。(天啊!林子梵的目光在此定格,往回倒,重新梳理,紧张起来。这一行字如同一扇透明的屏障,隔在了他与维伊之间。)

我也许一时说不清自己未来的爱人是什么样的人,但是我能够知道他肯定不是什么样的人——他绝不能是一个诗人、一位艺术家。

这当然是在遇到你之前的想法了。你使我放弃了这个长久以来的念头,由于你的出现,我愿意做出原则性的妥协和投降。(什么意思？林子梵对着"妥协"、"投降"这几个多重含义的字词，慌乱地把头往后闪了闪。）

这会儿我坐在火车上摇摇晃晃，"子夜二时，请你想起我，与我谈一谈关于寂寞。"车厢里的喇叭正在播放这首歌。

于是，我决定给你写封信。

现在，已是午夜二时，我无法入睡。

傍晚，我在餐厅车厢里吃了一餐不甚洁净的晚饭，用了一趟脏兮兮的厕所，觉得连自己的目光和呼吸都污浊不堪了。于是，就拼命喝咖啡清洗。水至清则无鱼，人至清（净）则无眠。只好醒着，很久没有发生失眠的情形了，看来睡眠是需要污浊的。正如同青草需要潮湿，使细胞充满水，所以只能在污泥之中；我需要睡眠，长长的死亡般的睡眠，所以很长时间以来我需要污浊。

现在终于想"洁净"一下的时候，就不适应了。

刚才，我一直躺在上铺床上，打着手电读你的诗集，那一束暗淡的光线在你的游荡着灵魂的文字上跳跃，仿佛我的目光浏览着你的肌肤。

身体摇摇晃晃，手里举着一本诗，车窗外悬挂着光晕不清的月亮，你看，这个画面镜头多么像一个傻掉了的没长大的少女！七八年前的我就是这样。你真是一个魔鬼，令时光倒流，让我回到了多年以前。我恐惧又为之所诱惑。

其实，那种我称之为"灵魂"的东西，才是魔鬼，我惧怕的是它，多年来我躲避的也是它。因为它像一种大麻、一种病毒，会令人上瘾、侵蚀、掏空、死去。我身体里蕴含着丰富的这样一种容易被它所感染的因子，因而长期以来，我避之唯恐不及。在这个需要污浊才可以睡眠的地方，我不愿意再那样地生活，我不想再选择那样一种一睡就醒、一吃就饱、一动就累、一冷就烧（发烧）、一绷就裂、一紧就断、一活就够的惊觉脆弱的生命方式。我要让自己的肌肉充满弹性，让目光适应各种明暗颜色，让皮肤穿梭在能冷能暖之间。清醒、机敏、圣洁、战斗都属于你的诗，而我需要睡眠，物质的可感的真实的切肤的睡眠。我不敢像你一样视灵魂重于肉体，视精神高于物质，我不敢那样放纵自己的幻想，我一直努力让自己毛细孔封闭，在人群里，在欢笑中，在各种菌体携带者之间，结结实实地顽顽韧韧地活着。

但是，你和你的诗一起用力摇晃我。你那样的猛烈的摇晃，你要我睁开，从里到外地睁开。你吸住了我，我已被你"腐蚀"。

多少年的自我"抗拒"而"毁"于你这"一旦"。

现在，我多么地需要你！

愿意和我在一起吗？

愿意和我在一起吗？

告诉我！

如果你那繁忙而洁净的圣手惜墨如金，不能写信给我的话，那不妨给我打电话。电话号码是：×××××××××，城市区码是：×××。

等你音信。

维伊

一九九六年九月十五日

林子梵觉得被什么东西噎住了，是那种甜软的食物。有些东西吃的时候口感很好，但噎住的感觉非常糟糕。

他沉默下来。

十天过去。

二十天过去。

维伊的信如同泥牛入海。

林子梵终究不敢拨通她的电话，不敢再真实地触碰到她的气息。

如果她真有一位摆弄计算机的丈夫、一株挺拔的小白杨树在遥远的异邦等待着她，林子梵也许还会在某一天夜晚，夜色的浓稠使得他的脚步倍感沉重，孤寂难耐，他从日渐乏味的酒吧出来后，看到碎银子一般的月光斑斑驳驳地在他的脚前脚后跳荡，既美艳又伤感，既柔情又哀怨，他沿着阒静无人的马路走向夜的深处，借着昏暗的天色，他会把一封深思熟虑的便条似的短函扔进邮筒——那是一封没有署名的而且是说了所有的却又什么都没说的短函（诗人的林子梵毕竟在文字上训练有素），只是传递给维伊某种接通回应的信息，那字迹的笔画被他肌肤的渴念感染得呈现出一种坚硬金属的骨骼和品质，仿佛每一个字掉落到地上都会叮当作响。

然而，现在，维伊的单身身份具有了某种可能性，使得这一种轻松的关系含有了"高危"的特质，含有了某种承担，则是完全不同了。

唯有沉默，是最好的回复。

林子梵的两条颀长的手臂空空荡荡地摇晃在夜色里，他那棱棱角角的瘦身材在恍惚的路灯底下断断续续、隐隐约约，骨节优美得十分零落，十分飘逸，他的脚步很轻，很像一个神灵。

他望着自己的犹如两截荒路一般的胳膊，猛地发现，自己已经很久没有背背包了。